Philippe Labro wurde 1936 in Montauban geboren. Mit achtzehn Jahren ging er in die USA und studierte in Virginia. 1957, nach seiner Rückkehr, wurde er Reporter bei »Marie-France« und danach bei »France-Soir«. 1976 wird er Mitarbeiter bei RTL-Frankreich, wo er zunächst als Chefredakteur einer Nachrichtensendung tätig ist und später einer der Programmdirektoren wird. Parallel dazu hat er zahlreiche Romane und Drehbücher geschrieben und zählt zu den bekanntesten Schriftstellern Frankreichs.

Dieses Buch wurde auf chlor- und säurefreiem Papier gedruckt.

Deutsche Erstausgabe Juni 1994

Titel der Originalausgabe »Quinze Ans«

Originalverlag Editions Gallimard, Paris
Umschlaggestaltung: Andrea Schmidt, München
Satz: Hans Buchwieser Satz- und Druck-Service GmbH, München
Druck und Bindung: Elsnerdruck, Berlin
Printed in Germany
ISBN 3-426-60264-4

2 4 5 3 1

Philippe Labro

Fünfzehn

Roman

Aus dem Französischen
von Christine Steffen-Reimann

Knaur

Für Netka

PROLOG

Zu jener Zeit hatte ich ständig das Gefühl, auf etwas zu warten; ich wußte nicht genau, auf was. Eine Art Vorahnung beschäftigte mich Tag und Nacht.

Ging das den anderen genauso?

Die Hände in den Hosentaschen, regungslos gegen die Mauer im Schulhof gelehnt, sah ich ihnen zu, wie sie sich auf diesem grauen Zementviereck tummelten, das von grünlich gestrichenen Säulen aus Gußeisen gesäumt war und das wir den »Hof der Großen« nannten. Meine Augen wanderten über diesen Platz, den ich mir weit vorgestellt hatte, der sich nun jedoch als eng herausstellte, als erdrückend, jetzt, da ich den »Hof der Kleinen« verlassen hatte. Ein Gärtchen trennte sie voneinander. Ich sehe noch die Eisenreifen vor mir, die die vereinzelten Pflanzen schützten, die in einem Hügel aus roter Erde überlebten, ebenso wie, in der Mitte des Hofes, eine Art niedriges Gebäude, an dessen Fassade eine Anzahl von Schwingtüren aus Holz zu sehen waren, hinter denen sich einzelne Toiletten verbargen, altmodische Abtritte, die jedoch recht gepflegt waren. Über uns der Himmel war so eintönig grau wie der Boden; wie die Kittel der Aufsichtführenden; wie die Tafeln in den Klassenzimmern, die schon lange nicht mehr schwarz waren, so sehr hatte die Kreide, die aufeinanderfolgende Schüler- und Lehrergenerationen verwendet hatten, die Farbe abgenutzt. Ich betrachtete dies alles, gleichgültig gegenüber der Farbe der Langeweile, völlig hingegeben an meine innerste Überzeugung.

Etwas würde passieren, was mein Leben, das mir so bedeutungslos vorkam, von Grund auf verändern würde, doch ich konnte nicht sagen, woher dieses Etwas kommen sollte. Nur diese von Melancholie abgemilderte Heftigkeit, die typisch für den Heranwachsenden ist, sagte mir, daß der Augenblick nahe war, und ich ersehnte und fürchtete ihn damals mit gleicher Macht.

Ein Beben, eine Überempfindlichkeit des Herzens, ein unsichtbarer Schleier hüllte mich ein und trennte mich von den anderen. ich spürte es vor allem morgens, wenn ich das väterliche Haus verließ und zu Fuß zur Schule ging, Bücher und Hefte in einem Ranzen unter den Arm geklemmt; ich ging die Rue de Longchamp entlang, überquerte die Kreuzung gleichen Namens und näherte mich schon dem hohen, düsteren Gitter des Grand Lycée. Und ich beneidete und bedauerte gleichzeitig die Horde der jungen Leute meines Alters, die ungeordnet auf das imposante Steingebäude zustürmte, das von Schranken umgeben war, denn ich sagte mir:
Sie wissen es nicht! Etwas Außerordentliches wird mir zustoßen, und außer mir weiß es keiner.
Und ich glaubte mich allein im Strom der Gymnasiasten, einsam in ihrer Menge; zwar unglücklich, und deshalb beneidete ich sie, denn ich konnte mir nicht vorstellen, daß sie in die gleiche unausgesprochene Träumerei, in das gleiche Zögern ihrer Sinne verstrickt sein könnten; aber auch glücklich, und deshalb bedauerte ich sie, denn ich hielt mich für etwas Anderes, Besonderes, vom Schicksal dazu bestimmt – bald! –, ein einzigartiges Gefühl kennenzulernen, das mich von der Befangenheit befreien würde, die die ganz jungen Menschen beherrscht.
Wie hätte ich, wenn ich meine Mitschüler so beobachtete, annehmen können, daß sie ähnliche Verwirrung empfanden? Ich war zu sehr in meinem Egoismus gefangen, um hin-

ter ihren von Akne übersäten und unausgereiften Gesichtern erkennen zu können, daß sie vielleicht dasselbe Unbehagen kannten, dieselbe Hoffnung, die demselben Anfall von Weltschmerz zuwiderlief. Carray mit dem runden Kopf, der in Kleidern daherkam, die zu groß für seinen kleinen Körper waren; Chalaneilles, der hübsche Junge reicher Eltern, mit seinen blonden Locken; Susskind, der Schlaueste, in gelb-blau kariertem Jacquard; Assama aus Guadeloupe, wenig gesprächig und ein sehr guter Schüler; Bosco, der schwächere Mitschüler in dem dunklen und feuchten Gang zur Turnhalle ohrfeigte. Fühlten sie alle sich genauso wie ich unwohl in unserer Haut, begierig, eine Rolle zu spielen und dieses Übergangsstadium zu verlassen: der Kindheit entrissen, aber noch keine Männer, voller Scham über ihre Körper, jugendlich und ohne Macht? Wir hätten ein solches Geheimnis nicht teilen und unsere jeweiligen Mängel nicht eingestehen können, und wenn ich es gewagt hätte, die jungen Mädchen zu fragen, die an den Kreuzungen der Straßen zu ihren eigenen Bildungsanstalten gingen – hätten sie mir die Antwort gegeben, die ich von meinen Geschlechtsgenossen nicht erhielt, das Lied des Unverständnisses der anderen, der Eltern, des Restes der Welt? Der Außenwelt. Und mein inneres Ich, von Vorahnungen heimgesucht. Ein wattiges Schweigen, an dessen Tür der Wunsch nach Leben, nach Abenteuer, nach Liebe klopft. Nachts pocht in einem das Blut laut wie das Herz, wie das Geschlecht, und man erwacht erschöpft, fühlt sich aller Dinge überdrüssig, ohne etwas kennengelernt zu haben.

»Er hat seinen ›Spleen‹«, sagte meine Mutter, wenn sie mich hinter meiner Tasse mit Milchkaffee beobachtete, starrsinnig, stumm, unfähig, auf ihre Zärtlichkeit zu reagieren.

Ein undankbares Alter, graue Jahre: Man zieht sich hastig an, man vermeidet es, sein Bild im Spiegel zu suchen, denn wenn man sich auch gerne in den leeren Stunden des Nichtstuns betrachtet hat, so findet man sich dort morgens nur häßlich, und man zieht los, um sich anderen Halbwüchsigen anzuschließen, die sich auf dem Bürgersteig vor dem Gitter versammelt haben und darauf warten, daß Captain Hook aus dem Lycée tritt und mit dem großen Schlüssel das Haupttor aufschließt, damit man den Hof betreten kann.

Wir nannten ihn Captain Hook, weil der Hausmeister der Schule, wie die Figur aus den »Abenteuern des Peter Pan«, einarmig war und statt eines Unterarms nur ein rechteckiges Stück glänzendes, mit Eisen beschlagenes Holz besaß, an dessen Ende ein Militärsarzt – in welchem Kolonialkrieg? – eine Art Stumpf halb aus Kupfer, halb aus Leder befestigt hatte. Das Ding hing an dem gesunden Teil seines linken Arms und ließ seinen sowieso schon tolpatschigen Gang völlig aus dem Gleichgewicht geraten. Er war groß und breit und hinkte ganz offenkundig, denn der Kugelhagel, dessen Opfer er einst gewesen war, hatte auch die Nerven eines Knöchels geschädigt. Und da es sich um den Knöchel des rechten Beines handelte, hätte man ihn von oben bis unten für verbogen halten können, ein wenig nach rechts und ein wenig nach links, und sein Auftreten provozierte eher Lachen oder Mitleid als Schrecken. Fügen Sie dieser ungeschickten Silhouette noch zusammengestückelte und dreckige Kleider hinzu, die nach der Knoblauchküche der Madame Hook riechen, und darüber eine Jacke aus verschlissenem Leder, wie sie manche Fahrer jener Taxis mit schwarzem Dach und roten Türen trugen, die durch die fast autoleeren Straßen von Paris fuhren, oder aber manche Eisenbahner. Er hatte an sein Revers einen größeren Streifen Stoff nähen lassen als üblich, um an seine Verdienste und seinen Status als alter Kämpfer zu erinnern, der ihm außer seinem überraschenden Gang und seinem offiziellen Titel als Hausmeister des Grand Lycée auch noch eine Autorität und eine Arroganz verlieh, die an Feindseligkeit gegenüber den Schülern grenzten, ganz egal, wie gut sie in der Schule waren oder welchen gesellschaftlichen Rang ihre Familien einnahmen.

»Alles kleine Scheißer«, brummelte er unweigerlich, wenn er Türdrücker und Tor spielen ließ, und unter dem Quietschen der Schlösser und dem Lärm der Schuhe auf dem Boden, die auf die Spielplätze zuschossen, bevor es Zeit war, sich entlang der Wände aufzustellen, hörte man die beißende Stimme des Captain Hook, der fluchte und stänkerte. Eingezwängt durch den Ansturm dieser schwachen und gelenkigen Körper, warf er sie alle mit demselben Schimpfwort in einen Topf, um sich für die Ungerechtigkeiten eines Lebens zu rächen, von dem sie so viel erwarteten, dieses Hundelebens, das ihm nichts gegeben, nichts geliehen und nichts geschenkt hatte.

Und wenn ich hier, zu Beginn dieses Berichts, Captain Hook und seine Bitterkeit heraufbeschwöre sowie den Anblick des Tores mit seinen Spitzen so scharfen wie Speere, das die Welt begrenzte, in der wir den größten Teil unserer Tage verbrachten, dann weil sich in der Erinnerung die geschlossene Welt des Lycée mit jenem anderen intimen Gefängnis vermischt, in dessen Innerem das Bedürfnis nach Leidenschaft, die Suche nach dem Absoluten und das Warten auf die Liebe gärten.

Wir waren fünfzehn Jahre alt.

Erster Teil
Alexandre

1

Madame Ku.

Zum erstenmal hörte ich diesen seltsamen Namen, als ich dem Flüstern meiner nächsten Nachbarn in der Schule lauschte. Der eine, rund und unscheinbar, hieß Barbier. Der andere hörte auf den imposanten Namen Alexandre Vichnievsky-Louveciennes. Er war groß, hatte schöne schwarze Haare, seine Haltung und sein Aussehen boten einen starken Kontrast zu meinen übrigen Klassenkameraden. Alles an ihm, seine Bewegungen und seine Worte, weckte meine Neugier, und ich fand ihn anziehend und gleichzeitig beunruhigend. Er saß hinter mir, und ich hörte, wie er sich an Barbier wandte:

»Kommst du nachher mit mir zu Madame Ku?«

»Ich kann nicht. Ich hab' keine Zeit«, antwortete der andere.

»Das werde ich Madame Ku sagen«, erwiderte Alexandre heftig. »Sie wird gekränkt sein, es wird ihr nicht gefallen, sie wird dich nicht mehr bei sich empfangen wollen, du mußt kommen. Du weißt sehr wohl, daß Madame Ku es haßt, wenn man sie im Stich läßt.«

Wer war diese Madame Ku? Hatte sie einen Privatsalon irgendwo in Paris? Konnte man dort andere Frauen treffen? Welchen Einfluß übte diese geheimnisvolle Person auf einen Jungen wie Alexandre aus, daß er so voller Ehrfurcht von ihr sprach? Wie schrieb sich ihr Name? War es einfach nur ein Buchstabe, das Zeichen für einen Code: Q? Oder aber, und viel skandalöser, handelte es sich um das gleiche wie das Wort »Cul« (Arsch), das wir selten in den Mund nahmen; so sehr maß unsere Redeweise zu der Zeit noch den rohesten

Ausdrücken ihr wahres Gewicht bei, ihre Dosis an Verbotenem, ihre tatsächliche Geilheit. Und wenn es sich wirklich um ein Pseudonym handelte, worin bestand dann die fleischliche Macht, die körperliche Besonderheit derjenigen, die einen derartigen Aufruhr hervorrief? Ich wollte mehr darüber wissen und wandte mich zu Alexandre und Barbier um, doch der damalige Lehrer rief mich zur Ordnung.

»Ruhe da hinten!«

Inzwischen hatte Alexandre meine Bewegung wahrgenommen und flüsterte mir zu:

»Nachher im Hof!«

Ich war entzückt. Seit dem ersten Tag, da ich ihn gesehen hatte, war mir nichts wichtiger gewesen, als die Wertschätzung und die Freundschaft, im schlimmsten Fall einfach die Anerkennung Alexandres zu erringen, der mich bis dahin nicht beachtet hatte.

Er war mitten im ersten Trimester zu uns gekommen, als sich die Klassen schon gebildet hatten, alle Plätze eingenommen waren und sich Freundschaften abzeichneten. Die Tür war aufgegangen, und der damalige Surveillant hatte Dubarreuilles, unserem Klassenlehrer, verkündet:

»Ich bringe Ihnen einen Neuen.«

Neben dem in Grau gekleideten Surveillant stand ein junger Mann von besonderem Aussehen; er war größer als die meisten von uns, und sein Gesicht besaß eine klassische, makellose Schönheit. Es war Dezember, und es war kalt, und der junge Mann hatte die Tür absichtlich weit offen gelassen. Man spürte, wie ein eisiger Wind in den Raum drang.

»Machen Sie doch die Tür zu«, brummelte der alte Dubarreuilles. Der junge Mann rührte sich nicht. Er musterte den Surveillant, um ihm zu verstehen zu geben, daß er es war, der dem Befehl des Lehrers Folge leisten müßte. Der Surveillant gehorchte. Einfach durch seine Unbeweglichkeit, seine aufrechte und elegante Haltung, die Hand, die er in den Taschen eines langen Mantels mit langem Revers stecken hatte, der mit Pelz gefüttert schien, hatte der »Neue« schon Eindruck gemacht. Auf seinem Gesicht lag belustigte Langeweile, ein Ausdruck der Überlegenheit, über die sich nicht streiten ließ, eine aristokratische Distanz zwischen ihm und den anderen.

»Tja«, meinte der Surveillant, »ich gehe dann.«

»Gut«, erwiderte Dubarreuilles.

Und er wandte sich an den »Neuen« und bat ihn, seinen Namen zu sagen.

»Ich heiße Alexandre Vichnievsky-Louveciennes, in zwei Worten, bitte«, antwortete »der Neue«. »Wenn das zu schwer und zu lang auszusprechen sein sollte, können Sie mich Alexandre nennen. So verfuhr man in der Schule, in die ich vor dieser hier ging.«

Er hatte langsam und mit einem gewissen Hochmut gesprochen. Seine Wortwahl erschien uns abgewogen, erlesen, vielfältiger als die unsere, und seine Stimme schien die Heiserkeit der pubertierenden Mauserung schon abgestreift zu haben und wies eine fremde Färbung, ein kaum wahrnehmbares Rollen des »R« auf. Er sprach zweifellos wie ein Schauspieler, jedoch so, daß es nicht falsch klang, und er legte genügend Charme hinein, um hoffen zu können, diejenigen zu versöhnen, die ihn eventuell herablassend finden mochten. Denn sofort hatte es Kommentare gehagelt:

»Angeber ... Snob ... Fatzke ... Was ist denn das für ein Typ? Wofür hält der sich denn?«

Ich fand meine Mitschüler engstirnig und mittelmäßig. »Der Neue« hatte mich von Anfang an fasziniert. Dubarreuilles wollte dem Gemurmel und dem Lachen ein Ende setzen, die Alexandres wohltönenden Sätzen gefolgt waren.

»Setzen Sie sich dort hinten hin«, sagte er zu ihm. »Man hat mir schon mitgeteilt, daß Sie ein frecher Geck sind, doch wir werden bald sehen, ob Ihre Kenntnisse Ihrer Wortgewandtheit entsprechen. In der Zwischenzeit werde ich Sie so nennen, wie es mir für gut erscheint.«

»Wie Sie möchten, Monsieur«, erwiderte Alexandre, der auf einen leeren Platz hinten im Klassenzimmer zuging, unter den eifersüchtigen und bewundernden Blicken aller Schüler.

Mit unserer Klasse und unserem Lycée war es wie mit jeder menschlichen Gemeinschaft: »Der Neue« hat in gewisser Weise zu leiden. Er muß sich in Kreise heimlichen Einverständnisses eingliedern, nach Verbündeten suchen, sich eingeführten Kodizes unterwerfen, mit Schweigen oder Kompromissen für seine Verwurzelung den Preis zahlen, der für sein Überleben unabdingbar ist. Die Verwurzelung muß gelingen, sonst wird man ein Außenseiter, ein Prügelknabe. Das Spiel läuft hauptsächlich nicht im Klassenzimmer ab, sondern während der Pausen im Hof und vor und nach der Schule. Je nach dem Geschick des »Neuen« kann sich alles innerhalb einiger Tage oder einiger Wochen entscheiden, doch es obliegt dem »Neuen«, die Prüfung zu erdulden und sich den starren und dummen sozialen Regeln zu beugen. Der »Neue« muß seinen Beitrag leisten; die Alten warten spöttisch und im vollen Bewußtsein ihrer Überlegenheit, die aus ihrer langen Zugehörigkeit herrührt, sie urteilen und schätzen ein und lehnen schließlich ab oder lassen zu. Durch diese Übung erfährt man die Heuchelei der Schwachen, sobald sie in der Herde sind, und die Grausamkeit der Starken, sobald sie sich ungestraft wissen. Sofern man die notwendigen Lehren daraus zieht, akzeptiert man das Prinzip und den Geist des Spiels, und sobald man seine Zulassung erhalten hat, stellt man überrascht und widerwillig fest, daß man das bittere Vergnügen genießt, das die Möglichkeit verleiht, den anderen leiden zu lassen, ohne sich völlig für die Demütigung verantwortlich zu fühlen, deren zustimmender Beobachter man wird, nachdem man vorher das Opfer war.

Doch im Falle Alexandres traf all das nicht zu. Schon in der ersten Pause, als wir darauf warteten, daß er versuchte sich anzupassen, sahen wir, wie er sich an einer der Säulen aufstellte, eingehüllt in jenen Mantel, der aussah, als habe er ihn einem reifen und begüterten Mann entliehen.

Mit seinem feingeschnittenen Gesicht, dem blassen Teint, der ein wenig langen, spitzen Nase, den dunklen Haaren, die leicht im Winterwind wehten, seiner hohen und gewölbten Stirn, die zum Himmel gewandt war, als erwarte er von dort ein Zeichen, seinem gegen die Säule gebogenen Körper, ein abwesendes Lächeln auf den gekräuselten Lippen, ließ Alexandre Vichnievsky-Louveciennes an einen Seemann am Bug seines Schiffes denken, der die Einsamkeit genauso zu genießen scheint wie die Härte des Ozeans und des Klimas. Verblüfft wurden wir Zeugen dieser Umkehrung der Rollen: Er suchte uns in keiner Weise als Bürgen. Alles in seinem Auftreten drückte die bewußte Verweigerung unserer Traditionen aus. Der Zirkus dauerte den ganzen Tag ebenso wie den nächsten, und die Blicke und Gespräche hatten sich auf den konzentriert, den wir schon »Alexandre« nannten, ohne daß uns auffiel, daß wir uns damit seinem ursprünglichen Vorschlag gebeugt hatten:

»Sie können mich Alexandre nennen.«

Dabei kannten und nannten sich, wie in jedem Schulhof der damaligen Zeit, die Jungen nur mit Familiennamen. Die Lehrer hatten gezögert. Die einen nannten ihn Vichnievsky, die anderen Louveciennes, doch Dubarreuilles, unter dessen Fuchtel wir die meisten Stunden verbrachten (Französisch, Latein und Griechisch, also ein gutes Drittel der Woche), zog es als Hüter der Ordnung, der er war, vor, den Namen vollständig auszusprechen, selbst wenn er gegen Ende die Silben schneller hervorstieß.

Dubarreuilles ... Es gibt Lehrerstimmen, die in den Ohren nachklingen, noch dreißig oder vierzig Jahre, nachdem ihre Besitzer, gehaßt oder geliebt, verschwunden sind und die Jugendlichen, die ihnen zuhörten, das geworden sind, was man gemeinhin als Erwachsene bezeichnet. Und diese Stimmen, ungreifbare Geheimnisse, die manchmal ein Wesen bestimmen so wie ein vergessenes Lied, das der Zufall wieder heraufbeschwört, tragen ihre Last aus Eitelkeit und Reue mit sich. So war es auch mit Dubarreuilles. Er war eine der lebenden Legenden des Lycée. Er hatte dort Legionen von Schülern geformt. Er war ein Denkmal des Lehrkörpers und nur noch wenige Jahre von der Pensionierung entfernt; sein kleiner Körper war schlaff und schmächtig, eine strukturlose Maske, an deren unterem Ende weiches Fleisch baumelte; die wäßrigen Augen wurden von einer Brille mit einer Fassung aus einem anderen Jahrhundert geschützt; seine Bewegungen waren langsam und müde, als ob die Tatsache, Tausende von jungen Leuten unterrichtet und es geschafft zu haben, ihnen die nötige Punktzahl zu verschaffen (seine Erfolgsquote im geisteswissenschaftlichen Abitur, erster Teil, hätte, wenn man nach den Kriterien der damaligen Zeit verfahren wäre, nahe an der Idealzahl gelegen), als ob die Tatsache, dieselben Rezepte wiederholt und dieselben Strafen verteilt zu haben, ihn im Laufe der Jahrzehnte mit einem Umhang aus Müdigkeit umgeben hätte. Er war immer aschfarben gekleidet. Gestärkter Stehkragen, schwarzer Lavallière-Knoten, der Anzug eines Provinznotars aus schwarzem Stoff, der vor Abgenutztheit glänzte, weicher Hut mit breiter

Krempe, schwarze Schnürstiefel und Gamaschen – ja, graue Gamaschen! Wir stellten uns vor, daß er morgens lange brauchte, um sie zuzuknöpfen, so sehr erschienen uns sein Körper, sein Rücken, seine Arme und seine kurzen Beine steif, von Rheumatismus geplagt, unfähig, auch nur die einfachsten Bewegungen auszuführen. Diese Art von Silhouette trifft man in unseren Straßen nicht mehr oft an. Genausowenig seine Pädagogik und den Respekt, den seine Methoden einflößten; die Beharrlichkeit, mit der er die jungen Menschen formte, die in einem schwierigen und unentschlossenen Alter zu ihm kamen; seine Hartnäckigkeit, mit der er sie sich »zwanzigmal über die Aufgabe beugen« ließ; seine Verweigerung des Spektakulären, der Ablenkung, aber auch sein Gefallen an der Strenge, an der Arbeit am Text, »am ganzen Text, nichts als dem Text«, seine Abneigung gegenüber Faulheit und Nachlässigkeit; seine erbarmungslose Verurteilung von allem, was »schlecht gemacht« oder »ohne Anstrengung gemacht« war; seine Bewunderung für das, was er als »Humanismus« oder »das klassische Studium« bezeichnete; und seine Überzeugung, daß jeder Gymnasiast, der einige Zeit unter seiner Ägide verbrachte, genügend Rüstzeug daraus mitnähme, um jedem anderen Fach gegenüberzutreten – genauso wie seine Erscheinung also sind diese Art von Geist und diese Art der Hingabe an die Bildung des anderen heute nicht mehr gefragt.

Wir mochten Dubarreuilles nicht. Wir fürchteten ihn, manchmal haßten wir ihn, wir gaben ihm unter uns alle Tiernamen, die uns einfielen, und wir schlossen in unser Verdikt seine Frau, Madame Dubarreuilles, mit ein, die ihm zum Verwechseln ähnlich war: das gleiche zerknitterte Gesicht, die gleiche eintönige Uniform, doch wir hatten schließlich den inneren Zusammenhang seines Lehrstils erkannt, und wir bewunderten seine Fähigkeit, jederzeit in der Klasse

Schweigen herzustellen. Er war der einzige Lehrer, der niemals mit Krawall in den Reihen seiner Schüler konfrontiert war. Er brauchte nur aufzutauchen, und alle verstummten, und aller Augen richteten sich auf diese alte, schwarzgekleidete Gestalt, die mühselig das Podest erklomm, um dann zum Pult zu gehen und dort Hut, Schal, Mantel und Aktentasche abzulegen. Er holte die Hefte und die korrigierten Aufsätze aus diesem veralteten, aber ungewöhnlichen Zubehör heraus, das Dubarreuilles' einzige Extravaganz darstellte, denn die Aktentasche war aus Elefantenhaut genäht; er hob den schweren Kopf, um zur Aufrufung der Anwesenden voranzuschreiten, bevor er seinen Unterricht begann. Seine Stimme ergriff dabei Besitz von dem Raum und unserer Person.

Es war eine majestätische, volltönende Stimme, die nicht recht zu dem erbärmlichen, ausgelaugten Gerippe passen wollte, dem sie entsprang; sie paßte jedoch gut zu dem Charakter und der Moral ihres Besitzers. Sie war hart, willensstark und besaß die Fähigkeit, sowohl den unwissendsten als auch den rebellischsten Jugendlichen mitzuziehen und im Bann zu halten. Eine Kommandostimme, die mit Komplimenten geizte, doch wie geschaffen war für Ermahnungen, für Aufmunterungen, und die einen wach hielt, den Stolz anstachelte und ständig die Furcht schürte, am Rande des Weges liegengelassen zu werden. Er konnte nach seinem Belieben mit dieser Stimme spielen, fühlte sich wohler in den Bässen und den ernsten Tönen als im Allegretto oder in den hohen Tönen; und weil er sich der Faszination bewußt war, die von seiner Stimme ausging, konnte er auch den Strom seiner Rede durch Pausen, durch Schweigen unterbrechen, genauso wie er es verstand, das Klangvolle der Diphthonge zu betonen oder das Kraftvolle der Labiale abzumildern. Zweifellos schmeichelte er sich tief in seinem Herzen, daß er niemals ein Gefühl verriet, denn er gefiel sich darin, den Ruf eines Lehrers zu wahren, der weder einen Liebling noch ein schwarzes Schaf kannte, und hatte sich als Verhaltensmaßregel eine beispielhafte Objektivität gesetzt, die der eines Richters am Obersten Gerichtshof entsprach. Trotzdem begann er, als er Alexandre zur Tafel rief, auf martialische und abgehackte Weise: »Vich-nievs-ky«, um darauf, glissando, über »Louve-ciennes« hinwegzustreifen, und geübtere und feinere Ohren als die unseren hätten darin die Andeutung eines nachgiebigen Tonfalls erkennen können. Denn Dubarreuilles hatte, wie auch seine Schüler, nicht lange dem unsagbaren Charme des »Neuen« widerstehen können. Alexandre verkörperte die Anmut. Man kann sich gegen sie auflehnen. Man kann sie verabscheuen oder versuchen, sie zu zerstören, doch wenn sie an einem vorübergeht, erkennt man sie mit einer Art stummer Betroffenheit, denn genauso wie die Revolution entblößt sie die Unzulänglichkeiten unseres eigenen Wesens.

Diese wahre Verkörperung der Schönheit, lässig an eine schmiedeeiserne Säule im Hof der Großen gelehnt, zog schnell die anderen Jungen an. Da Alexandre nicht zu ihnen ging, kamen sie in Scharen zu ihm. Nur wenige Tage nach seiner Ankunft war er schon von mehreren Schülern umringt, die begierig waren, alles zu wissen, und glücklich, später dem Rest der Klasse Bröckchen an Informationen austeilen zu können, die um so aufreizender waren, als sie rätselhaft blieben.
»Sein Stiefvater ist Geschäftsmann; seine Mutter ist Russin; sie wohnen in der Nähe vom Square Lamartine; er kann fechten; er ist aus Gründen, die er nicht nennen will, von mehreren Gymnasien geflogen.«
Ich weiß nicht, warum – sei es aus Eigenliebe, Schüchternheit,

oder erahnte ich etwa einen Schwefelgeruch oder nahm eine Spur Hochmut an Alexandres Stil wahr? – es mir nicht gelang, zu dem Kern derer vorzudringen, die sich bald als seine Freunde bezeichneten. Wir waren im übrigen zu mehreren, und die Auswahl, die unsichtbar innerhalb einer Gruppe vorgenommen wird, führte in der Klasse eine Teilung in zwei Clans herbei – in die, die Alexandres Gunst genossen, und in die anderen. Ich war wütend auf mich, weil ich es nicht schaffte, die Geste auszuführen oder die Worte auszusprechen, die mir erlaubt hätten, ihn zu duzen – denn er siezte die, die ihn nicht ihrer Treue versichert hatten, und verlangte von ihnen die gleiche verbale Distanz –, doch ich bemerkte, daß die Mitglieder seiner Kamarilla sich ständig erneuerten. Nur Barbier, ein Junge ohne jegliche Phantasie, ein fleißiger, aber beschränkter Schüler, blieb stets an seiner Seite.
Er war klein, rothaarig und still; seine Augen waren zu rund und sein Gesicht puppenhaft.
»Er macht die Botengänge für ihn. Er ist sein Wasserträger«, hieß es herablassend von ihm.
Alexandre hatte sich ihm gegenüber auf eine Weise verhalten, die uns davon überzeugt hatte, daß unser neuer Klassenkamerad aus anderem Holz geschnitzt war als wir. Eines Morgens, vor dem Eingangstor, hatte ein Passant Barbier ermahnt, weil der ihn ungeschickt angerempelt hatte. Der Mann war von mittlerer Größe, doch es war eben ein Mann, »ein Alter«. Er hatte Barbier am Unterarm gepackt und schüttelte ihn, während er eine Entschuldigung verlangte. Alexandre hatte sich schnell Barbier genähert, dessen Schultasche zu Boden gefallen war.
»Gehen Sie Ihrer Wege, mein Freund«, hatte er zu dem Mann gesagt, in dem Ton, der es bei ihm immer schwermachte, zwischen Theatralik und Aufrichtigkeit zu unterscheiden.

Der andere hatte gelacht, dann hatte er Alexandre gemustert, der so groß war wie er, und er wollte ihm gerade antworten; doch da verabreichte der Gymnasiast ihm plötzlich eine trockene und heftige Ohrfeige. Der Mann, der zunächst verdutzt und erstaunt, dann furchtsam reagierte angesichts des entschlossenen Verhaltens und der Kaltblütigkeit Alexandres, hatte eine Beleidigung hervorgestoßen und war dann »seiner Wege gegangen«, wie es ihm Alexandre auf seine unnachahmliche Art empfohlen hatte. Die Ohrfeigenanekdote machte die Runde in beiden Höfen des Lycée und wurde bald immer gewichtiger, so daß sie schließlich ein bedeutsamer Vorfall war, die siegreiche Konfrontation zwischen einem Vertreter unserer Generation und einem Mitglied der herrschenden Gemeinschaft der Erwachsenen. In unserem Alter war Alexandre fähig, Alte zu ohrfeigen! Es schien uns von da an, daß er der Fürst unseres Universums, ein Held geworden war. So wartete ich ungeduldig darauf, mich ihm nähern zu können, da er es mir ja schließlich vorgeschlagen hatte, als er meine Neugierde in bezug auf die geheimnisvolle Madame Ku entdeckt hatte.

2

»Ich beobachte Sie schon seit einiger Zeit«, sagte Alexandre. »Sie schleichen um mich herum wie eine Katze um den heißen Brei.«
Er lehnte an der Säule aus Schmiedeeisen, die er am ersten Tag ausgewählt hatte. Keiner sollte es von da an mehr wagen, in diesen Bereich nicht gezogener Grenzen einzudringen, und wenn aus irgendeinem Grund Alexandre einmal nicht dort war, blieb der Ort leer – solch einen Eindruck hatte der Ruf des jungen Mannes auf die anderen Mitglieder des Gymnasiums, die Anführer anderer Clans gemacht. Es gab tatsächlich mehrere, die in den Klassen über uns herrschten und leicht, allein durch ihr höheres Alter und ihre größere Kraft, Alexandre ihr Gesetz hätten aufzwingen können. Doch die Verhaltenskodizes waren nach dem Beispiel der verschiedenen Familien der Mafia in einer großen Stadt aufgestellt; jeder respektierte das Territorium des anderen. Außerdem hatte die Heldentat mit der Ohrfeige unserem Klassenkameraden eine Art Immunität verliehen. Man rührte nicht an »seine Säule«.
»Sie scheinen etwas erfahren zu wollen. Stellen Sie Ihre Fragen, ich werde sehen, ob ich sie beantworten kann.«
Barbier stand neben ihm, heiter und bewaffnet mit jener Selbstgefälligkeit, die den Mitgliedern privilegierter Kreise zukommt. Alexandres Ausdrucksweise schüchterte mich ein wenig ein, doch sie regte mich auch an, und ich beschloß zu antworten, indem ich versuchte, einen Wortschatz zu benutzen, der genauso gewählt war wie der seine, so daß ich mich auf die Höhe seiner Theaterspielerei erhob.

»Ich bin keine Katze«, sagte ich. »Und Sie sind nicht aus Brei, scheint mir.«
»Gut«, erwiderte er zustimmend. »Das ist gut! Was noch?«
Ich wandte mich an Barbier.
»Dieses Gespräch geht dich nichts an. Hau ab.«
Alexandre hob die Hand.
»Aufgepaßt, mein Alter. Ich mache hier die Regeln, nicht Sie.«
Doch meine Kühnheit hatte ihm wohl gefallen, denn er machte mit dem Kopf eine Bewegung zur Mitte des Hofes hin und sagte zu Barbier: »Laß uns allein, ja?«
Barbier verschwand gehorsam. Ich sah, wie er sich zu einer Gruppe von Schülern gesellte, die in Alexandres Kielwasser segelten. Unmerklich hatten sie im Laufe der Wochen angefangen, ihr Idol nachzuäffen, seine Stimme und seine herrschaftlichen Gebärden zu imitieren. Man konnte nun im Hof wahre kleine Nachahmungen von Alexandre beobachten, gekleidet in ähnliche Mäntel, lang und pelzgefüttert, und ich stellte mir vor, daß die Jungen ihre Mütter gebeten hatten, ihnen welche zu kaufen, und daß diese schließlich ihren Launen nachgegeben hatten. Wie er trugen sie einen langen Schal aus weicher Wolle, den sie, wie ihr Meister, über die Schulter nach hinten warfen. Sie waren nicht so weit gegangen, dieselbe Farbe zu wählen; die meisten Schals waren bordeauxrot oder brav marineblau, während der von Alexandre, dessen Material offenbar weicher und edler war (ich kannte damals noch kein Kaschmir) von einem fast schockierenden Smaragdgrün war und so einen unwirklichen Fleck in der grauen Landschaft des Gymnasiums bildete, wie eine phosphoreszierende Unterwasserpflanze inmitten der trüben Gewässer eines Aquariums.
»Nun«, fuhr Alexandre fort, »wo waren wir stehengeblieben?«

»Nirgends«, antwortete ich. »Wir haben noch gar nicht richtig angefangen.«
»Gut«, wiederholte Alexandre im selben ermutigenden Ton. »Gut! Der Typ ist begabt! Er hat Widerspruchsgeist! Ausgezeichnet! Er brannte darauf, so glaube ich, zu erfahren, worüber wir vorhin im Unterricht gesprochen haben?«
»Das stimmt«, gab ich zu. »Ich möchte diese Frau kennenlernen, über die Sie mit Barbier gesprochen haben.«
Mit einem ironischen Lächeln griff Alexandre erneut zu jener Art der Formulierung, die mir Unbehagen bereitete und darin bestand, daß er vor mir von mir sprach, als ob er sich an einen Dritten wandte:
»Ah! Das also! Der Typ ist neugierig. Der Typ will Madame Ku treffen. Aber Madame Ku muß man sich verdienen, stellen Sie sich nur vor! Weiß der Typ denn, was dieser Name bedeutet?«
Ich wollte ins Schwarze treffen und sagte in Kennerton: »Natürlich, das ist wie in Hintern (= cul).«
Alexandre brach in ein hysterisches, lautes Gelächter aus, das dazu führte, daß sich mehrere Köpfe zu uns umdrehten. Er sah mich mitleidig an, doch dann schien sich sein Ausdruck zu verändern und ein hinterhältigeres Gefühl sich auf seinem Gesicht abzuzeichnen.
»Sie sind eine vulgäre Seele«, gab er von sich. »Sie sind ein niedriges und vulgäres Wesen. Sie enttäuschen mich.«
Sein Blick entfernte sich, er fing wieder mit seiner üblichen Tour an und wandte sich an einen Geistergesprächspartner, was ihm erlaubte, eine zusätzliche Trennung zwischen sich und mir, ihm und den anderen herzustellen. Es war eine ärgerliche Manie; man bekam Lust, ihn bei den Schultern zu packen und ihn zu schütteln, damit er wieder zu einem zurückkehrte und einen anders ansähe als durch diese abstrakte Gegenwart. Dieses Verhalten machte ihn noch selt-

samer (keiner im Hof der Großen drückte sich so aus), doch es erklärte vielleicht, warum Alexandre seine Getreuen rasch ermüdete. Diejenigen, die seine Gunst genossen hatten und die er abgewiesen hatte, blieben ihm zwar treu, doch die Verführung, die er auf sie ausgeübt hatte, schien schwächer zu werden, und der einzige gültige Grund dieses plötzlichen Aufhörens von Liebe war von Chalaneilles vorgebracht worden.

»Er ist zu kompliziert für mich, ich verstehe ihn nicht«, hatte er mir anvertraut.

Nun, diese »Kompliziertheit« bildete für mich die Grundlage meines ganzen Interesses an Alexandre. Ich war überzeugt, daß er über eine Lebenserfahrung und zweifellos auch über Erfahrungen mit Frauen verfügte, die mir grausam fehlten. Seine Art zu reden ließ eine andere Form von Kultur oder von Geist erahnen als die unsere, und ich wollte den Ursprung und den Einfluß davon kennenlernen. So beurteilte ich seine Gewohnheit, von mir in der dritten Person zu sprechen, nicht als reine verbale Koketterie, sondern fragte mich ernsthaft, ob er nicht eine mediale Gabe besäße, die ihn in Verbindung mit einem anderen Teil von sich setzte. Wie oft hatte ich ihn nicht mitten im Lateinunterricht oder mitten in einem Aufsatz überrascht, wie er den Kopf hob und seine Augen weit über die Klasse schweifen ließ, um dann zu lächeln, als ob er schweigend auf einen Ruf oder ein Zeichen reagierte, das von anderswoher kam. Mit wem unterhielt er diese Beziehung? Ein geheimnisvoller Junge, der anders war als meine anderen Kameraden und der sich im Leben so wohl zu fühlen schien, so sehr Herr über seinen Körper und zu den erstaunlichsten Gesten fähig war – und da verdarb ich meine erste Gelegenheit, mit ihm in Kontakt zu treten! Ich warf mir meine Ungeschicktheit vor, das, was er als meine »Vulgarität« definiert hatte. Er entließ mich mit einem Satz:

»Sie müssen morgen wiederkommen. Bis dahin Reue, mein Alter, Reue!«
Am nächsten Tag um die gleiche Zeit stand ich Alexandre wieder gegenüber. Meine Neugier hatte jedes andere Gefühl verdrängt, und ich hatte meinen Stolz und meine Sorge um meine Unabhängigkeit beiseite geschoben. Nichts war mehr von nun an für mich wichtiger, als ihn meine unglückseligen Worte vom Vortag vergessen zu lassen und ihn dazu zu bringen, daß er mich in seiner Umgebung akzeptierte.
»Dem Typ geht's gut?« fragte er.
»Gut, ja«, sagte ich, »ich habe gestern etwas Dummes gesagt, Sie dürfen mir nicht böse sein. Das kann jedem passieren.«
»Der Typ ist geschickt«, meinte Alexandre. »Doch ist der Typ wirklich würdig, Madame Ku kennenzulernen? Das ist ein anderes Paar Stiefel. Wir werden darüber nach ein paar weiteren Begegnungen urteilen. Bis morgen!«
Das Spiel ging so einige Tage lang weiter. Inzwischen lernte ich, mich in die kleine Gruppe seiner Getreuen zu integrieren, über seine Scherze zu lachen, zuzuhören, wie er Melodien aus Symphonien pfiff, deren Komponisten ich nicht kannte (»Wir werden den Typen mal mit ins Konzert mitnehmen, wenn er brav ist«), und mir wurde die Ehre zuteil, ihn über die Avenue Henri Martin bis zum Square Lamartine begleiten zu dürfen. Er blieb immer dann stehen, wenn er in die kleine Straße abbiegen mußte, die etwas abschüssig ist und am Park entlang führt, und er sagte dann:
»Hier beginnen die verbotenen Reiche. Der Typ geht nicht weiter und muß seiner Wege gehen.«
Selbst Barbier durfte nicht bei den Vichnievsky-Louveciennes eindringen. Es schien, als wolle Alexandre das Geheimnis schützen, das seine Familie umgab, deren Doppelname alle möglichen Interpretationen erlaubte. Ich gab mich ohne jedes Widerstreben, ja sogar mit Vergnügen für dieses

Theater her, um endlich geduzt zu werden und selber duzen zu dürfen. Ich bemerkte, daß ich so unmerklich in den innersten Kreis der Freunde Alexandres aufgerückt war, doch ich erkannte nicht, daß ich dabei ebenfalls einen Teil seines Vokabulars übernommen hatte. Ich ahmte seine Wendungen nach, und wenn ich es auch nicht erreicht hatte, daß man mir einen Mantel »à la Alexandre« kaufte, so hatte ich doch immerhin von einem meiner Brüder einen roten Schal entliehen, der lang genug war, so daß ich ihn nach hinten werfen konnte, mit einer Bewegung, die genauso herausfordernd und romantisch sein sollte wie die seine. Meinte Alexandre nun, daß ich »würdig« war, Madame Ku kennenzulernen? Eines Tages sagte er zu mir mit seinem gewitzten Gesichtsausdruck und seinem geheimnisvollen Lächeln: »Nach dem Unterricht nehme ich dich mit zu ihr.«
Ich stammelte: »Aber ich bin nicht bereit! Ich muß mich umziehen!«
Er lachte spöttisch. »Warum dich nicht auch noch parfümieren? Nein, du kommst, wie du bist. Man verkleidet sich nicht, wenn man Madame Ku begegnet!«
Nach solchen Worten, die ebenso poetisch waren wie die Wolke des Geheimnisses, die die Identität der Dame umgeben hatte, begab ich mich an Alexandres Seite auf den Weg zu Madame Kus Salon.

3

Das Groteske an unserem Handeln, das Lächerliche an unseren Gesten läßt sich nie in dem jeweiligen Moment ermessen, denn sonst würden wir nicht handeln, und unser Leben wäre statisch. Die meiste Zeit sehen wir uns beim Tun nicht zu. Und erst danach – manchmal am Tag danach, manchmal viel später – können wir mit klarem Blick uns selbst betrachten. Dieses Blindsein, das dabei unabdingbar ist für eine weitere Kenntnis der Dinge, ist um so größer in Zeiten der Veränderung, wenn Körper und Seele der Spielball von unsichtbaren Kräften sind. Deshalb müssen wir dem jungen Mann ein wenig Nachsicht erweisen, der wie im Fieber auf dem Bürgersteig der Rue de Longchamp entlanggeht, geleitet von einem Jungen seines Alters, der eine zusätzliche Unze an Selbstsicherheit zu besitzen scheint.

Unser Held weiß nichts; er hat die Unberührtheit der Kindheit verloren, aber noch nicht die Kühnheit der Jugend gewonnen; er schwebt, er zögert, er träumt; sein Glaube ist grenzenlos, seine Verfügbarkeit vollkommen. Alexandre, der ihm auf der Straße vorausgeht, könnte mit ihm machen, was ihm beliebte, so sehr haben sein Wissen um das Leben, sein Gefühl für die Manipulation der Menschen, sein schauspielerisches Talent ihm einen Vorteil über seine Altersgenossen eingeräumt.

Wir schreiben das Jahr 1950. Die »Jugendlichen« existieren nicht; sie dürfen den Mund nicht öffnen; die Erwachsenen würden sie nicht hören, und sie hören sich nicht einmal gegenseitig zu; sie sind in keiner Statistik aufgeführt; kein Presseorgan, keine Handelsmarke, kein Kunstprodukt wendet sich an sie oder spricht in ihrem Namen; sie verfügen über keine finanziellen Mittel, und deshalb hat noch keiner daran gedacht, daß sich in dieser dunklen, schlafenden Masse das verbergen könnte, was man später »einen Markt« nennen wird. Im übrigen wird dieser Ausdruck nur wenig benutzt, und wenn überhaupt, dann nicht in seinem späteren Sinn, genauso wie viele andere Worte, die im Laufe der Jahrzehnte ihre ursprüngliche Bedeutung eingebüßt haben. »Konsumieren« bedeutet zu der Zeit, von der ich spreche, nichts anderes als das Trinken eines Getränkes, das man in der Öffentlichkeit genießt; »Kommunikation« ist ein Ausdruck, den man lediglich auf den Straßen- und Schienenverkehr anwendet; »Image« und »Bild« sind nichts als nur ein Bild, etwas Gemaltes oder Fotografiertes, und auch etwas, was sich auf einem großen weißen Schirm mit rotem oder schwarzem Rand bewegt, an jenen Orten, die man noch »die Vorstadtkinos« nennt. In dieser offenbar so ruhigen Welt werden die Moden durch Mund-zu-Mund-Propaganda weitergegeben, und da sie länger brauchen, um das Licht der Welt zu erblicken, ist ihre Dauer direkt proportional zu der Langsamkeit, mit der sie sich in den Lebensgewohnheiten einnisten.

Alles geht also langsamer, doch das heißt nicht, daß alles einfacher wäre, denn das Herz und die Phantasie der Jugendlichen brodeln mit der gleichen Kraft, und allein die Erfahrung einer beginnenden Freundschaft, die Nähe einer Begegnung mit Madame Ku enthalten zu jener Zeit so viele Versprechen von Bangigkeit, so viele Erwartungen wie dann später eine Expedition im »Snow-scooter« durch die Antarktis, die »live« zur »Prime time« übertragen wird und »gesponsert« ist von einem »Major« der International Business Scene.

4

Madame Ku war mehr als klein, eine Zwergin, sie schielte, und sie hatte Haare am Kinn.
Meine Überraschung war so groß, daß ich wie gelähmt war und es nicht gleich schaffte, die Schwelle der Tür zu überschreiten, als Alexandre mich dazu aufforderte, der ein gleichzeitig freundliches und spöttisches Lächeln zur Schau trug. Madame Ku war häßlich, alt, rund wie eine Tonne, eingehüllt in bunte Wolle und Leinen, die einen unbekannten, würzigen Duft verströmten.
»Komm, komm rein. Sag Madame Ku guten Tag.«
Diese, die einen starken russischen Akzent hatte und die »R«s deutlicher rollte als Alexandre, wie in einer Parodie und mit langsamer Betonung, erklärte, als sie mich sah:
»Neuer Gast. Sitzen im Salon. Tee fertig in einigen Minuten.«
Gepeinigt und unfähig zu erkennen, ob ich das Opfer eines Streiches geworden war und was mir die Wirklichkeit im Vergleich zu meinen Phantastereien zu bieten hatte, die mir im Kopf herumgespukt waren, betrat ich Madame Kus Haus. Alexandre sah zufrieden aus. Ich beschloß, nichts von meinem Erstaunen preiszugeben.

Wir waren durch die Rue de Longchamp gekommen, hatten dann die Avenue d'Eylau genommen, um in der Mitte dieser Straße in eine kurze gepflasterte Gasse einzubiegen, an deren Rand einige Häuser standen, die viel weniger reich wirkten als die im ganzen übrigen Viertel. Am Ende der Gasse hatten wir links ein altes schmiedeeisernes Tor aufge-

stoßen, das zu einer Art winzigem Pavillon aus Ziegeln führte, dessen Anblick eher an jene Baracken erinnerte, die man in den Vorstädten entlang der Eisenbahnschienen sah, jenseits der Boulevards des Stadtringes, und die die Werkzeuge derjenigen beinhalteten, die dort ihr kleines Stück Erde bewirtschafteten.
Dieser Pavillon, eine Art Warze, ist selten in den schönen Vierteln, doch das XVI. Arrondissement jener Zeit war davon durchsetzt – uralte Gebäude, unförmig, heruntergekommen, die neben Häusern aus Quadersteinen im bürgerlichsten Haussmannschen Stil standen. So konnte man in der Rue de la Faisanderie, die den Ruf einer »teuren« Straße hatte und von den begütertsten Familien bewohnt wurde, noch an einem winzigen einstöckigen Häuschen vorbeikommen, einer Bruchbude, die von zwei Kolossen überragt wurde und um so mehr unsere Blicke auf sich zog, als wir wußten, daß sie von unserem bewunderten und gehaßten Lehrer Dubarreuilles und seiner Gattin bewohnt wurde.
Das Haus der Madame Ku gehörte zur selben Kategorie, war aber noch bescheidener, noch enttäuschender. Ich hatte gehofft, eines jener »Häuser« zu entdecken, von denen man im Lycée sagte, daß sie in der Gegend der Rue de la Pompe, der Rue Paul-Valéry oder der Rue Lauriston emporschossen und in deren Innerem angemalte und in Seide gekleidete Frauen mit Zigaretten im Mund mich die Freuden des Fleisches hätten kennenlernen lassen sollen. Ich hatte mich darauf gefaßt gemacht, in Madame Ku, die ich für die Chefin dieser Art Etablissement gehalten hatte und von der ich glaubte, daß Alexandre einer ihrer fleißigsten Kunden wäre, in Madame Ku also eine Kreatur zu sehen, die vielleicht älter wäre als ihre Schützlinge, sicher aber genauso strahlend, majestätisch, beladen mit Parfum und Schmuck, mit Lastern und Erfahrungen und dazu noch versehen mit einem Hintern,

der ihrem Beinamen würdig wäre. Und nun stand ich, nachdem Alexandre an die Tür geklopft hatte, einer Art Gnom ohne Alter und Form gegenüber in einem engen, niedrigen Raum ohne jeden Luxus, ohne einen Bewohner außer der besagten Dame.

Aber je weiter ich ins Innere dieses Hauses vordrang, desto schneller vergaß ich meine Enttäuschung und verspürte statt dessen Neugierde und Faszination. Das Haus war eng und beschränkte sich auf eine Art Erdgeschoß, das aus einigen Zimmern bestand. Das größte, in das mich Alexandre gebeten hatte und in dem ich mich setzen sollte, war mit allerlei Trödel möbliert: alten Sesseln, drei Stühlen, einem alten, mit granatfarbenem Stoff bezogenen Sofa, einem dunklen Holztisch, der mit Wachstuch bedeckt war. Auf dem Kamin standen zwei kleine goldene Ikonen mit ihren Kerzen, deren Flamme leicht zitterte. Daneben befand sich eine Küche, die mit alten, aber sauberen Gegenständen ausgerüstet war; in dieser Küche stand ein Bügeltisch mit Eisen darauf, dessen Spitze in die Höhe ragte, als ob unsere Ankunft die alte Dame mitten in dem unterbrochen hatte, was ihre Hauptaktivität – vielleicht ihr Beruf? – zu sein schien, denn auf beiden Seiten des Tisches befanden sich zwei große Weidenkörbe; einer enthielt noch ungebügelte Wäsche, der andere sorgfältig geschichtete Stapel Wäsche in jeder Form und Beschaffenheit. Neben dem Gasherd konnte man auf einer Fläche aus dunkler Keramik einen imposanten Gegenstand bewundern, dessen Nutzen und Namen ich schnell erfahren sollte. Es war ein Samowar, der auf einem Sockel aus Kupfer stand. Die Zeit und das ständige Säubern hatten seine silberne Hülle mit einer ins Grau spielenden Patina bedeckt. Ein sanfter Rauch umgab den Apparat, und als Madame Ku den kurzen Silberhahn öffnete, um den im Inneren schon fertigen Tee zu entnehmen, verbreitete sich um sie ein angeneh-

mer Duft nach Bergamotte und Zitrone. Sie holte aus einem Schrank Tassen. Diese Gesten vollführte sie schweigend und leichtfüßig; sie trug eine Art Lederhausschuhe mit runden schwarzen Spitzen.
»Schön hier, nicht wahr?« fragte mich Alexandre.
Er hatte seinen Mantel abgelegt. Versunken in einem der alten Sessel, ein Bein auf den Unterarm gelegt wie ein Reiter, belauerte er meine Reaktionen.
»Wer ist diese Frau?« fragte ich als Antwort.
»Sie heißt Kudlinska«, sagte er, »doch man nennt sie Ku.«
»Madame Ku?«
»Nein, einfach nur Ku, wenn man sie gut kennt«, meinte er.
»Und du kennst sie gut?« fragte ich.
»Der Typ ist neugierig«, sagte Alexandre. »Doch ich muß sagen, daß der Typ sich sehr beherrscht verhalten hat. Er hat nicht enttäuscht ausgesehen. Er konnte seine Maske bewahren. Das ist gut. Das heißt, daß der Typ sich an alle Situationen anpassen kann. Trinken wir unseren Tee.«
Ku, denn so sollte ich sie nennen, tauchte aus der Küche auf; sie trug ein Tablett mit Tassen, Zuckerdose, Löffeln und üppigen Zitronenröllchen auf einer blauen Untertasse. Sie hatte immer noch den gleichen Gesichtsausdruck wie bei meiner Ankunft: ein heiteres, fast seliges Lächeln, das sich über das Gesicht eines alten, faltenreichen Babys breitete. Nun, da meine erste Überraschung und meine erste Desillusionierung vorüber waren, begann ich, die Dame zu studieren, nicht weil sie es war, sondern eher weil Alexandre ihr solch eine Bedeutung beimaß. Mein Angezogensein von Alexandre, meine Überzeugung, daß er das darstellte, was als das Beste im Bereich der Eleganz, der Unbesorgtheit, der Kultur und der Reife anzusehen war, war so felsenfest, daß ich mich für alles zu interessieren begann, was ihn berührte. So nahmen diese Dame, diese Rituale, diese Atmosphäre in

Wirklichkeit eine viel größere Dimension an als die kleinen, anzüglichen Vorstellungen, die ich mir fälschlicherweise zurechtgelegt hatte. Sie stand vor mir, nicht viel größer als der Sessel, in dem ich saß, und sah mich freundlich an.
»Noch Tasse?«
Ihr Akzent und ihre Ausdrucksweise hätten wie eine Karikatur wirken können, wenn nicht dieses ständige verwirrende Lächeln sie begleitet hätte. Sie hatte graues, feines Haar, das sie zu einem Kranz aufgesteckt hatte, der ihren Kopf umgab und oben auf dem Schädel in einem Knoten endete. Wenn man sie aus der Nähe betrachtete, entdeckte man, daß, wenn auch ihre Kleider gebraucht, zusammengestückelt und zurechtgeschustert wirkten, in ihrer Auswahl und vor allem in ihrer großen Sorge um Sauberkeit doch so etwas wie Koketterie lag. Ebenso das Mobiliar, der Boden, der einzige Teppich, der sich unter dem Tisch im Salon ausbreitete – alles war gepflegt, geschliffen, geordnet. Je mehr Zeit verfloß, eine Zeit, die ich nicht mehr maß – seit ich bei Madame Ku angekommen war, schien die Zeit aufgehoben zu sein –, hatten das Kommen und Gehen der Dame, das mit einer tänzerischen Leichtigkeit vor sich ging, ihre wenigen konkreten und praktischen Worte, die sie mit jenem musikalischen Akzent aussprach, von dem man sich gefangennehmen ließ, und dieser zufriedene, gelassene und beruhigende Ausdruck, der ihr Gesicht nie verließ, hatte eben all das bald dazu beigetragen, eine Atmosphäre zu schaffen, die zwar dem entgegengesetzt war, was ich mir erwünscht hatte, die im Grunde jedoch noch viel einnehmender war. Und ich revidierte schließlich sogar mein Urteil über das, was ich zunächst unwillkürlich über ihr Gesicht gedacht hatte, über seine Häßlichkeit, ihre Haare am Kinn, ihre breiten Züge, ihre stumpfe Nase, ihre kleinen Schlitzaugen und ihre faltige Haut. Man vergaß diese Einzelheiten und behielt nur die

Wärme zurück, die dieses Gesicht ständig ausstrahlte. Während man in kurzen Schlucken an ihrem gezuckerten Tee mit Zitrone nippte, der an keinen bekannten Geschmack erinnerte, während man sah, wie sie sich wie auf einem unsichtbaren Kissen aus Luft bewegte, verstärkte sich immer mehr der Eindruck, von einem Gefühl der Euphorie ergriffen zu sein, das im Einklang stand mit Alexandres Bemerkung:
»Es ist gut hier.«
Man überraschte sich dabei, wie man Ku mit ihrem wundervollen Samowar gleichsetzte: rund und alt, stand er wie ein Wahrzeichen inmitten dieses winzigen, ruhigen Universums, das von der Wirklichkeit des Stadtviertels und der Zeit losgelöst schien, und Blick und Aufmerksamkeit verloren sich allmählich in den Spiegelungen auf der ständig polierten silbernen Oberfläche. Da packte einen ein Gefühl des Entrinnens, zu dem sich der Eindruck des Geheimen, Verbotenen gesellte – dies hier war ein geheimer Ort, nur für einen selber geschaffen, so wie die Verstecke und Hütten, die man in der Kindheit baute. Man erkannte, daß Alexandre an diesem altertümlichen, aber exotischen Ort zu Hause war. Er stand auf, um Dinge zu verrücken, breitete seine Schultasche, seine Hefte und Bücher auf dem großen Tisch aus, forderte einen auf, das gleiche zu tun und gemeinsam die Hausaufgaben für den nächsten Tag vorzubereiten.
»Der Typ wird zugeben, daß es hier doch viel besser ist als im Studierzimmer«, sagte er befriedigt.
Ku schenkte noch eine Tasse Tee ein, bewegte sich um unsere Plätze, ohne zu reden, und zog sich dann in die Küche zurück, um wieder zum Bügeleisen zu greifen, dessen regelmäßiges Zischen sogleich das Verstreichen der Minuten rhythmisch unterstrich. Sobald seine Arbeit fertig war, stand Alexandre auf und befahl mir, meine Hefte liegenzulassen.

Er arbeitete schneller als ich, und ich wollte protestieren, doch er sagte zu mir:
»Du wirst es bei deinen Eltern fertig machen. Jetzt werden wir uns entspannen.«
Er nahm vom Kamin, neben einer der Ikonen, ein Damekästchen aus Perlmutt und entnahm ihm zwei Zigaretten mit einem langen weißen Filter aus Pappe.
»Wir rauchen«, beschloß er. »Los, du auch.«
Er zeigte mir, wie man das Ende des Filters leicht bog, um es sich zwischen die Lippen zu stecken, und zündete die Zigarette an der Flamme der Kerze an, die die Ikone erleuchtete; der würzige Duft der Zigarette erinnerte mich an den Geruch, den ich zuerst erschnuppert hatte, als wir bei Ku eingetreten waren.
»Du wirst sehen«, sagte er lächelnd zu mir. »Ku wird wütend sein.«
Tatsächlich kam die alte Dame bald aus dem Raum, in dem sie die Wäsche bügelte, heraus, fuchtelte mit ihren kurzen, wolleumspannten Armen herum und wetterte in ihrem starken Akzent:
»Nicht rauchen, nicht gut, Ku nicht froh, Geruch kommt auf saubere Wäsche.«
Alexandre erhob sich ruckartig, nahm sie um die Taille, wirbelte sie herum wie einen Kreisel und sang dazu: »Ku-dlinska! Ku-dlin-ska. KU-DLIN-SKAH!AH!«
Und die alte Dame stimmte in ein Lachen ein. Während ich schüchtern an der ersten russischen Zigarette meines Lebens zog und mein Gaumen von einem Geschmack überzogen wurde, von dem ich mir einredete, daß er auserlesen sei, betrachtete ich den schönen jungen Mann, wie er diese kleine alte Dame, die massig und dabei doch grazil war, herumschwenkte, unter unschuldigem Gelächter, und ich fragte mich nicht mehr, was diese beiden Menschen wohl vereinen

mochte. Es schien mir, daß sie zur selben Familie gehörten und daß die Vichnievskys bei Alexandre die Louveciennes bei weitem überwogen. Am Ende dieser kurzen Pantomime applaudierte ich dem Paar und glaubte auf Alexandres Gesicht lesen zu können, daß ich meine Einstandsprüfung mit Erfolg abgelegt hatte. Er hielt plötzlich inne und näherte sich mir.
»Möchtest du etwas schwören?«
»Ja«, sagte ich, »natürlich.«
Seine Augen hatten ihren heiteren Glanz nicht verloren, doch seine Stimme war ernster geworden. Mit der Zigarette im Mund, den Filter zwischen die Zähne geklemmt, ließ er mich ihm nachsprechen:
»Ich schwöre, Ku zu helfen, die Schwierigkeiten ihres Alltagslebens zu ertragen. Ich schwöre, niemandem den genauen Standort dieses Treffens zu verraten.«
Ich gehorchte glücklich.
»Ich schwöre schließlich und vor allem, kein einziges der Geheimnisse zu verraten, die mein Freund mir jemals anvertrauen mag.«
Ich wiederholte diese Worte und war noch glücklicher.

Ich hatte flüchtig geglaubt, daß es eine geheime, vielleicht familiäre Verbindung zwischen Ku und Alexandre gäbe, aber dem war nicht so. Auf dem Heimweg erzählte er mir, daß er die alte Dame eines Tages kennengelernt hatte, als seine Mutter ihn gebeten hatte, Wäsche aus der Wäscherei in der Rue des Belles-Feuilles zu holen. Dort hatte man ihm gesagt, daß noch nicht alles geliefert worden sei, und ihm die ganz nahe Adresse derjenigen gegeben, die »beim Bügeln helfe«. Die Alte, die er darauf getroffen hatte, hatte ihn sofort gerührt und belustigt. Er bestätigte mir bei dieser Gelegenheit, daß seine Mutter russischen Ursprungs sei, und ich verstand nun gut, daß Alexandre in Kudlinska die Gesten und Dinge, die Anklänge an eine russische Vergangenheit geliebt hatte, die er nie gekannt hatte und über die seine Mutter kaum sprach.

Trotz seines reichen Wortschatzes und trotz der Leichtigkeit, mit der er in wohlgesetzten Phrasen das artikulierte, was wir in unserem Alter nur fühlten, ohne es ausdrücken zu können, konnte mir Alexandre doch nur mit Mühe erklären, was ihn an der alten Dame so sehr berührt und verführt hatte, jene Art von Heiterkeit und Höflichkeit, jene schweigsame Güte, jenes Lächeln eines alten orientalischen Weisen, das den Wunsch auslöste, bei ihr zu verweilen, sich in ihrem bescheidenen Raum zu kuscheln und ihre unauffälligen hausfraulichen Aktivitäten zu verfolgen.

»Sie ist meine Babuschka«, sagte er zu mir und faßte mit diesem Ausdruck, den ich nicht kannte, das Gefühl zusammen, das er bei der alten Dame verspürte.

Im Laufe unserer Besuche sollte ich merken, daß er sie duzte, daß er sie gerne neckte und daß er ihr auch gerne in allen Einzelheiten seine Heldentaten im Lycée schilderte – so genau, daß Ku alles zu kennen schien: die Strenge Dubarreuilles', die Grobheit von Captain Hook, das Verhalten einiger der Mitglieder von Alexandres kleiner Bande: Barbier, Chalaneilles, Susskind, die er zweifellos mindestens einmal zum Tee bei ihr mitgenommen hatte, die jedoch, wie ich entzückt erfuhr, »die Prüfung nicht gut bestanden« hatten. Im Gegenzug machte sich die Alte daran, ihm in ihrem gebrochen Französisch die Leviten zu lesen. Sie empörte sich, wenn sie von Alexandres Extravaganzen hörte, und zählte ihm ihrerseits ihre Aktivitäten des Tages auf.

»Bügeln. Tee. Kekse machen. Kleine Pause. Tee. Bügeln.«

Ich begriff allmählich die Beziehungen, die Alexandre mit der alten Dame unterhielt. In dem Maße, wie ich sie besuchte und mich an die langen Nachmittagsaufenthalte bei ihr mit meinem Freund gewöhnte, bemerkte ich, daß er sich sehr um sie kümmerte. Er hatte sie so verarmt vorgefunden, daß er sofort beschlossen hatte, ihr finanzielle Hilfe zu leisten. Jedesmal, wenn wir Ku verließen, sah ich, wie er Geld in einen kleinen Keramiktopf auf einem Schemel in dem engen Flur steckte.

»Ich«, sagte er zu mir, »habe soviel Taschengeld, wie ich will. Mein Stiefvater zählt es nicht. Er läßt überall Geld herumliegen, ich muß mich nur bücken und es aufheben. Und du? Vergiß nicht, daß du geschworen hast, Ku zu helfen. Wieviel bekommst du?«

»Nun, zwei Francs, fünf Francs in der Woche«, antwortete ich.

»Das ist nicht gerade viel«, meinte er. »Du mußt eben in Naturalien zahlen. Zucker, Salz, Nudeln, finde was, um ihr zu helfen, denn ein Schwur ist ein Schwur.«

Nach meinem ersten Besuch hatte ich mir gesagt: Das war es also, das große Geheimnis, und diese Frau, der Alexandre so viel Bedeutung beimaß! Ich war weder enttäuscht noch überrascht, sondern in Wirklichkeit entzückt, an diesem winzigen Ort zugelassen zu sein. Ich verstand noch nicht die Gründe, weshalb Alexandre sich eine solche Enklave gebaut hatte: Was ging denn bei ihm zu Hause vor, daß er in dieser Hütte Wärme, Sanftheit, Einverständnis und Trost suchte? Wie wichtig war ihm »der Salon von Madame Ku«? Es gab so viele Schattenbereiche um meinen Freund, und ich wagte kaum, ihn zu befragen. Ich war schon zu glücklich, sein Gefährte werden zu können und Schritt für Schritt Barbier zu ersetzen, meinen Rivalen. Ich hatte entdeckt, daß Letzterer weiter weg wohnte als wir alle, unten in der Avenue Mozart, und es war für ihn schwieriger, nach dem Unterricht Zeit bei

Ku zu verbringen, während das Heim der alten Russin sich nur einige hundert Meter von meinem Zuhause entfernt befand. Ich sah den Vorteil, den ich aus dieser Nähe ziehen konnte, und es wurde ganz natürlich für mich, nach der Schule mit Alexandre zu Ku zu gehen, um dort den Rauch des Samowars, die Kekse, die Kerzen der Ikonen, den Duft nach Zitrone und Bergamotte, nach feuchter Wäsche und gewürztem Tabak, das unbewegliche Lächeln der alten Dame und vor allem jenes unaussprechliche Gefühl wiederzufinden, von nun an eine Ecke für mich zu besitzen, einen Ort, den die Meinen nicht kannten, wo ich neben einem Jungen, dessen Bewegung allein, dessen Worte allein mich mit Bewunderung erfüllten, eine Art von Freiheit genießen konnte. Denn selbst wenn ich bei meinen Eltern unter keiner anderen Unzufriedenheit litt als der, als Jugendlicher von allen unverstanden zu sein, kam mir die Außenwelt attraktiver als die Zelle der Familie vor. In dem Zimmer, das ich mit einem meiner Brüder teilte, fühlte ich mich beengt, unfähig, nach meinem Belieben zu handeln. Bei Ku hatte ich das Gefühl, Herr über mich und meine Bewegungen zu sein, den Blick und das Urteil keines Älteren erdulden zu müssen. So begriff ich immer besser den Sinn und die Bedeutung des zweiten Teils des Schwurs, den ich Alexandre geleistet hatte, »keinem Menschen den genauen Ort dieser Begegnung zu verraten«.

Wir befolgten dieses Versprechen buchstabengetreu. Ku gehörte uns, nur uns! Bei ihr rauchten wir unsere Zigaretten mit der Pappspitze; wir tauschten unsere Eindrücke über das Leben und die Frauen aus; über die Liebe und den Tod; über Ruhm und Ehrgeiz; über Freundschaft und Verrat; wir kauten unseren Gram oder unsere Freuden wieder, die wir während des Alltagstrotts im Lycée erfahren hatten; wir scherzten mit der Alten, die unsere Dummheiten und unse-

re Parodien ertrug und mit jenem russischen Akzent und in jenem gebrochenen Französisch, das uns solche Freude machte, rohe und weise Aphorismen hervorbrachte.
Fasziniert von Alexandre und seiner Frühreife, unmerklich von der Atmosphäre »bei Ku« gefangengenommen, war ich wie verzaubert und unfähig, wie das häufig in diesem Alter geschieht, mich in die Zukunft zu versetzen. Der Gedanke, daß etwas oder jemand eines Tages dieses neue Dasein stören könnte, war mir nicht in den Sinn gekommen. Nichts hatte mich auf Anna vorbereitet.

5

Sie kam und schnitt in das frische Fleisch meines jugendlichen Lebens, um ihm die Verführung und das Leid, Schlaflosigkeit, die Verwüstungen des Herzens und die Umklammerungen der Liebe zu bringen. Sie war nicht erwartet, doch insgeheim ersehnt worden, und von dem Augenblick an, da ich seine Flamme erkannte, war ich gefangen, gepackt von diesem Feuer.

6

Man gewöhnt sich an alles, sogar an die Schönheit, und je mehr man sich daran gewöhnt, desto enttäuschter wird man. Und diese unsichtbare Arbeit, die die Zeit vollbringt und die man Gewohnheit nennt, zwingt einem, ohne daß man es vorausgesehen oder gewünscht hätte, einen Überdruß all dessen auf, das einem noch gestern außergewöhnlich vorkam und das heute voraussehbarer, weniger wertvoll und vergänglicher wird.

Als er noch unerhört war, war Alexandre mir makellos, fehlerlos, unangefochten vorgekommen – ein Erzengel, der gekommen war, um seine weißen Fittiche auf dem grauen Zement im Hof der Großen auszubreiten. Nun, da ich sein Getreuer geworden war und mit ihm in dem intimen Rahmen bei Ku umging, bemerkte ich überrascht, daß ich seines Großtuns, der Herrschaft, die er auf uns, auf mich ausübte, müde wurde. Zwar akzeptierte ich ihn wie die anderen Mitglieder der kleinen Gruppe, aber ich fiel nicht ganz darauf herein. Ich hatte alle seine Ticks angenommen und ahmte ihn unbewußt nach, was so weit ging, daß ich wie er meine Beine übereinanderschlug, wenn ich saß, oder daß ich einige Noten Wagner oder Beethoven pfiff – denn er hatte begonnen, mir zu vermitteln, daß es eine Musik gab, die man klassisch nannte, und daß diese nicht »öde« war und ich mich dafür interessieren müsse, wenn ich als Ästhet gelten wollte. Trotz meiner Verehrung für Alexandre wußte ich und hatte schon erfahren, daß er einen demütigen konnte, indem er seine Überlegenheit spüren ließ. Man empfand dann ein vages Bedürfnis nach Rache. Man spürte, wie all

jene, die sich ihm genähert hatten, den unwiderstehlichen Wunsch, »ihm die Fresse zu polieren«.
Es hatte eine Überraschungsparty bei den Eltern von Chalaneilles gegeben. Ich durfte hingehen, mußte jedoch vor Mitternacht zu Hause sein. Ich haßte diese – glücklicherweise seltenen – Gelegenheiten, bei denen ich unweigerlich meine Ungeschicklichkeit, meine Unwissenheit und den Graben vor Augen hatte, der mich von den anderen Jungen meines Alters trennte, von denen ich glaubte, daß sie sich so viel leichter gegenüber den Mädchen, der Musik, dem gesellschaftlichen Theater verhielten.
»Tanzt du denn nicht? Spielst du Mauerblümchen?«
Wie viele Heranwachsende haben dieses Martyrium schon erduldet? Ich stand wie versteinert neben dem Plattenspieler und war nur allzu glücklich, für sein gutes, problemloses Funktionieren und das Wechseln der Platten verantwortlich zu sein, denn das verschaffte mir sowohl eine Rolle als auch einen Vorwand, mit dem ich vermeiden konnte, mein Ungeschick auf dem Parkett zur Schau zu stellen, auf dem, nachdem der Teppich aufgerollt war, meine Kameraden die Mädchen herumwirbelten. Sie wirkten glücklich, an diesem Fest teilnehmen zu dürfen. Ich betrachtete es als eine Pflicht, eine Prüfung, und fragte mich, was meinem Organismus wohl fehlen mochte, daß es mir nicht gelang, auch an diesem Vergnügen teilzuhaben, im Kontakt mit ausgelassenen, entgegenkommenden Mädchen zu gestikulieren, deren Lächeln zu sagen schien:
»Wer sind Sie? Lernen wir uns kennen! Wollen wir vielleicht flirten?«
Ich war unfähig, auf diese Art Ruf zu antworten. So traf mich Alexandres Bemerkung wie eine Ohrfeige. Nachdem er mir seine Frage gestellt hatte, hatte er sich lächelnd entfernt und zwei Mädchen und ihre Kavaliere umkreist, die gemeinsam

lachten, als sie seinen Spott im Vorübergehen hörten. Ich hätte in diesem Moment fliehen wollen, fliehen vor diesem Ort und seinen Geräuschen, vor diesen Komparsen. Diese große und unpersönliche Wohnung, diese endlosen Flure und der Anblick der Eltern, die die »Superfete« organisiert hatten: Schwarzgekleidet, mit teilnehmendem Lächeln, sahen sie auf ihre Uhren und hielten sich so gut wie möglich zurück; dieser lange Tisch mit den schweren Füßen, beladen mit Karaffen mit Fruchtsaft, kleinen Kuchen, die man am Vortag bei Carette bestellt hatte, mit Gläsern und Untertassen, um die Tänzer und Tänzerinnen sich schwatzend drängten; der Eindruck, daß sie eine Erfahrung teilten, zu der ich einfach keinen Zugang bekam; das Gefühl des Ausgeschlossenseins von der Bewegung des Lebens, das in der Mitte des großen Wohnzimmers auf dem bernsteinfarbenen Parkett pulsierte. Dort spielte sich alles ab, dort begann man zu tanzen, dort berührten sich die Körper, drehten sich, dort brach Gelächter aus und wurden alle möglichen Dinge in Gang gesetzt. Ich haßte mich. Ich hatte so viele Stunden verwirrt und zu allem bereit verbracht, gierig nach Begegnungen und nach weiblicher Gesellschaft, und nun, da die Gelegenheit da war, entzog ich mich. Doch genauso wie es mir unmöglich schien, einen Schritt in den Wirbel des Tanzes hinein zu tun, genausowenig fühlte ich mich fähig, den Rücken zu kehren, um die Wohnung zu verlassen und zu Fuß auf der Avenue Mozart in der Nacht nach Hause zu gehen.

Und ich fragte mich, warum ich als einziger diese Unfähigkeit spürte, meinen Körper zu lösen, mich in den kleinen Kern aus Fröhlichkeit und Glück einzugliedern, der sich im Rhythmus der wechselnden Platten zu bilden und aufzulösen schien: ein Slow, ein schneller Tanz, ein Slow, ein schneller Tanz ... Wie machten es die anderen, daß sie weder Blicke noch das Sichlächerlichmachen fürchteten und sich so spontan in den Tanz und das Gespräch mit den Mädchen stürzten? Was war der Code, der Satz, die Geste, die einem erlaubte, in ihren Kreis einzudringen? Ich konnte mich nicht von dem Plattenspieler lösen, erfand alle möglichen kleinen Aufgaben: die Platten in getrennten Stapeln aufschichten, je nach Charakter der Musik; regelmäßig mit einem rechteckigen bläulichen Tuch die schon benutzten abwischen; die von den Tänzern hastig hingeworfenen Wünsche aufnehmen (»Spiel noch mal den Slow«, »Ich hab das satt, legt uns Sambas auf«); auf die Nadel pusten, um der Musik einen reinen Klang zu sichern; mich regelmäßig auf einen der kleinen, vergoldeten Stühle mit den Blümchenkissen setzen, um eine verdiente Pause nach einer so aufreibenden Tätigkeit einzulegen. In dieser Stellung einer alten, verlassenen Dame, einer Strohpuppe hatte mich Alexandre entdeckt und mir hingeworfen:

»Tanzt du denn nicht? Spielst du Mauerblümchen?«

Ich empfand die Worte meines Idols als eine Beleidigung, ein weiteres Zeichen dafür, daß ich an diesem Abend, zu dem ich doch offiziell eingeladen war, ausgeschlossen war. Eine Welle des Grolls stieg in mir auf. Ich sah Alexandre an. Wie schlank und charmant er war, und wie einnehmend und gleichzeitig ungezwungen die Verbeugung, die er gerade vor einem blonden Mädchen gemacht hatte, die ein himmelblaues, kariertes Kleid trug! Ein vertrautes Prickeln, das nur ich kannte, war hinter den Augenlidern zu spüren, und ich mußte kämpfen, um die Tränen zurückzuhalten. Aber gleichzeitig hatte eine Szene stattgefunden, einer jener flüchtigen Momente, die den Verlauf einer Abendeinladung durchsetzen und nur diejenigen erfassen können, die sich zufällig im Kielwasser des unbedeutenden Ereignisses befinden. Die Blonde mit dem karierten Kleid sagte deutlich hörbar zu Alexandre, der sich gerade aus seiner Parodie einer Verbeugung, die als Aufforderung gelten sollte, erhob:

»Nein, ich werde sicher nicht mit Ihnen tanzen. Sie regen mich auf.«

Dann wandte sie ihm den Rücken zu und ging zu einem anderen Jungen, der ihr Lieblingspartner zu sein schien. Alexander machte eine Drehung, als wolle er die Kränkung auslöschen, und ich sah, wie sein lebhafter und plötzlich harter Blick suchend durch den Raum wanderte, um sicherzugehen, daß niemand Zeuge dieser Zurückweisung geworden war. Seine Augen trafen meine. Ich stand ein paar Meter von ihm entfernt und konnte nicht anders als ein Lächeln anzudeuten, einen Ausdruck billigen Vergnügens über den Anblick des Mißerfolges meines Freundes –, vielleicht das erste Mal, seit er in mein Leben getreten war, daß ich ihn in einem unterlegenen Zustand überraschte. Meine Lippen formten einen Satz, den man über dem Tumult nicht hören konnte. Gereizt und mit einem angedeuteten Lächeln einerseits, in dem die Aggressivität und die Heimtücke jeden Respekt vor unserem Verschworensein besiegten, kam er auf mich zu.

»Wiederhole, was du gerade gesagt hast, wenn du das schaffst.«

»Ich habe nichts gesagt«, erwiderte ich.

»Doch, doch«, beharrte er, »ich habe gesehen, daß du dich über mich lustig gemacht hast. Sei kein Heuchler. Was genau hast du gesagt?«

Ich wollte mich über die endlosen Stunden hinwegtrösten, die ich umsonst neben dem Plattenspieler gewartet hatte, wollte mich für seine Bosheit rächen, ihn ein wenig von jener Demütigung spüren lassen, die er einen so gerne führen ließ.

»Willst du, daß ich es dir sage? Ich habe gesagt: ›Der Typ ist nicht so stark, wie er tut.‹«

Sein Lächeln verzerrte sich noch mehr, und ich hatte das Gefühl, daß ich meinen einzigen Freund verlieren würde. Ich war erschrocken. Doch dann bekam er etwas Schmeichlerisches, und mit hohler, tonloser Stimme sagte er nur:
»Ach ja? Nun, Mittwoch bei Ku. Amüsier dich gut.«
Dann schien er das Interesse an mir zu verlieren und verschmolz wieder mit dem Meer der Tanzenden. Später am Abend beschloß ich, den Vorfall zu vergessen, ging nach Hause, ohne Alexandre noch einmal gesehen zu haben.

7

Am nächsten Tag, einem Sonntag, sollte ich im Kino Saint-Didier in der Straße gleichen Namens, das man von uns zu Hause in ein paar Minuten zu Fuß erreichen konnte, das entdecken, was ich für das weibliche Ideal hielt.

Es war eine Frau in Schwarz-Weiß. Ich hatte ihre Züge betrachtet, als ich vor dem Aushang vor dem Kino stehenblieb, dort, wo man in regelmäßigen Abständen Fotos aus Szenen des nächsten Films anzeigte. Wir befanden uns in jener vergangenen Epoche, als die Lust, einen Film zu sehen, allein durch den Aushang von Bildern ausgelöst wurde, die auf Glanzpapier gedruckt waren und die man in zwei Kategorien einteilte: »Diese Woche« und »Nächste Woche«. Wir verfügten über kaum andere Informationen, um einen Film eher als einen anderen auszuwählen. Plakate waren selten; es gab wenig Werbung auf den Seiten der Zeitungen, und im übrigen lasen wir die Zeitungen unserer Eltern gar nicht.

Die Neugier entstand auf andere Weise. So konnte man jeden Tag eine lange Warteschlange vor dem am nächsten gelegenen Kino unseres Viertels beobachten, oder aber ein Freund in der Schule hatte begeistert von einem Film gesprochen, den er am Tag zuvor gesehen hatte. Doch das sicherste Mittel, das, was unsere Entscheidung auslöste und unsere Instinkte weckte, war die sorgfältige Prüfung dieser Porträts von Männern mit weichen Hüten und mit einer Zigarette zwischen den Lippen; von diesen Frauen in Badeanzügen oder makellosen Kleidern; von Pistolen und Kutschen; von bärtigen, grimassierenden Clowns; von diesen geheimnisvollen und schönen Gesichtern; diesen Augenbrau-

en und Lippen der Stars. Versuchung packte einen, man brannte darauf, sich in der Nacht auf die Straßen zu stürzen, in diese Salons einzudringen, in diese exotisch möblierten Büros, die in nichts dem ähnelten, was einen jeden Tag umgab. Dieses Kino, das man B-Serie nannte, das jedoch bei weitem über jede Kategorisierung hinausging, denn es gab A-Serien, die einen Touch von B-Serie hatten, und wir entdeckten B-Serien, die bei weitem den A-Serien gleichkamen, dieses Kino also wurde einem fast überraschend geboten. Es genügte, daß ein Foto die Aufmerksamkeit bannte, daß einen ein Blick verwirrte, damit sich etwas formte, das einem sagte:
»Das sieht gut aus.«
Und man ging am Wochenende oder am Donnerstagnachmittag hin, mit oder ohne Erlaubnis der Eltern, oft begleitet von einem Freund, der genauso wie man selber von drei Gesten fasziniert war, von einem auf Glanzpapier gebannten Blick hinter dem Glas des Kinoschaukastens. Doch als ich den Gesichtsausdruck dieser Frau entdeckt hatte, ihre vollen Lippen und ihre Mandelaugen, hatte ich beschlossen, mich allein mit ihr zu treffen. In der Nacht hatte ich an sie gedacht, und ich würde nicht eher Ruhe finden, als bis ich sie lebendig, in Großformat auf der Leinwand kennengelernt hatte. Und als ich sie sah, empfand ich eine heftige körperliche Lust auf sie.
Der Saal im Saint-Didier ähnelte einem Theatersaal, mit weißen Stucksäulen als Rundbögen, die die Logen und den Balkon stützten; mit breiten Gängen zwischen den Orchestersesseln; mit einer hohen Bühne und der Leinwand ganz am Ende; mit dunkelroten Sitzen, die quietschten, wenn man sie herunterklappt; mit einer Rokokoausstattung, ganz in Friesen, Spiralen, Schnitzwerken und kleinen Statuetten in der Eingangshalle. Ich setzte mich in eine der ersten Rei-

hen, um sicherzugehen, daß niemand, den ich kannte, mir nahe kam, und um aus möglichst großer Nähe die Bilder zu empfangen, die sich auf der Leinwand bewegen würden, denn ich wußte, noch bevor der Film losging, daß diese Frau wegen mir und ich wegen ihr ins Saint-Didier gekommen war. Ihr Auftritt enttäuschte mich nicht. Sie besaß eine solche Anziehungskraft, daß ich darüber die Intrige des Films vergaß; ich achtete nicht auf die männlichen Komparsen, die sie umgaben, die sie liebten, sich um sie stritten oder ihr Böses wollten; ich interessierte mich nur für sie, für ihren Körper, ihren Schmuck, ihre Bewegungen, ihr Lachen und ihr Haar.

Vamp, Glamour, Femme fatale, alles Worte, die zu jener Zeit modern waren und heute veraltet sind und die diese Person in schwarzem Futteralkleid hätten charakterisieren können, diese Frau, deren Arme von langen schwarzen Handschuhen bedeckt waren, die sie beim Tanzen kühn, provozierend und lasziv abstreifte, mit Gesten und Bewegungen, die mehr ahnen ließen, als sie zeigten – all diese Ausdrücke, die sich auf die Gestalt des Films genauso wie auf die Schauspielerin, die sie verkörperte, anwenden ließen, waren mir damals unbekannt. Wichtig war für mich nur das Aufsteigen meines Begehrens. Ich hatte das Gefühl, sie am Beginn der Geschichte kennengelernt, mich dann schnell in sie verliebt zu haben, um schließlich nur noch einen Wunsch, eine Sehnsucht zu haben: sie zu berühren, sie zu sehen und wiederzusehen. Je weiter sie in der Geschichte und in meinen Phantasien vordrang, desto mehr spürte ich, wie mein Körper sich hinreißen ließ. Wenn sie für einige Minuten von der Leinwand verschwand, entspannten sich meine Muskeln teilweise – doch die lustvolle Schwere, die mein Geschlecht langsam verändert hatte, wurde kaum gemindert. Es war einfach weniger hart, weniger gespannt, es tat mir weniger weh zwi-

schen meinen Beinen, und meine Atmung wurde fast wieder normal. Doch da erschien die Frau aufs neue im Film, weinte oder lachte, rauchte oder trank, schürte die Begierde ihres Partners, war gleichzeitig Opfer und Henker; und wieder faszinierten mich ihr Hals, ihre Zähne, ihre hohen Wangenknochen, ihre Brust, ihre langen Beine und stachelten mein körperliches Begehren an. Und wie der Held wiederholte ich leise ihren Namen unter den Tönen der Filmmusik: »Gilda, Gilda, Gilda« – dieser fiktive Name, der bald zu »Rita, Rita, Rita« werden sollte, ihrem richtigen Vornamen!
Ich verließ das Saint-Didier in einem Zustand der Erregung, die jedoch von Niedergeschlagenheit durchkreuzt wurde. Denn wenn ich auch begriffen hatte, daß diese Frau, deren Schauspielernamen ich erst erfuhr, als ich – immer wieder – den Anschlag las, der an der Wand am Eingang hing, allem entsprach, was mein Körper lieben, streicheln und in was er eindringen wollte, so sah ich doch sehr wohl, da ich kein Kind mehr war, daß sie für mich unerreichbar war. Und daß ich vielleicht mein Leben damit verbringen würde, ihre Doppelgängerin zu suchen, die es natürlich nicht gab. Ich wußte außerdem nicht, daß dieser Film, der schon drei Jahre alt war, bei Millionen von Männern die gleichen Gefühle hervorgerufen hatte. Wenn ich mich jemandem anvertraut hätte, hätte man mir ins Gesicht gelacht, so sehr stimmte meine verspätete Entdeckung dieser Frau in einem Vorstadtkino, die damals Sex und Schönheit verkörperte – den »Sexappeal« –, mit dem überein, was man das kollektive Unbewußte der Zeit nennt. Mein Geschmack war also durchaus banal, aber das wußte ich nicht, und das Bedürfnis, das ich verspürt hatte, war so groß, daß ich mich dabei überraschte, eine Geste voll purer Unbesonnenheit zu machen, die mir nicht entsprach.
Ich nutzte das Durcheinander zwischen den Zuschauern, die

das Kino verließen, und denen, die zur zweiten Vorstellung kamen, und riß flink das einzige Foto »meiner Frau« ab, das nicht hinter Glas hing, sondern direkt an einer der Stucksäulen im Eingang klebte. Ich entfloh und versteckte dabei das kostbare Porträt unter meiner Jacke, um schnell nach Hause zu kommen und mich in das Zimmer zu flüchten, das ich mit einem meiner Brüder teilte und in dem ich – welch großes Glück! – an diesem Tag allein war und mit beiden Händen meine unerträgliche Ungeduld befriedigen konnte, vor diesem Gesicht, diesem Foto, das ich auf das Bett vor meine Beine gelegt hatte, vor meine Schenkel, vor meinen Unterleib, dieses Foto, das mein Feuer so auf die Probe gestellt hatte.

Danach dachte ich, beschämt, aber stolz, erleichtert und doch unersättlich, daran, mit welchem Vergnügen ich bei unserem nächsten Treffen Alexandre das, was man erzählen konnte, erzählen würde.

8

Wir trafen uns wieder nach der Schule bei Ku. Samowar und Kekse und Austausch unserer kleinen, banalen Informationen, die ihr unentwegtes Lächeln vertiefen. Ich warte, daß sie an ihr Bügelbrett in der Küche zurückkehrt, um Alexandre meinen Schatz zu enthüllen, ihm von meiner Begegnung mit dem Weiblichkeitsideal zu erzählen.
»Schau«, sagte ich, »schau, was ich ergattern konnte.«
Ich ziehe das Foto aus meiner Schultasche.
»Was soll das?« fragte Alexandre kühl.
»Rita«, antwortete ich. »Das ist Rita Hayworth! Ich habe das Foto gestern im Saint-Didier geklaut.«
»Na und?«
Mein Freund hat eine abwesende, fast feindselige Miene aufgesetzt.
»Na und?« sage ich zu ihm. »Aber sie ist die schönste Frau der Welt, ich habe die Nacht mit ihr verbracht, du kannst es nicht wissen, es ist ... besser als im Traum.«
Alexandre steht auf, zieht sich in den Salon zurück und, die Hände auf den Hüften, mustert mich boshaft.
»Ich glaube, ich habe es immer gesagt«, beginnt er, »daß du nichts als eine niedrige Seele bist, ein häßlicher und gemeiner Mensch.«
»Wieso?« frage ich.
Verblüfft, verletzt stehe nun auch ich auf.
»Du siehst also nicht«, sagt er, »daß es nichts Blöderes, nichts Gemeineres, nichts Primitiveres gibt als diese Art von schlüpfriger Schönheit? Du weißt also nicht, was wahre weibliche Schönheit ist?«

Ich begreife seinen Angriff kaum. Ich fühle mich beleidigt und in meinen tiefsten Überzeugungen getroffen.
»Aber wie kannst du mit mir in diesem Ton reden?« frage ich. »Dazu hast du kein Recht. Das ist beleidigend.«
Er kommt auf mich zu. Ich sehe in seinen Augen diesen Glanz, der mir schon manchmal angst gemacht hat.
»Ich habe genauso das Recht, dich zu beleidigen«, sagt er langsam, »wie du neulich abend, bei der Überraschungsparty bei Chalaneilles, mich vor allen lächerlich zu machen.«
»Aber, Alexandre!« rufe ich aus und versuche, mich ihm zu nähern. »Das habe ich keinen Augenblick gewollt.«
Er entzieht sich mir. Brüsk reißt er mir das Foto von Gilda-Rita aus der Hand und zerreißt es in zwei Hälften, die auf den Boden fallen.
»Das mache ich mit deiner amerikanischen Hure«, sagt er. »Glaube mir, ich erweise dir einen verdammten Dienst damit.«
Ich bin sprachlos, kann nicht protestieren. Dann schüttelt mich eine tiefe Wut.
»Du bist kein Freund«, sage ich.
In dem Moment, als ich diese Worte ausspreche, bin ich mir bewußt, daß ich mir nur eines wünsche. Wie groß auch der Riß sein mag, der unsere Freundschaft bedroht, ich möchte sie erhalten, gleichzeitig erscheint es mir unmöglich, einen solchen Angriff einfach zu dulden; ich weiß nicht, wie ich mich verhalten soll, hin und her gerissen zwischen der Angst, daß unser Band zerstört wird, und meinem verletzten Stolz, meinem Erstaunen vor der Ungerechtigkeit. Also warte ich, ich zögere und schweige, aus Angst, irreparable Worte, nicht mehr zurückzunehmende Sätze zu sagen.
Wir stehen uns gegenüber, und Alexandre sagt lächelnd zu mir: »Weißt du, es gibt eine Möglichkeit, all das zu klären.«

Ich warte, da ich noch nicht erraten habe, worauf er hinauswill.

»Du fragst nicht, welche?«

Er zieht eine Weste aus, schiebt die Ärmel seines Hemdes die Arme hoch.

»Du hast mir neulich abend bei Chalaneilles, als ich dir egal war, gesagt: ›Der Typ ist nicht so stark, wie er immer tut.‹ Stimmt doch, oder?«

»Stimmt«, antworte ich. »Das habe ich gesagt, doch ich wollte es nicht sagen.«

Er unterbricht mich.

»Gut«, sagt er, »zieh deine Weste aus, und dann sehen wir, ob der Typ wirklich stark ist.«

Ich gehorche. Als ob er sich am selben Ort schon derselben Aktivität gewidmet hätte, schiebt Alexandre den Tisch zur Seite, auf dem wir normalerweise unsere Bücher und Schularbeiten ausbreiten.

»Hilf mir, ihn dorthin zu schieben«, fordert er mich auf.

Wir schieben die Sessel beiseite, rücken das Sofa an die Wand, machen das Zimmer für unseren Kampf leer. Ich entdecke Ku, deren kurze und gedrungene Gestalt sich in die offene Tür der Küche stellt. Sie beobachtet unser Tun, ohne zu protestieren, und ich begreife, daß auch sie in der Vergangenheit sicher schon einer ähnlichen Szene beigewohnt hat. Es scheint sie zu amüsieren und aufzuheitern.

»Aufgepaßt«, sagt Alexandre und hebt dabei seine beiden Fäuste in Brusthöhe.

Ich tue es ihm gleich. Er stürzt sich auf mich, bringt mich aus dem Gleichgewicht. Ich reiße ihn bei meinem Sturz mit. Wir finden uns beide am Boden wieder, kämpfen auf dem abgetretenen und düsteren Teppich der alten Russin. Mehrmals rollen wir uns herum, denn die Kampfregel ist klar, selbst wenn sie kein einziges Mal erwähnt wurde: wie in den grie-

chisch-römischen Wettkämpfen oder beim Catchen hat der, der am Boden festgehalten wird, verloren. Ich spüre, daß Alexandre mir bei diesem Spiel überlegen sein wird, deshalb entwinde ich mich ihm, gleite zwischen seine Beine, stehe wieder auf, falle jedoch sofort erneut hin, denn er hat mich an den Knöcheln gepackt. Ich glaube zu hören, wie Ku in die Hände klatscht und schallend lacht. Die Schläge werden härter. Ellbogen, Fäuste und Absätze gehen in alle Richtungen, und ich spüre, wie mir Blut in den Mund steigt. Ich gerate außer Atem. Alexander ahnt meine Schwäche; es gelingt ihm, mich unbeweglich zu machen, mein Rücken ist auf dem Teppich; er umklammert meine Schultern mit seinen Händen und hindert mich mit seinen Knien, die er geschickt und schnell in Höhe meiner Schenkel bringt, daran, mich zu rühren. Sein Gewicht und seine Kraft nehmen zu, und ich mag noch so sehr versuchen, mich loszureißen, ich bin gefangen, richtig gefangen in seinem Schraubstock, und je mehr ich mich wehre, desto schwerer lastet er auf mir. Er beugt sein Gesicht über meines und wiederholt mit heiserer Stimme und außer Atem, jedoch herrisch und hartnäckig: »Wer ist nun der Stärkere, hä? Wer ist der Stärkere? Sag es, sag es doch! Und dann lasse ich dich los!«
Während des Kampfes hatte ich geglaubt, Schläge an der Haustür gehört zu haben, doch nicht bemerkt, daß Ku weggegangen wäre; nun aber kommt es mir vor, als ob doch noch jemand das Zimmer betreten hat. Mir tun Brust, Schultern, die Leistengegend weh, ich stöhne unter Alexandres Gewicht, ich unterwerfe mich ihm, ich gebe auf und flüstere: »Du bist es. Du bist der Stärkere. Du hast gewonnen.«
Ich spreche die Worte voller Schmerzen aus, doch in der Hoffnung, daß diese Niederlage der Preis sein möge, der meine Freundschaft zu Alexandre bewahrt. Selbst wenn ich nun mit einer merkwürdigen Mischung aus Bedauern und

Freude zugebe, daß er mein Meister ist und daß ich ihm nicht mal böse sein darf, weil er Rita beleidigt, ihr Foto zerrissen und mich als »häßlichen und gemeinen Menschen« bezeichnet hat. Während er seine Umklammerung lockert, sich jedoch noch nicht erhebt, sondern sich nur damit begnügt, seine Knie zu verrücken, um meinen Unterleib zu entlasten, höre ich ein unbekanntes Lachen, wie das Klingen von Gläsern, die aneinanderstoßen, ein Klang, der von weit her kommt. Alexandre dreht sich um und erweitert so mein Blickfeld.

Und ich sehe hoch aufgerichtet in einem beigefarbenen Männermantel und mit einem bunten Schal vor der Brust ein großes junges Mädchen mit langen schwarzen Haaren, blasser Haut und roten Lippen vor uns stehen. Man könnte meinen, daß eine Art von Licht ihre Gestalt umfließt. Zwei große Metallohrringe klirren leise und lassen um das Oval ihres Gesichtes eine zarte Musik ertönen, die ihre Bewegungen und ihre ersten Worte begleitet. Sie wendet sich an Alexandre mit einer zärtlichen und komplizenhaften Ironie.

»Hier versteckst du dich also. Endlich habe ich deinen Zufluchtsort gefunden!«

Ich glaube in ihrer Stimme das gleiche fremdländische Timbre, die gleiche Spur eines Akzentes zu erkennen wie bei meinem Freund, und ich entdecke gleichzeitig die frappierende Ähnlichkeit zwischen Alexandre und dieser schönen Unbekannten, die ich nicht aufhören kann anzuschauen. Sie fügt hinzu:

»Du hast doch nicht etwa geglaubt, du könntest mir lange entfliehen, oder?«

Dann lacht sie erneut auf.

»Ihr wirkt beide lächerlich auf diesem Teppich. Steht auf, ihr Jungen. So begrüßt man doch keine Frau.«

Seit Alexandre sich von meinem Körper gelöst hat, um mir

den Blick auf das junge Mädchen zu ermöglichen, habe ich nicht mehr die Augen von dieser strahlenden Erscheinung in Madame Kus Salon wenden können. Jetzt, als wir uns erheben und unsere Kleider säubern, kann ich mit einem raschen Blick eine Veränderung im Verhalten und im Gesichtsausdruck meines Freundes erkennen. Genauso wie er vor einigen Sekunden noch als Sieger handelte, arrogant, bereit, über mich, sein Opfer, zu verfügen, genauso sehe ich ihn nun still, verwirrt und auffallend stumm, wenn nicht zerknirscht, wie ein kleiner Junge, den man ertappt hat. Leise sagt er zu mir:
»Das ist Anna. Sie ist meine Schwester.«
Dann wendet er sich wieder ihr zu, verändert erneut seine Haltung, schüttelt sich, fährt sich durch die Haare und blickt das junge Mädchen an. Man spürt in seiner Stimme Herausforderung und Achtung, Bewunderung und Liebe.
»Gut«, sagt er zu ihr, »du hast mich gefunden. Doch dieses Terrain muß meines bleiben, selbst wenn ich glücklich sein werde, wenn ich dich gelegentlich hierher einladen und dir einen Tee anbieten darf.«
Sie lacht, wickelt den bunten Schal mit einer Geste um sich, die ich so oft an Alexandre gesehen habe, bei der ich mich jedoch plötzlich frage, ob er sie nicht von Anna hat, ob Alexandre nicht Anna nachgeahmt hat. Sie geht auf ihn zu und küßt ihn mit geschlossenem Mund auf die Lippen; sie streichelt seine Wange mit einer Hand, deren Finger, Nägel und Form noch feiner sind als die ihres Bruders. Anna, das ist Alexandre als Frau. Das heißt, daß seine Anmut und seine Anziehungskraft vervielfacht scheinen. Ich befinde mich völlig im Banne ihres Zaubers.
»Komm«, sagt sie zu ihrem Bruder. »Es gibt schon wieder ein Problem zu Hause.«
Ich bleibe in meiner Ecke, verwirrt von jedem Wort, jedem

Schritt, jeder Bewegung dieses Mädchens. Sie hat mir noch kein Wort und keinen Blick geschenkt, und erst als sie den Arm ihres Bruders ergreift, beschließt Anna, mich zur Kenntnis zu nehmen. Einen kurzen Augenblick ruhen ihre dunklen Augen auf mir; sie lächelt mich höflich an, ohne daß darin mehr als ein Hauch von Interesse läge. Dann geht sie; beide gehen; und ich denke an den Satz von Victor Hugo, den ich vor langer Zeit in meinem alten, abgenutzten Band der »Misérables« gelesen habe: »An dem Tag, an dem eine Frau, die an dir vorübergeht, dabei Licht verströmt, bist du verloren, und du liebst.«

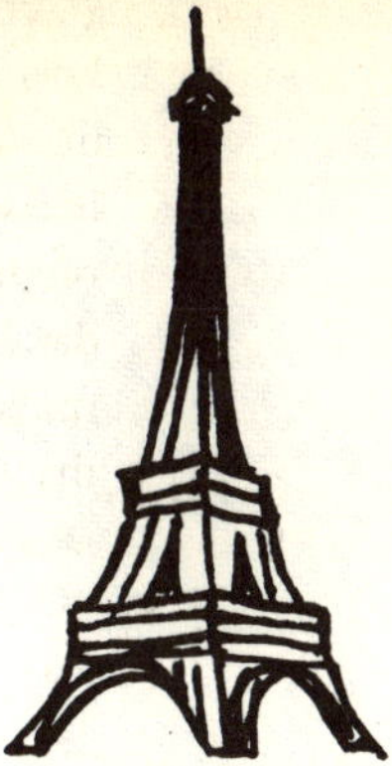

Zweiter Teil
Anna

9

Ich blieb einige Zeit allein bei Ku sitzen. Ich hörte sie in der Küche ihren Beschäftigungen nachgehen. Die alte Russin hatte gelacht, als sich die Tür hinter Alexandre und Anna geschlossen hatte, und sie hatte mir die beiden Hälften des zerrissenen Fotos des amerikanischen Stars gereicht.

»Was? Wegwerfen? Behalten?«

Sie hatte sie auf den Tisch gelegt und mich dann allein gelassen, um mit ihren leichten und komischen Schritten an ihre Bügelarbeit zurückzukehren.

»Wegwerfen«, sagte ich laut zu mir selbst.

Langsam zerriß ich die zwei Fotohälften, zerstückelte sie in Dutzende von kleinen Quadraten, bis ich nur noch einen Haufen Fetzen hatte, die man nicht mehr zusammensetzen konnte – als ob ich endgültig das zerstören wollte, was ich für das »weibliche Ideal« gehalten hatte. Rita-Gilda oder Gilda-Rita war aus meinem Leben verschwunden. Es gab nur noch Anna, nichts sonst. Ich wollte sie wiedersehen, ihr nahekommen, das Recht erwerben, mich in ihrem Kreis zu bewegen, einige Sätze mit ihr wechseln und vielleicht ihren Handrücken streicheln oder ihren Arm streifen. Ich konnte mir noch nicht eingestehen, daß ich sie liebte; die Neugierde beseitigte alle Überlegungen, und die Fragen, die ich mir da an Kus Tisch und später auf der Straße stellte, als ich langsam zu meinen Eltern zurückkehrte, drehten sich nicht um meine Erschütterung oder meine Gefühle, sondern hatten allein Anna zum Gegenstand: Was machte sie, wen traf sie? Wie alt war sie? Wo ging sie zur Schule? Welchen Nachhauseweg nahm sie? Wie sah ihr Zimmer aus? Würde ich irgend eine Gelegenheit haben, ihr zu begegnen, wenn ich ihren Bruder begleitete? So gelangte ich mit meinen Fragen ganz natürlich zu Alexandre. Warum hatte er mir die Existenz dieser Schwester verheimlicht, deren Charme genauso eine Wirkung auf ihn wie auf mich auszuüben schien? Was war »das Problem zu Hause«, von dem sie gesprochen hatte? Welche Beziehung hatten diese zwei Menschen, bei denen mir nicht klar war, wer den anderen in seinen Gesten, seiner Stimme, seiner Kleidung beeinflußte? Hatte Alexandre an Anna gedacht, als er mir wie eine Beleidigung hingeworfen hatte:

»Du weißt also nicht, was wahre weibliche Schönheit ist?«

Dieser Anwurf ließ mich ahnen, daß es ungeschickt wäre, Alexandre zu direkt zu fragen, und daß ich vorsichtig vorgehen müßte. Wir hatten einen Kampf ausgefochten, den er gewonnen hatte, eine Prüfung der Demütigung und der körperlichen Gewalt, und kaum hatte er mir sein Gesetz aufgezwungen, war ich unmittelbar darauf Zeuge seines Gehorsams und seiner Zärtlichkeit gegenüber dieser Unbekannten geworden, die in unseren Zufluchtsort eingebrochen war. Ich hatte Alexandres ungeheure Empfindlichkeit schon gegen mich gerichtet zu spüren bekommen. Ich müßte diese also bei der auszuwählenden Strategie berücksichtigen. Die Liebe – oder vielmehr ihre Vorläufer – hatte schon Instinkte der List geweckt, von denen ich nichts ahnte. Bis dahin war ich Alexandre vollkommen ergeben gewesen. Von nun an sah ich meine Beziehung zu ihm in einem anderen Licht. Ich rechnete damit, daß unsere nächste Begegnung wichtig, vielleicht sogar entscheidend wäre. Denn Alexandre stellte meinen einzigen Zugang zu Anna dar, und ich fürchtete, ich könnte, wenn ich mich ihm gegenüber nicht richtig zu verhalten wüßte, meine Chance verderben, das junge Mädchen mit den langen schwarzen Haaren, dem blassen Gesicht und

den roten Lippen wiederzusehen. Ihr Bild war in mich eingedrungen. Sie wurde mein ganzer Plan, mein Ehrgeiz, mein Grund, morgens aufzustehen, um in die Welt des Lycée mit einer anderen Aussicht als die auf Langeweile, schulische Arbeit und Gewohnheit zu gehen. Dabei hatte sie mir während ihres kurzen Auftretens keinen einzigen Blick geschenkt. Doch sie war da im Leben, in meinem Leben. Dieser kurze Augenblick hatte genügt, um ihr eine unermeßliche Dimension einzuräumen. Ich schlief unruhig und wachte immer wieder abrupt auf.
Mitten in der Nacht dachte ich an sie, nährte die naive Hoffnung, daß die Kraft und die Beständigkeit dieser Gedanken die Mauern des Gebäudes durchdringen und wie eine unsichtbare Welle durch die leeren Straßen unseres Viertels, durch die Rue de Longchamp, die Rue de la Pompe und die Avenue Henri-Martin wandern, bis zu ihrem Haus oberhalb des Square Lamartine gelangen mochten und sie dazu zwingen, meine Existenz zu entdecken.

Doch am nächsten Morgen im Klassenzimmer war Alexandres Platz leer. Beim Aufrufen der Namen, als Dubarreuilles gesagt hatte: »Vinchnievsky-Louveciennes« und keiner antwortete, drehte ich mich zu seinem Nachbarn um, dem kleinen Barbier.
»Wo ist denn Alexandre?« flüsterte ich. »Was hat er?«
Sein Lächeln war dünn. Er zischte:
»Das solltest du doch besser wissen als ich.«
Barbier war wütend auf mich, weil ich den Platz des »Favoriten« neben Alexandre eingenommen hatte. Er war eifersüchtig, und seine Eifersucht würde ihm später als Energie dienen, um sein Leben als Mann zu führen. Er würde es schaffen, sie kleinzuhalten, zu verkleiden, er würde schmeichlerisch, aufmerksam, voller Fürsorge dem Näch-

sten gegenüber werden, immer informiert und beredt, offen für ein Gespräch und bereit, jedem Älteren, dessen Karriere fortgeschrittener war als seine, die nötigen Mittel zu reichen, um diese zu betreiben. Rund, mit betörendem Blick, die Lippen bereit zu süßen Komplimenten, würde er diese instinktive Eifersucht zügeln können, die ihn bis zu seinem letzten Tag beherrschen sollte; und diese Last würde die Hauptquelle für seinen Eifer werden, allgegenwärtig zu sein, seine Motivation bei seiner unablässigen Suche nach Dank und Ehren. Er würde dafür so etwas wie Gewalt einsetzen, eine Bissigkeit, von der man im Augenblick erst Funken in seinem Gymnasiastenblick entdecken konnte. Er fügte hinzu, denn er hatte weder den Groll, den meine Freundschaft mit Alexandre in ihm verursachte, verbergen können, noch seine Freude darüber, zu entdecken, daß ich nicht besser als er über das Schicksal unseres bevorzugten Kameraden informiert war:

»Du brauchst doch nur zu ihm zu gehen, da ihr beide doch vertraut miteinander seid. Du weißt doch sicher, wo er wohnt!«

»Ruhe, ihr beiden!« brüllte Dubarreuilles, und der Unterricht konnte beginnen.

Doch ich hatte mir Barbiers hinterhältige Bemerkung gemerkt, und als ich am übernächsten Tag noch immer keine Nachricht von Alexandre hatte und ihn nicht mehr bei Ku sah, bei der ich vorbeiging, um meinen wöchentlichen Obolus in den kleinen Keramiktopf auf dem Schemel am Eingang abzuliefern, beschloß ich, meinen Freund zu besuchen. Ich wußte, daß mich nicht nur die Sorge um seine Gesundheit dazu trieb, eine Grenze zu überschreiten, die er bis dahin für alle errichtet hatte. Die Aussicht, Anna wiederzusehen, besiegte meine Schüchternheit. Eines Tages, als er uns zu mehr Eifer bei unserem Lernen aufforderte, hatte der

alte Dubarreuilles uns die Wahrheit eingehämmert, auf die er seine Lehre begründete:
»Wenn man will, kann man auch!«
Ich wollte Anna wiedersehen, also konnte ich es auch! Ich konnte von Captain Hook die Gunst erlangen, daß er mir das Klassenbuch öffnete und mir die genaue Adresse von Alexandres Eltern gab. Ich konnte Dubarreuilles um eine Liste von Aufgaben bitten, die Alexandre machen sollte, falls seine Krankheit noch länger dauerte. Ich konnte schließlich, als ich in die Schule ging, meiner Mutter verkünden, daß man mich nicht so bald nach dem Unterricht wiedersehen würde, da ich mich ans Krankenbett eines Freundes begeben müsse. Winzige Taten, kleine Entschlüsse, die den zögernden Heranwachsenden in eine neue Phase vorantreiben. Dieses »Etwas«, das er so sehr erwartet hat, geschieht ganz langsam. Er weiß es nicht, aber er spürt, daß einer unbestimmten, leeren und düsteren Lebensphase die Zeit des Unerhörten folgen wird, wenn das Herz nach jeder Biegung der Straße hüpft, wenn man an der Tür zu der Wohnung klingelt, in der Alexandre und seine unerreichbare Schwester wohnen.

10

»Ich bin nicht richtig krank«, eröffnete mir Alexandre. »Ich hüte nur das Zimmer, das ist ein feiner Unterschied.«
Um »das Zimmer zu hüten«, hatte mein Freund eine ebenso spektakuläre Kleidung angelegt wie die, die ihn seit seinem ersten Tag aus der grauen Masse der Schüler am Lycée hervorgehoben hatte. Er trug einen mit blauen Fäden durchzogenen Morgenmantel über einem Pyjama aus dem gleichen Stoff und in derselben Farbe. An den Füßen trug er dunkelblaue Samtpantoffeln, auf deren vorderen Teil die Initialen AVL gestickt waren. Der letzte Schliff an Phantasie bestand in einem leuchtend orangefarbenen Rechteck aus Seide, das so voluminös war wie der Schal eines Magiers und das in Brusthöhe aus der Tasche seines Morgenmantels hervorschaute wie eine Blume in einem Baumwollfeld. Das Weiß, das Blau und das Orange waren mir sofort ins Auge gesprungen, als er mir die Tür geöffnet hatte, und ich war um so sprachloser, als ich mich vor seiner Reaktion angesichts meines Eindringens in sein Heim gefürchtet hatte. Doch er wirkte nicht erstaunt, im Gegenteil.
»Ah, da ist er ja!« hatte er ausgerufen. »Ich habe mich schon gefragt, wie lange der Typ brauchen würde, bis er auf die Idee käme, mich zu besuchen.«
»Du hast uns doch dauernd verboten, auch nur deine Straße zu betreten«, erwiderte ich.
Er hatte mich angesehen, als ob ich wirklich nichts von den Wirren und Launen seiner Persönlichkeit verstünde.
»Der Typ ist großzügig«, hatte er gesagt, »er ist voller Fürsor-

ge, aber er ist nicht sehr feinfühlig. Nun, da er schon mal da ist, lassen wir ihn hereinkommen.«
Er hatte mir ein Zeichen gegeben, ihm zu folgen. Dann hatte ich eine Stimme gehört, die durch eine Glastür aus einem Zimmer links neben der Eingangstür zu kommen schien.
»Was ist los? Was ist? Was? Wer ist das? Wer ist das? Wer ist das?«
Es war eine durchdringende Frauenstimme, wie das Miauen einer verletzten Katze, eine kränkliche, weinerliche Stimme, die bis zum Überdruß immer wieder dieselben Worte sagte:
»Alexandre! Alexandre, mein Liebling! Wer ist das? Wer ist das? Was ist das?«
Am Rollen des »R« hatte ich den russischen Akzent wiedererkannt, der jedoch deutlicher war als bei dem Bruder oder der Schwester.
»Es ist nichts, Maman! Nur ein Klassenkamerad!«
»Wer ist es? Wie heißt er? Wo ist er? Wer ist er? Was macht er hier? Wer ist es? Wer ist es?«
Dieser Wortwechsel hatte sich ereignet, ohne daß einer der Beteiligten sich rührte. Alexandre blieb unbeweglich in der Mitte des Flures stehen, beide Hände in den Taschen seines luxuriösen Morgenmantels, und er schrie seine Antwort so laut wie seine Mutter, von der ich ahnen konnte, daß sie ihre ursprüngliche Haltung nicht verändert hatte. Es war klar, daß Alexandre in seiner üblichen Lässigkeit keine Lust verspürte, sich zu bewegen, um die Tür des Zimmers zu öffnen und in normaler Lautstärke mit seiner Mutter zu sprechen, und ebenso schien die Mutter ein schmerzhaftes Vergnügen daran zu haben, sich durch die Wände die Lunge aus dem Leib zu schreien, ohne auch nur die geringste Anwandlung, aufzustehen, um den »Wer ist das?« näher zu sehen, woraus sie ein »Werisdas?« gemacht hatte, auf das ihr Sohn antwortete:

»Nichts ist, Maman! Es ist nichts Schlimmes, er bringt mir meine versäumten Aufgaben, bleib du im Bett.«
Der Wortwechsel war plötzlich abgebrochen, und in das Schweigen, das darauf gefolgt war, hatte mir Alexandre, der sich mir zuwandte, leise gesagt:
»Wir schreien hier oft, aber das ist besser, als sich zu sehen.«
»Ist deine Mutter krank?«
»Nein, so kann man das nicht nennen. Doch sie liegt oft. Nun, wenn du es genau wissen willst, sie verbringt ihr Leben liegend. Komm, folge mir.«
Wir waren einen langen, sehr langen, engen Gang mit dunklen Wänden entlanggegangen, mit leeren und helleren Flächen dort, wo früher zweifellos Gemälde gehangen hatten. Das Ganze strahlte Vernachlässigung aus, ein ranziger Geruch stieg in die Nase. An manchen Stellen hing die abgeblätterte Tapete herab und gab Teile aus Gips frei. Alexandre ließ im Vorübergehen diese Fetzen mit den Fingerspitzen lässig flattern und erzeugte so einen erstaunlichen Gegensatz zwischen seiner dandyhaften Gestalt, seinen kostbaren Gewändern und diesem Flur, dessen Häßlichkeit, vor allem aber dessen heruntergekommener Zustand mich überraschten, ja fast traurig stimmten. Alexandre, der vor mir ging, fand folgende Worte:
»Der Typ soll sich nur um das Wesentliche kümmern, das heißt, um das Endziel, und den Zugangswegen, die zwangsläufig banal und deshalb vernachlässigt sind, keine Bedeutung bemessen!«
Das »Endziel«, nämlich Alexandres Zimmer, bot tatsächlich alles, um den schauerlichen und übelriechenden Flur in Vergessenheit geraten zu lassen. Es war ein großes Zimmer, großzügig, harmonisch, raffiniert, im Halbkreis angelegt und mit hellgelb tapezierten Wänden. Die hellen Eichenmöbel von Jean Royère, zwei Sessel, ein Bettsofa und marokka-

nische Puffs waren mit dem gleichen Stoff bezogen, diesmal jedoch in Hellblau. Auf dem Stuckkamin, auf mehreren Regalen und auf einer Kommode konnte man alle möglichen Objekte sehen, deren Alter, Preis und Herkunft festzustellen allein meine Ungebildetheit verhinderte. Doch das Auge, so wenig kenntnisreich es auch sein mochte, konnte die Schönheit nicht einfach ignorieren. Da gab es Fayencen, Tabaktöpfe, kleine Ziegen; kleine dreieckige Spiegel; Glas aus Venedig; russische Eier; Silbertöpfe, Trinkbecher, Löffel aus lackiertem Holz; Miniaturen; Bronze; eine chinesische Glocke; gebundene Bücher und Alben in nachlässig angeordneten Haufen; Rahmen; eine alte Vase; ein Tanzschuh, mit kostbaren Steinen besetzt; Kugeln aus Achat und Jade. Die Farben und die Dinge vermischten sich zu einem ungewöhnlichen, aber nicht unregelmäßigen Ganzen, das von den schweren Vorhängen aus hellem Taft noch betont wurde, die ein großes Fenster einrahmten, das auf einen Balkon hinausging, von dem aus man – wir befanden uns im ersten Stock – die Bäume und Sandflächen des Square Lamartine erahnen konnte. Das Zimmer hätte einem erwachsenen Sammler mit kostbarem Geschmack und mit fester Persönlichkeit gehören können, doch es wäre unmöglich gewesen, sich vorzustellen, daß ein fünfzehnjähriger Gymnasiast hier lebte, schlief und lernte, wenn nicht ein Rugbyball, ein Tennisschläger, Fechtzubehör, Florette und Masken, eine Peitsche, Stiefel und eine Reitkappe unordentlich in einer Ecke des Zimmers herumgelegen hätten, als wollten sie so viel Ausgesuchtheit und so viel Raffinesse, so viel Weiblichkeit leugnen, ja bekämpfen.

»Ist das schön? Du mußt nicht sagen, daß es dir gefällt«, sagte Alexandre. »Manchmal hasse ich dieses Zimmer.«

Angesichts meines Schweigens fügte er hinzu:

»Anna hat dieses Zimmer eingerichtet. Sie liebt es zu deko-

rieren, außerdem räumt sie ständig alles um. Meiner Meinung nach wird ihr dieser Stoff nicht länger als drei Monate gefallen, und wir werden bald zu Chintz oder zu gebrochenem Weiß übergehen.«
Er streckte sich auf dem Bett aus und schleuderte dabei seine Pantoffeln mit einer schmollenden Geste quer durchs Zimmer. Ich begriff die Beziehung nicht, die zwischen diesem großen blau-gelben Zimmer, diesem Licht und diesen Dingen, diesen Gravuren und der bescheidenen Behausung existierte, in die sich Alexandre so gern zu flüchten schien. Ich erinnerte mich jedoch an die Genugtuung, mit der mir Alexandre beim ersten Mal, als er mich an Kus Tisch einlud, in dieser Atmosphäre von russischem Tee, Rauch aus dem Samowar und Tabak gesagt hatte:
»Hier fühlt man sich wohl.«
Dort, bei Ku, war er Herr über sein Terrain, Chef unseres geheimen Clubs. Hier war er Gefangener gegensätzlicher Gefühle, zerrissen zwischen seinem exzessiven Geschmack an Schau und Eleganz, Luxus und seinem Willen, älter zu erscheinen, als er war, sowie seine Abhängigkeit von einer Auswahl, die seine Schwester getroffen hatte, jene Anna, deren Einfluß jetzt, da er mir einen oder zwei Schlüssel zu ihrer gemeinsamen Welt geliefert hatte, immer stärker erschien. Und dann gab es da diese Mutter, die am anderen Ende der Wohnung lag und die schrie, ohne sich zu zeigen. Dies alles trug dazu bei, dem Zimmer und dem Augenblick etwas Gespenstisches zu verleihen. Alles war wie eine Falle, war doppelt, kompliziert, anziehend, aber auch erschrekkend.
»Erzähl mir von der Schule«, sagte er zu mir. »Was ist los? Hat Dubarreilles Bemerkungen über meine Abwesenheit gemacht? Willst du wissen, was ich habe? Ich weiß es selber nicht genau. Der Arzt sagt, ich leide an einem Eiweißüber-

schuß. Ich muß im Moment das Zimmer hüten. Das ist der moderne Ausdruck: das Zimmer hüten.«

»Aber wann kommst du wieder?«

»Ich weiß es nicht. Im Moment darf ich mich nicht zuviel bewegen.«

»Und was soll ich Ku sagen?«

»Die Wahrheit. Aber bereite ihr bloß keine Sorgen. Kümmere dich gut um sie, bitte, sie ist meine wahre Babuschka. Ich gebe dir Geld für sie. Du mußt weiter regelmäßig zu ihr gehen, auch ohne mich.«

Plötzlich öffnete sich die Tür, und Anna trat ein, die Arme voller Blumen und eingewickelter Pakete, rosafarbene und weiße Schachteln. Es war ein Wirbel wie bei jenem ersten Mal bei Ku: Sie schuf denselben Eindruck aus Bewegung und Licht um sich, ließ mit einem Schlag alles im Nichts versinken, was sich in ihrer unmittelbaren Umgebung befand. Ich verspürte dieselbe Erregung, dieselbe Furcht und dieselbe Verwirrung, als ob ich einen Teil von mir verlöre und mich in die Betrachtung dieses einzigartigen Wesens stürzte. Ich sah sie an, glücklich, sie wiederzusehen, gefangen von ihrer Person, und ich vergaß Alexandre und seine letzten Worte, war blind für alle Elemente, die bis dahin meine Aufmerksamkeit erregt, meine Neugier geweckt hatten. Das orangefarbene Tuch, das blaue Sofa, der gelbe Stoff, die Atmosphäre in dieser Wohnung, alles war verschwunden. Sie bewegte ihren Körper, ihre Arme, ihr Haar wie in einem intimen und heiligen Tanz. Sie hatte vollständig Besitz von dem Ort ergriffen, an dem sie gerade erschienen war. Bekleidet mit einem weißen, gerade geschnittenen Regenmantel, der mit einem beigefarbenen Tierpelz gefüttert war, legte sie die Blumen und die Pakete auf das erstbeste Tischchen, warf sich auf Alexandre, küßte ihn wie im Kino auf die Lippen – ich konnte mich immer noch nicht an ihre »russischen«

Küsse gewöhnen –, stand dann wieder auf und machte sich daran, die Pakete auszupacken, die Blumen auf die Vasen aufzuteilen, die Bänder zu lösen, eine Vase auf diese Kommode, eine andere auf jenes Regal zu stellen, und das in einer Entfaltung von Energie und Gesten, von Worten, die die Luft des Zimmers erfüllten und jede Möglichkeit zu einer Erwiderung zunichte machten. Sie machte aus uns beiden ein sprachloses Publikum, verzaubert von diesem lebhaften Schauspiel, dieser Mischung aus Schwung und Organisation, rhythmisch begleitet von der Musik ihrer Stimme und einem Geplauder, von dem sie wußte, daß es künstlich war, und das sie durch leises Gelächter, kurzes Durchatmen unterbrach und das belustigt und wie eine Parodie klang:
»Mein Liebling, guten Tag, ich liebe dich, ich habe dir etwas mitgebracht, um deine elende Schmerzenszelle aufzuheitern, mit Gelb, ja, mit Gelb, keine Widerrede, das sind Narzissen, ich habe wahnsinnige Mühe gehabt, um diese Jahreszeit welche zu finden. Gelb, das sich mit deinem Stoff vermählen wird, sich – darf ich es wagen, es zu sagen? – damit vereinen wird, und dann Weiß, man braucht immer Weiß, hier die Rosen! Ich werde sie hierherstellen. Ich habe dir auch ein paar Kleinigkeiten von Sineau mitgebracht, Nougat, Kaschu, Makronen und Waffeln, auch Arlettes, ah! Du runzelst die Stirn, dein Arzt hat vielleicht etwas gegen Süßigkeiten? Ja, ich habe es vergessen, verzeih mir, was für ein Irrtum! Dann werden wir sie an unsere Leute verteilen, ich mache dir Tee, wie du ihn magst, wir erzählen uns, wie wir den Tag verbracht haben, laß mir Zeit, meine Tages- und Regenkleider auszuziehen, ich komme sofort zurück, mein Schatz, bis gleich, ich bin sofort wieder da!«
Sie ging mit demselben schnellen und biegsamen Gang hinaus, nachdem sie Vasen und Sträuße abgelegt, Kuchen und Leckereien hingelegt hatte und mehrmals im Zimmer um-

hergegangen war, als ob sie einem vorgefaßten Plan folgte; dabei hinterließ sie mit ihrem Gewirbel und Geplauder eine Spur aus Parfum, den Geruch ihres Körpers, die Frische eines Eau de Cologne, den Duft nach Backwaren und nach Narzissen, und nachdem die Tür geschlossen war, hätte ich fast glauben mögen, daß eine Art Goldstaub sich herabsenkte, wie er in den Erzählungen und Zeichnungen der Kindheit von den Fingern und Zauberstäben der Feen oder der Engel fällt. Das gelbblaue Zimmer erschien nun leer und still. Alexandre murmelte:

»Ich liebe sie, und manchmal hasse ich sie.«

Dann vertiefte er sich in die Lektüre der Aufgaben, die ich angefangen hatte, ihm zu geben, bevor Anna in das Zimmer eingebrochen war. Ich war auf dem Puff neben Alexandres Bett sitzen geblieben während dieses flüchtigen Augenblicks von Annas zweitem Auftritt in meinem Leben, doch jetzt spürte ich den Wunsch aufzustehen. Ich ging zum Fenster, das zum Balkon hinausging.

Eine unsagbare Traurigkeit bemächtigte sich meiner. Dieses Mädchen war seltsam und unergründlich. Ihre Spottlust und ihre Erfahrung, ihre Schönheit rückten sie außer Reichweite für mich trotteligen Zwerg. Ich fühlte mich außerdem gedemütigt angesichts ihrer Gleichgültigkeit mir gegenüber. Was sage ich, Gleichgültigkeit – vollkommene Ignoranz! Ich existierte gar nicht für sie. Sie hatte mich nicht gesehen, hatte mir kein Wort und keinen Satz geschenkt, kein Lächeln und keinen Blick. Sie war im Zimmer und um ihren Bruder umhergetanzt, als ob sie allein in ihren blau-gelben Kulissen gewesen wären und als ob ich nur eines dieser Objekte in diesem Theater gewesen wäre. Ja, das war es, es war ein Theaterauftritt gewesen, von einer Theaterschauspielerin mit Talent aufgeführt, in einem Theaterdekor, und ich hatte nur eine Komparsenrolle gespielt, nicht mal das, was die Theaterleute

einen Statisten nennen, nur einfach eine Silhouette! Theater! Diese Menschen lebten wie im Theater! Ein Anfall von Gewalttätigkeit, ein Abscheu vor ihrer Inszenierung überkamen mich, und ich begriff vage, was ihr Bruder mir hatte sagen wollen, als er mir gestanden hatte: »Manchmal hasse ich sie.« Denn ich empfand so etwas wie Haß auf dieses Privileg, das sie zu genießen schien, dieses Geschenk, das ihr das Leben gemacht hatte und das sie weit weg von mir trieb. Doch sofort gewann das »Ich liebe sie« von Alexandre wieder die Oberhand. Der Zauber, den sie schuf, trat wieder an die Oberfläche und siegte über jedes andere Gefühl. Wie schön sie war, wie komisch, unfaßbar, mitreißend! Welche Lust hatte ich, mich dieser Bewegung hinzugeben, die sie allein durch die Anmut ihrer Gesten und ihrer Stimme hervorrief! Wenn sie mir doch nur die Erlaubnis dazu gäbe, wenn sie sich doch nur herabließe, mich in ihrem Leben zuzulassen ...
»Der Typ wendet mir schon lange den Rücken zu. Was hat der Typ denn?«
Alexandres Frage riß mich aus meinen Gedanken, und unwillkürlich entfuhr mir:
»Der Typ versteht nichts von der Schwester des Typs.«
»Ha, ha!« lachte Alexandre. »Weil sie sich nicht für dich interessiert hat? Aber, mein Kleiner, das macht sie mit allen.«
»Außer mit dir«, sagte ich.
»Also, ich bin doch ihr Bruder. Wir lieben uns.«
Ich wandte mich ihm wieder zu. Er hatte seine Aufgaben beiseite gelegt und spielte mit der grellen Manteltasche; sein durchdringender Blick durchbohrte mich, als wollte er die Gefühle analysieren, die mich bewegten. Ich errötete und befürchtete, daß er alles auf meinem Gesicht gelesen hatte.
»Sie wird wiederkommen«, sagte Alexandre. »Wir trinken zusammen Tee.«
Doch sie kam nicht wieder. Und bald hörte ich die Schreie.

11

Sie waren weiter entfernt, unverständlicher, aber heftiger als vorher, als Alexandre mit seiner unsichtbaren Mutter gesprochen hatte. Mühelos konnte man in dem Geschrei Annas Stimme erkennen, die ihrer Mutter antwortete, und in den beiden Frauenstimmen lag mehr Leidenschaft. Ich konnte nicht ausmachen, ob es sich um einen Streit, um Vorwürfe handelte, auf die mit Sarkasmus und mit Klagen geantwortet wurde, auf die wiederum Rechtfertigungen folgten, doch Dauer und Intensität des Gebrülls nahmen an Kraft und an Bitterkeit zu.

Durch die Türen und über die Länge des Flures gelangten Worte an unser Ohr, deformierte, zerstückelte Worte. Man hörte »Sei ruhig! Sei ruhig!« oder »leiden« oder aber »Genug, ich habe genug!«, und das schien eher von der Mutter zu kommen; dann als Antwort »Was ich will!« oder »ist mir egal« oder »Mein Leben!«, und diese wurden von Anna vorgebracht. Auch das Wimmern einer Katze, die man erwürgt, war zu hören, und dann plötzlich nichts mehr; dem Schweigen folgte ein Ansturm auf das Zimmer, auf uns, dann die Tür, die sich wieder öffnete, und Anna, zerzaust, die sich auf das Bett ihres Bruders wirft und ihren Kopf in dem schönen Morgenmantel aus weißer Seide vergräbt; und dann höre ich sie schluchzen und sagen:

»Wenn du wüßtest, was sie mir vorwirft! Wenn du wüßtest, was sie mir diesmal gesagt hat!«

Und Alexandre, dessen Gesicht halb von der Masse schwarzen Haares seiner Schwester verdeckt wird und der leise immer wieder sagt, als ob er zu einem Baby spräche:

»Anuschka, Anuschka, Anna, meine Anna, beruhige dich, beruhige dich.«
Dann, als er bemerkt, daß ich sie beide, verlegen und fasziniert, anstarre, steht er auf und schüttelt sie.
»Wir sind nicht allein, Anna«, sagt er.
Da wirbelt sie mit schon trockenen Augen zu mir herum. Kummer und Wut haben ihre Spur auf den Wangen und im Blick hinterlassen, doch ich finde, daß sie das noch schöner macht. Sie lächelt erstaunt.
»Wer ist das?«
»Das ist mein Freund«, antwortet ihr Bruder. »Du hast ihn schon bei Ku getroffen.«
Anna löst sich von Alexandre, steht auf und bringt mit einer Handbewegung wieder etwas Ordnung in ihre Frisur.
»Ach ja«, meint sie, »vielleicht wirklich, ja. Und wie alt sind Sie?«
Überrascht, weil Anna sich endlich entschlossen hat, mit mir zu reden, stammele ich:
»Äh ... äh ... genauso alt wie Alexandre.«
Ich höre Alexandre lachen. Anna ahmt ihren Bruder in diesem leichten Anflug von Spott nach und sagt zu mir ohne Boshaftigkeit, aber in einem Ton, in dem ich glaube, die Herablassung der Erwachsenen gegenüber Kindern herauszuhören:
»Genauso alt sicher, aber Sie kommen mir ein bißchen kindischer vor als er.«
Das ist ein Stoß, der mich durchbohrt; ich merke, daß ich das Gesicht verziehe. Anna ist das nicht entgangen, und sie nähert sich mir, streckt ihre Finger zu meiner Wange aus, wie in einer schnellen und unfaßbaren Zärtlichkeit.
»Nehmen Sie mir das nicht übel«, sagt sie. »Ich wollte eher sagen, unschuldig, nicht kindisch. Da gibt es eine Nuance.«
»Danke«, sage ich.

»Danke wofür?« fragt sie lachend.
Ich kann nicht antworten und lächele sie an, doch sie hat mich sofort wieder vergessen, und ich sehe, wie sie wieder das Zimmer verläßt. Es wird keinen Tee geben, und ich werde auch bald gehen, werde Alexandre auf der Schwelle der Wohnung verlassen, und er wird zu mir sagen:
»Komm mich wieder besuchen. Wenn ich nicht wieder gesund bin, komm wieder.«
Ich nicke mit dem Kopf und gehe die große Marmortreppe hinunter, die granatfarben ausgelegt ist, und finde mich schließlich in der kleine Straße gegenüber vom Square Lamartine wieder. Ich bin glücklich. Anna hat mit mir gesprochen. Sie findet mich jung und kindisch – furchtbare Wahrheit! –, aber sie weiß zumindest, wer ich bin, und ich habe ihre Fingerspitzen auf meiner Wange gespürt. Das allein zählt.

Ich ging über die Avenue Victor Hugo nach Hause zurück, als die Straßenlaternen eine nach der anderen an diesem kalten Winterabend angingen. Ich hatte nicht einmal bemerkt, daß es dunkel war, und hatte also mehr als eine Stunde bei den Vichnievsky-Louveciennes verbracht. Anna und Alexandre beschäftigten all meine Gedanken. Ich sagte mir, daß ich einen großen Fortschritt bei der Entdeckung ihrer Welt gemacht hatte. Sie machten mir angst, und sie machten mich neugierig; die Bilder und die widersprüchlichen Gefühle wirbelten in meiner unmittelbaren Erinnerung umher. Kaum hatte ich die Momente erlebt, von denen ich gerade erzählt habe, und schon suchten sie in meiner Phantasie ihren Platz. Ich fand nur wenige Antworten auf all die Fragen, die ich mir über das Verhalten der Mutter, über den außergewöhnlichen und doch so schnell wieder verflogenen Kummer von Anna, über Alexandres Launen und die Raffinesse seiner Umgebung stellte. In meinem Kopf drehte sich alles: Ich fragte mich, wie wohl die Welt von Anna aussehen mochte, und gleichzeitig verlor ich mich in Vermutungen über die Mutter. War sie verrückt, krank? Was war der Gegenstand des Streits mit ihrer Tochter gewesen? Ich hatte das Gefühl gehabt, daß es nicht der erste dieser Art gewesen war und daß diese Kinder im Gegenteil sich einer Art Routine unterwarfen und in ihrer Haltung gegenüber dieser unsichtbaren Frau einem Ritual gehorchten.

Doch schnell verpuffte das Unbehagen, das diese An/Abwesenheit einer Frau, die durch Türen und Flure brüllte, auslöste, und machte der Freude und den Befürchtungen Platz, die meine zweite Begegnung mit Anna hervorgerufen hatte. Und obwohl ich dieses Gefühl noch nie vorher empfunden hatte, fühlte ich, als ich die Tür meines Hauses durchschreiten wollte, daß es mir im wahrsten Sinne des Wortes unerträglich wäre, die ganze Nacht und den ganzen nächsten Tag im Lycée zu warten, bis ich mich ein weiteres Mal dem Mädchen nähern könnte. Ich ging ins Bett, ohne gegessen zu haben. Ich glaubte, daß ich nicht einschlafen könnte. Um mich in meiner Schlaflosigkeit zu beschäftigen, wollte ich meine Chancen, Anna wiederzusehen, abwägen, und ich kam zu dem Schluß, daß es unabdingbar wäre, daß ihr Bruder so lange wie möglich »das Zimmer hütete«. Ich überraschte mich dabei, wie ich betete: »Möge Alexandre nicht gesund werden!«

Darauf stürzte ich geradezu in den Schlaf, selbst wenn ich mir, getäuscht von meiner verliebten Erregung, geschmeichelt hatte, die Augen nicht mehr schließen zu können. Doch ich belog mich selber: Ich schlief. Und ich schlief gut, tief, fest, schwer, ich schlief traumlos, ich schlief den Schlaf derer, die endlich einen Grund zu leben gefunden haben.

12

Der nächste Tag – und das erschien mir zunächst seltsam, doch ich gewöhnte mich schnell daran – ähnelte nicht den anderen Tagen. Das Licht auf der Straße war nicht mehr dasselbe. Es war heller und fröhlicher trotz der Kälte, die seit einiger Zeit über der Stadt lag.

Um mich herum gab es nichts Graues mehr. Das Lycée, auf das ich zuging, kam mir bei Anbruch des Tages wie umflort von einem Nimbus aus blauen und silbernen Strahlen vor, und ich bemerkte das Rot, das Gelb, das Grün und das Orange in den Auslagen der Geschäfte, auf den Schals der Frauen oder durch die Fenster der zwei Bistros, die auf meinem Weg lagen. Selbst die Bäume, die in dieser Winterzeit kahl waren, gaben mir vertrauliche Zeichen. Auf den Gesichtern meiner Kameraden und auf denen meiner Lehrer oder auch auf denen von Unbekannten, die mir auf der Straße begegneten, glaubte ich ein Lächeln zu erkennen. Sympathie oder Güte oder das einfache Teilen des euphorischen Gefühls, das mich beseelte. Sie liebten mich, ich liebte sie, das Leben war nicht diese ewige Litanei aus Traurigkeit und Gewohnheiten, diese Abfolge von Pflichten und Lasten, die einem die Erwachsenen auferlegten. Ich ging auf Watte, was sage ich: ich ging! Ich tanzte, meine Beine waren die eines verliebten Jünglings, und ich hätte über den Zaun springen, um das Podium des alten Dubarreuilles tanzen und auf dem Zement des Hofes einen Reigen beginnen mögen, in den ich dann die jungen Leute meines Alters mitgerissen hätte, indem ich den Vornamen derjenigen schrie, die meine Sicht der Welt verändert hatte.

Dabei hatte sich nichts ereignet, was eine derartige Heiterkeit gerechtfertigt hätte. Doch folgendes würde sich ereignen: Nach der Schule würde ich zu Alexandre gehen, Anna würde sicher erscheinen, ich würde sie ein wenig kennenlernen, ich würde sie für mich interessieren, wir würden reden, und sie würde mich vielleicht mit einer neuen Zärtlichkeit beschenken, einem Kuß auf die Wange, wer weiß? Dann würde mein Tag den Sinn bekommen, den ich erahnte und der mich in Vorausgriff auf die Ereignisse in diesen Zustand der Gnade versetzt hatte. Ein einziges furchtbares Mal nur vor der Stunde, die mir erlauben würde, zu den Vichnievsky-Louveciennes zurückzukehren, ein einziges Mal nur erlebte ich einen plötzlichen Anfall von Depression, ein schwarzes Loch, so etwas wie Sauerstoffmangel, eine unerklärliche Welle der Angst. Ich fragte mich plötzlich: Wird sie dasein? Habe ich irgendeine Bedeutung für sie? Werde ich sie jemals haben? Bin ich nicht zu unwichtig, zu jung? Was nützt es, sich so zu begeistern? Das Streicheln der Wange war kein Zeichen der Zuneigung und nicht mal die Andeutung einer Verführung, sondern ein Almosen, eine mitleidige Geste, weil ich mich durch ihre Worte gedemütigt gefühlt hatte. Sicher liebt sie einen anderen, und zweifellos wird sie wiedergeliebt. Wie sollte es anders sein? Wer bin ich und was bin ich anderes als jener »Erdenwurm, der sich in einen Stern verliebt hat«, von dem der Dichter spricht? Wozu meine Anstrengungen, meine Hoffnungen? Was nützt es zu leben?

Und dann verschwindet die Welle und läßt mich leer und hohl zurück. Plötzlich habe ich Hunger. Es ist Pause. Es gelingt mir, hinter Captain Hooks Rücken hinauszugehen und mich auf die Bäckerei Longchamp zu stürzen, auf der anderen Straßenseite gegenüber dem Eingangstor; ich kaufe dort zwei runde Rosinenbrötchen, verschlinge sie, während ich loslaufe, um den Hof zu erreichen, bevor die Glocke läutet. Das Essen liegt mir während des Lateinunterrichts schwer im Magen. In der nächsten Pause werde ich mich auf den Toiletten im Hof übergeben. Ich fühle mich nicht wohl, ich folge nur mit Mühe dem Lehrer, ich frage mich: So ist es also, verliebt zu sein? So ist es, ja: innerhalb eines Tages unverständliche Gefühlsstürme erleben, die Beute gegensätzlicher Gefühle sein, keine Gewalt über sich haben, keine Herrschaft über seine Sinne, und sich vorgestellt haben, daß der Tag außergewöhnlich und schön wäre, während ich aufs neue finde, daß er freudlos ist. Der Himmel verdunkelt sich, die Straßen werden enger, der Abend naht, er naht schnell, es ist Winter, und als ich bei Alexandre läute, habe ich das Gefühl, daß ich mich als ein Verurteilter präsentiere, der bereit ist zu jeder Buße.

»Ich habe eine wunderbare Nachricht für den Typen«, sagte Alexandre zu mir. »Der Typ wird es nicht fassen können.«
Er trug denselben Morgenmantel wie am Vortag, denselben Pyjama und dieselben Hausschuhe, doch er hatte das Tuch gewechselt. Es war immer noch ein Seidenrechteck, genauso leuchtend und überschäumend, doch diesmal von einem lebhaften Lila und mit weißen Punkten, ein Wunderwerk an schlechtem-gutem Geschmack, wie er mich gelehrt hatte, seine Kleiderwahl zu definieren.
»Du mußt verstehen«, hatte er eines Tages bei Ku zu mir gesagt, als wir die Welt neu erschufen, »was Lord Byron gesagt hat oder hat sagen lassen: daß nämlich die Annahme, daß Eleganz darin bestehe, unauffällig zu sein, falsch ist. Ich kenne eine andere Auffassung, die ebenso Gold wert ist: Ein außergewöhnlicher Mann muß das Risiko auf sich nehmen zu schockieren, und der Schock darf auch aus schlechtem Geschmack herrühren. Die falsche Note ist in einem harmo-

nischen Ganzen keine falsche Note mehr. Sie ist ein Geniestreich, der Apfel bei Picasso, die Melone bei Magritte.«
Ich hatte mit offenem Mund so viel Erfindungsgabe und Kultur gelauscht. Das war, bevor ich seine Schwester traf und ich ihre Wohnung am Square Lamartine entdeckte. Damals waren mir Alexandres Theorien über Verhalten und Eleganz, über Auftreten und Farben unerhört für einen Jungen seines Alters erschienen. Jetzt, da ich den ständigen Einfluß Annas auf ihn besser abschätzen konnte, zog mich der »schlechte-gute Geschmack« genauso an, doch ich bewunderte ihn weniger, da ich allmählich ahnte, daß er nur Annas Ansichten wiedergab. Er ahmte seine Schwester nach. Ihr hatte er seine Gedanken und sein Verhalten entliehen. Und ich sagte mir auch, daß mich mein Gefühl nicht getäuscht hatte, als ich ihn zu Beginn unserer Bekanntschaft beobachtet hatte, wie er an der Säule im Hof des Lycée lehnte, mit jenem verlorenen Blick, bei dem ich mich gefragt hatte, ob er nicht auf jemand anderen gerichtet war. Alexandre dachte an Anna, redete über die Entfernung mit ihr. Und dieser Eindruck, der von unserem Mitschüler ausging, daß er nämlich niemals unter uns war, sondern mit einem »Anderswo« zu kommunizieren schien, spiegelte die Abhängigkeit wider, in der ihn seine Schwester hielt. Ich war nicht erstaunt darüber: Wenn es ihr gelungen war, mein Leben so sehr zu erfüllen, meinen Kopf in Beschlag zu nehmen, meinen Körper und mein Herz, dann war es normal, daß Alexandre, der schließlich unter demselben Dach wie sie lebte und an ihrer Seite aufgewachsen war, die kleinen Momente dieses Lebens in derselben Familie mit ihr teilte, genauso wie alle möglichen Geheimnisse, Kummer und Lachen, die ich nicht aufzählen könnte, dann war es also normal, daß er ihr Alter ego wurde, der Spiegel ihrer glitzernden und überraschenden Persönlichkeit.

»Es dreht sich um folgendes«, erklärte er mir mit einem verschwörerischen Gesichtsausdruck und ließ mich auf seinem Bettrand Platz nehmen; er war ins Bett zurückgekrochen, kaum daß wir in sein Zimmer gekommen waren. »Ich werde immer müder, und es sieht so aus, als ob ich kränker wäre, als man geglaubt hat. Ich muß nicht nur das Zimmer hüten, sondern ich muß auch lange und viel ruhen, ohne mich viel zu bewegen.«

»Ach so«, meinte ich.

Schweigen. Dann:

»Nun, ich kann sie Sonntag nicht ins Konzert begleiten. Also wirst du sie begleiten.«

»Wen?«

»Na, Anna, also wirklich!«

Er sah mich mit jener Art von Herablassung an, die den Vichnievsky-Louveciennes-Kindern eigentümlich war und an den ich mich schnell gewöhnen sollte. Besessen von sich selbst, verschlungen von ihrer Leidenschaft zu sich selber, überzeugt von ihrem Anderssein, ihrer Überlegenheit über die Banalität der anderen und über die alltägliche Mittelmäßigkeit, nahmen sie es als selbstverständlich hin, daß ich von vornherein über ihren Geschmack und ihre Vorlieben Bescheid wußte. Nur weil Alexandre mir Zutritt zu seiner Welt verschafft hatte, sollte ich also alles über Annas Terminplanung wissen. Also wirklich! Anna ging jeden Sonntag ins Konzert! Das war doch klar! Die ganze Welt wußte es, und jedenfalls, wenn nicht die ganze Welt, dann zumindest das ganze XVI. Arrondissement! Wie konnte ich es da nicht wissen? Normalerweise diente er ihr als Begleitung, erklärte er. Sie weigere sich nämlich, einem einzigen der »tausenddreihundert Verehrer«, die sie darum baten, die Gunst zu gewähren, neben ihr zu sitzen, um sich eine Symphonie anzuhören. So folgte Alexandre, wie bei so vielen anderen Ge-

legenheiten, Anna, diente Anna. Indem sie ihren eigenen Bruder aussuchte, beleidigte sie keinen der Jungen, die um sie kreisten.
»Aber jetzt bin zu müde. Da habe ich ihr vorgeschlagen, daß du statt meiner gehst, daß du es sein sollst.«
Ich blieb stumm. Er lächelte sein feines, ironisches Lächeln. Laut lachte er auf.
»Stell dir vor, sie hat akzeptiert! Ich sehe, daß der Typ verblüfft ist. Sprachlos. Ich möchte sogar sagen: höchst überrascht. Ja, das ist das Wort: höchst ü-ber-rascht! Der Typ traut seinen Ohren nicht, aber der Typ ist ein Esel! Der Typ wird über den Flur gehen und an die erste Tür links klopfen. Er wird Anna sehen, die auf ihn wartet, um ihm einige zusätzliche Einzelheiten mitzuteilen.«
Er stieß mich mit beiden Händen fort und zwang mich so, meine sitzende Position aufzugeben.
»Los, steh auf! Sie weiß über deinen Besuch Bescheid!«
Die Aussicht auf diese Begegnung und diese Einladung ins Konzert stürzten mich, anstatt mich zu begeistern, in plötzlichen kurzen Schrecken. Ich wollte vor dem Hindernis scheuen.
»Ich weiß nicht, ob ich Sonntag Zeit habe«, murmelte ich. »Ich weiß nicht, ob meine Eltern ja sagen werden.«
Da sah ich in seinem Gesicht dieselbe Gehässigkeit, dieselbe kalte, gebändigte Wut, die ihn beseelt hatten, als ich mir erlaubt hatte, bei einer Party mich zu mokieren, denselben Willen, mich zu unterwerfen.
»Du wirst mich doch nicht mit Elterngeschichten und Zeitvorwänden nerven! Du wirst dich freimachen, und du wirst gehen, weil ich schon für dich zugesagt habe. Du wirst gehen, ich will es.«
Er zitterte fast. Seine Reaktion war so heftig, daß sie mich erstaunte. Ich fragte mich, ob mein Zweifel ihn nicht Anna ge-

genüber schwächen würde. Denn er fürchtete sich davor, sie zu enttäuschen. Er hatte Angst vor ihr, wie ich Angst vor ihm hatte, doch ich hatte auch Angst vor ihr, denn die Liebe, die sich um mich herum und in mir andeutete, hatte mir die Angst in den Bauch gepflanzt.

Alexandre wurde wieder ruhig.

»Und dann, hör doch auf, ich weiß doch, daß du vor Lust stirbst, hinzugehen. Beweis doch ausnahmsweise ein bißchen Initiative, zeig mir, daß du ein Mann bist, mach diese Tür auf und geh zu Anna. Weißt du, mein Lieber, du mußt wissen, daß es ganze Horden junger Männer in Paris gibt, die ich weiß nicht was dafür gäben, sich in diesem Moment an deiner Stelle zu befinden!«

Ich gehorchte ihm. Ich ging hinaus und klopfte an die erste Tür, die ich in dem heruntergekommenen und dunklen Flur vor mir sah, an dessen Ende ich diesmal, ohne sie gehört zu haben, die unsichtbare Gegenwart der Mutter spürte. Ich wartete, bis eine wundervolle Stimme mit feinem russischen Akzent, Annas ernste und kristallklare Stimme, mir sagte:

»Kommen Sie doch herein.«

Und als ich noch zögerte, wurde die Stimme drängender, lockender, komisch und kokett:

»Aber treten Sie doch ein! Man wartet auf Sie.«

Meine Ängste waren nun zerstoben, und bezaubert von den letzten Worten, die mich beruhigten und mir schmeichelten, trat ich bei Anna ein, wie man auf das Unbekannte zugeht.

13

Sie war schwarz gekleidet und sah ernst und düster aus.
»Dieser Freitag ist ein Trauertag«, sagte sie zu mir. Sie setzte sich im Schneidersitz hin und breitete ihren dunklen Rock auf dem roten, mit Goldfäden durchwirkten Teppich aus.
»Guten Tag«, fuhr sie fort, »oder vielmehr guten Abend, denn es ist nach fünf Uhr und Abend, nicht wahr, der Abend beginnt mit seinem Gefolge aus Ängsten und Fragen und aus Trauer. Setzen Sie sich dorthin, mir gegenüber, auf den Teppich.«
Sie trug eine Bluse aus schwarzer Seide, die mit einer einfachen Silberbrosche geschmückt war; die ersten beiden Knöpfe waren offen und gaben den Blick auf eine helle Haut frei, die wie Samt aussah. Um ihren Hals hingen eine kleine Silberkette mit einem Ebenholzkreuz, das mit winzigen Nägeln verziert war, die wie Diamanten glitzerten; es hing genau am Brustansatz. Sie nahm das Kreuz zwischen ihre Finger, während sie meinem Blick folgte, spielte damit, ließ es dann wieder auf jene harmonische Art fallen, die einen so aufmerksam für jede ihre Bewegungen machte: die Andeutung ihrer weißen Zähne bei einem kleinen melancholischen Lächeln; die Augenbrauen, die sich bei der geringsten Veränderung ihres Mienenspiels wölbten, das eine ganze Ausdruckspalette aufwies; das Licht in ihren Augen, deren Blitzen ich kaum folgen konnte. Die abgöttische Liebe, die ich für dieses Mädchen empfand, hatte die Intensität meiner Beobachtungsgabe vervielfacht. Du bist hier, allein mit ihr, sagte ich mir, verlier nicht eine Sekunde, vergeude keinen einzigen Augenblick und nütze deine Chance!

»Ich habe beschlossen, dieses Kreuz einige Stunden lang zu tragen«, sagte sie zu mir, »als ein kleines Zeichen an diesem Trauertag. Was wollen Sie, manchmal steigt uns unser ›Russentum‹ die Kehle hoch.«
»Russentum?«
»Ah!« machte sie und lachte. »Aber er kann ja reden!«
Würde sie mich wie ihr Bruder mit Sarkasmus überhäufen? Woher hatten sie nur diese Neigung, einen immer in die Fallen ihrer Ironie zu stoßen? Anna, die feinfühliger war als Alexandre, las wohl auf meinem Gesicht die Andeutung eines Gekränktseins. Mit einem Lächeln, das sie mir schenkte, als ob ich der erste junge Mann an diesem Trauertag wäre (doch welche Trauer? bemühte ich mich zu verstehen), der dieses Privileg genoß – fegte sie ihre Bemerkung beiseite und fuhr mit Wärme fort:
»Es ist so nett von Ihnen, Alexandre einfach so zu vertreten. Sie sind wunderbar. Sie werden sehen, Sie werden Ihre Zeit nicht vergeuden, es wird ein schönes Konzert werden, wir werden den großen Kempff hören.«
»Phantastisch«, sagte ich. »Ich bin sehr glücklich.«
Wer war Kempff? Was war nur dieses »Russentum«? Ich hatte beschlossen, so wenig wie möglich zu sagen, um mein Ungebildetsein und meine Schwerfälligkeit zu verbergen.
»Nun, auch ich«, fuhr sie fort, »bin glücklich, denn Alexandre hat mir viele schöne Dinge über Sie und über Ihren edlen Geschmack gesagt. Mögen Sie mein Zimmer?«
Ich ließ meinen Blick über das wandern, was mir seit meinem Eintreten bei Anna entgangen war. Wie bei jeder unserer Begegnungen hatte mich allein schon ihre Gegenwart gefangengenommen. Wenn ich ihr gegenüberstand, zählte nichts mehr als ihr Gesicht, ihre Augen, ihr Körper, und ich mußte mich anstrengen, um die roten Vorhänge, die Holzvertäfelungen, die Schnittblumen und ihren eklektischen

Geschmack wahrzunehmen, und so sehr mich Alexandres Zimmer erstaunt hatte, so wenig gelang es mir, mich für Annas Einrichtung zu interessieren. Denn auf sie konzentrierte sich meine ganze Aufmerksamkeit. Sie bemerkte das schnell und lachte wieder, trotz ihrer »Trauerkleidung«.

»Nun, hören Sie auf, mich so mit den Augen zu verschlingen. Selbst wenn das von einem Kind wie Ihnen kommt, kann das störend werden.«

Ich protestierte:

»Ich bin kein Kind. Und Sie sind nicht so viel älter als ich.«

Sie runzelte heftig die Stirn.

»Ich wußte nicht, daß Sie so rebellisch sein können«, sagte sie. »Alexandre hat also recht gehabt: ›Der Typ hat Charakter!‹«

Sie wandte sich zu einem Silbertablett um, das hinter ihr auf dem Teppich stand und das ihr weiter Rock vor meinen Blicken verborgen hatte. Sie ließ es sich drehen und stellte es zwischen uns. Da gab es Süßigkeiten, trockene Kuchen, eine große Teekanne und Tassen. Der vertraute Duft nach russischem Tee erfüllte den Raum zwischen uns.

»Ich glaubte zu verstehen, daß mein Bruder Sie in Ihrem geheimen Refugium, bei Madame Kudlinska, bereits in die Riten eingeweiht hat, die uns lieb sind. Zitrone? Zucker?«

Sie senkte den Blick auf das Porzellan und das Silberservice, hob ihn aber ständig wieder zu mir in einem Spiel der Wimpern und der Brauen, als wäre es ein Pulsieren ihrer Gedanken, und ich versuchte, ihnen zu folgen, doch bei jedem ihrer Blicke kam es mir vor, als sei ein anderer Ausdruck darin zu lesen: Interesse, Humor, Traurigkeit, der Wunsch, mich auf die Probe zu stellen, Damenspiel, Frauenspiel. Als ihre kleinen Tricks beendet waren, der Tee serviert und die Dinge hingestellt, trank sie langsam einen Schluck, geräuschlos und mit einer derartigen Versunkenheit, daß ich es unterließ, es ihr nachzumachen, überzeugt, daß es mir nicht gelingen würde, auf so raffinierte Weise zu genießen, und daß jede meiner Bewegungen ein wenig mehr von der Distanz verraten würde, die ich überwinden mußte, um ihren Grad an Vornehmheit und Gelassenheit zu erreichen. Sie stellte die Tasse ab, betupfte den Rand ihrer Lippen mit einem feinen, mauve- und orangefarbenen Tuch, und ihr Gesicht wurde wieder etwas weniger versunken, weniger gesammelt, freundlicher, beschützender.

»Sie sind zweifellos verliebt in mich«, sagte sie ohne Umschweife, »wie das bei den meisten Jungen ist, die ich treffe, und nichts und niemand auf der Welt, und vor allem nicht ich, kann es Ihnen verbieten. Doch schließen wir einen Pakt, ja? Beschließen wir, daß wir es beide wissen und es dabei belassen. Ich hindere Sie nicht daran, mich zu lieben, doch ich befehle Ihnen, mich niemals mit diesem Gefühl oder auch nur der Bekundung dieses Gefühls zu belästigen, *niemals*! Zu diesen Bedingungen werden wir vielleicht Freunde werden.«

Wie sollte ich darauf antworten? Niemand hatte je so mit mir geredet. Ich schlitterte in eine Lage, auf die das Leben mich nicht vorbereitet hatte. Ich fühlte mich entlarvt und glücklich darüber, gleichzeitig jedoch erschlagen von der Beschränkung, die mir Anna auf zwar höfliche Weise, jedoch ohne die Möglichkeit zu Verhandlungen vorschrieb.

»Was sagen Sie dazu? Sie sagen nichts? Dann sind wir uns also einig, denn wer nichts sagt, stimmt zu; beugen Sie sich vor, damit ich Sie küssen kann.«

Gebieterisch ließ sie meinen Kopf zwischen ihren beiden Händen schwanken und zwang mich so, mich über das Tablett und die Teekanne zu ihr zu beugen; dann gab sie mir einen leichten, unzweideutigen Kuß auf die Stirn. Doch ihre Hände hatten meine Schläfen berührt, ich hatte ihr Parfum eingeatmet, den Duft nach Sandelholz, nach Pfeffer und Heide, und das hatte mich wie ein elektrischer Stromschlag getroffen. Ich hatte nicht weiter an die Zukunft gedacht. Etwas Neues war mir gerade mit seinem eigentümlichen und unauslöschlichen Zeichen in diesem Zimmer zugestoßen. Ich sagte mir, daß es nichts sei, doch meine totale Unerfahrenheit in diesen Dingen hinderte mich trotzdem nicht daran, zu begreifen, daß in der Liebe nichts jemals wirklich nichts ist. So fühlte ich mich verwandelt, und es gelang mir, ihr zu versichern:

»Anna, Sie können immer auf mich zählen.«

»Gut, sprechen wir davon«, meinte sie, ohne abzuwarten. »Sie holen mich Sonntag zwischen vier und fünf Uhr hier ab. Wir werden den Autobus zum Trocadéro nehmen, und von dort gehen wir in den Palais de Chaillot. Die Karten liegen an der Kasse. Sie werden mich nach dem Konzert heimbegleiten. Stehen Sie jetzt auf, ich habe noch viel zu tun, und außerdem will Sania Sie vielleicht noch mal sehen, bevor Sie unsere Wohnung verlassen.«

Das war das erste Mal, daß sie diesen Kosenamen für ihren Bruder gebrauchte. Ich sah darin ein weiteres Zeichen des Vertrauens von ihrer Seite, das mir vielleicht erlauben würde, einen Schritt weiter in ihren intimen Kreis zu tun. Allein diese Vorstellung genügte, um meine Augen feucht werden zu lassen. Als ich mich umdrehte, um ihr auf Wiedersehen zu sagen, saß sie noch immer am Boden, und ich hätte mir meiner völligen Verletzbarkeit bewußt werden müssen. Dieses junge, schwarzgekleidete Geschöpf, das mich einigermaßen distanziert anlächelte, dieses makellose Mädchen mit den weichen Haaren und den frischen Lippen, die ihre Geheimnisse in sich verschloß, diese Meisterin des Theaters und Gestalterin ihrer Lügen, hätte mit mir alles machen können, was sie wollte. Doch ich wußte es nicht. Ihr Kuß, ihr

Parfum und der Akzent, mit dem sie das Wort »verliebt« ausgesprochen hatte, derselbe Akzent, der jenem »Sania« die Exotik ihrer Ursprünge verlieh, ihr »Russentum«, der auserlesene Augenblick, den ich gerade in ihrer Gesellschaft auf dem roten, golddurchwirkten Teppich verbracht hatte, all das fegte alles andere hinweg. Ich käute diese Brocken des Glücks und der Überraschung wieder, ich wiederholte sie mir wie jene Zithermelodie, die kommt und wiederkommt, ohne daß man sich von ihr lösen kann.

14

Es gibt eine Melodie, die genau aus dieser Zeit stammt, und im Laufe dieser Winterwochen entdeckte ich, wie Millionen anderer Menschen auch, ihre sehnsuchtsvolle Klage – die Melodie aus dem *Dritten Mann*, die ein unbekannter Wiener Musiker, Anton Karas, spielte.

Ich wüßte heute nicht mehr genau zu sagen, ob Annas Auftauchen in meinem jugendlichen Leben vor oder nach dem Eindringen der Schluchzer und Rhythmen des Zitherspielers mit den flinken Händen in die Atmosphäre jener Zeit geschah, aber ich kann mich nicht mit meiner Vergangenheit beschäftigen – dieser Vergangenheit –, ohne diesen hartnäckigen und schönen Refrain mit den Bildern des Mädchens zu vermischen, und ich sehe mich wieder an dem imposanten Victor-Hugo-Kino – das heute verschwunden ist – mit den Plakaten vorbeigehen, auf denen der riesenhafte Schatten von Orson Welles mit Hut sich hinter dem bitteren Blick von Joseph Cotton und dem aufmerksamen Gesicht von Alida Valli erhebt, und ich höre, wie ich den Ohrwurm summe, während ich am Schaufenster der großen Buchhandlung Max Philippe Delatte – die heute woanders liegt – vorbeigehe, und in der Kälte, die durch meine Kleider dringt, hatte ich mich gleichzeitig für den Protagonisten dieses Films, der, ohne daß ich es damals begriff, die Schuldgefühle der Nachkriegszeit, die Ambiguität der westlichen Bündnisse, die Desillusionierung, die Nacht, den Hunger, die Angst vermittelt.

Ich bin gleichzeitig Harry Lime, der aus der Höhe des Praterriesenrades mit schmollenden Lippen und schicksalsergebenem Ausdruck die Menschen betrachtet wie bedeutungslose Ameisen; und ich bin der Zeichner amerikanischer Comics, Opfer einer Verwechslung, den man für einen großen Philosophen halten wird; jener verhöhnte und naive Freund, der sich in eine schöne brünette Frau verliebt hat, die ihr Leben damit zubringt, auf eine Liebe zu warten, die nicht mehr kommen wird; ich bin der Chef der britischen Polizei, der einen Dufflecoat trägt und dessen Gesicht zeigt, daß er sich von niemandem hinters Licht führen läßt. Ich bin die Katze, die in der Nacht miaut; die meergrüne und leuchtende Kanalisation; ich bin die schlagenden Türen; die Schatten, die einander jagen; ich bin das lange Durchwandern eines Friedhofes am hellichten Tag, nachdem die Tragödie passiert ist, als die getäuschten Überlebenden sich ein letztes Mal verzweifelt ansehen, ohne sich von ihrer Würde, ihrem Schweigen zu trennen, zum zerreißenden Klang der unauslöschlichen Musik, kurz bevor jene zwei Worte, die ich so gerne auf der Leinwand sehe, »The End«, auf dem schwarz-weißen Tuch erscheinen. Ich bin dieser ganze Film, und das auf irrationale, jugendliche, sentimentale Weise. Ich bin seine Lächerlichkeit und sein Verschleiß, weil ich eben nicht abgestumpft und abgenutzt bin. Doch ich habe den Schock seiner Botschaft empfangen, die Ankündigung dessen, was der Kalte Krieg werden, die gesamte Energie der Menschen für ein künftiges Jahrzehnt mobilisieren, die Geister lähmen und Wind, Tod und Blut säen wird.

Als kleiner, romantischer und abgekapselter junger Mann taste ich mich blind in einer kaum befriedeten, eisigen Welt vorwärts, die aufs neue zu zerbrechen droht. Man entdeckt die Antibiotika; Einstein warnt vor dem Bau der thermonuklearen Bombe; die soziale Verwirrung in Frankreich ist groß, und man hat die Macht der Präfekten verstärkt; Konflikte oder die Gerüchte darüber rumoren fast überall auf der Welt; Namen fliegen umher und kommen in Gesprächen auf, von denen ich nichts verstehe: Acheson, Trygve Lie, Ho Chi Minh, Attlee, Henri Varna, der Skiläufer Zeno Colo, der Fußballer Ben Barek. An diesem Abend jedoch werde ich ausnahmsweise in dem Papierkorb im Büro meines Vaters wühlen, um, nachdem ich das zerknüllte Exemplar seiner Lieblingszeitung überflogen habe, das Ereignis oder das Geburtsdatum herauszufinden, das mir diesen »Trauertag« erklären könnte, von dem Anna gesprochen hat. Denn ich sehe die Welt nur von ihrer Warte aus. Es wäre einfach, zu meinen älteren Brüdern oder meinen Eltern zu gehen und sie zu bitten, mir zu erklären, was man die »russische Seele« nennt, sie zu fragen, welche Bücher ich lesen und welche Gedichte ich befragen soll, um besser in Annas »Russentum« einzudringen. Doch meine Scham und mein Stolz verbieten mir das. Ich liebe meine Eltern, doch die Neugier, die sie befriedigen durften, als ich noch ein kleiner Junge war, hat nun, mit der Pubertät, einer Zurückhaltung Platz gemacht, die eines Geheimdienstprofis würdig wäre. Ich wohne in mir selbst wie in einer Höhle. Die kleinste Enthüllung, die ich machen könnte, würde mich lächerlich machen und in Schamgefühle stürzen. Der Heranwachsende behält seine Geheimnisse für sich. Seine Liebe liefert er nicht aus. Er lügt, wenn er atmet, und man sieht es nicht. Mit glattem Gesicht und leerem Blick führt man irre.

Und dann, schließlich sind wir eine normale Familie! Wir essen zu normalen Zeiten. Unsere Eltern reden normal miteinander und verhalten sich normal. Unsere Freunde können sie berühren. Wir leben in normalen Zimmern, ohne Schnittblumen, Fabergé-Eier oder venezianische Leuchter. Dort, am Square Lamartine, bewohnen die zwei Menschen, die mich anziehen und von denen ich besessen bin, ein bizarres Theater, dessen Regeln ich nicht kenne und dessen

Akteure ich noch nicht alle kennengelernt habe. (Wer ist der Stiefvater? Wo ist er? Was macht er und wovon lebt er? Wie kommt es, daß ich diesmal kein Stöhnen von der unsichtbaren Mutter gehört habe? Doch ich bin überzeugt, daß, wenn ich bei mir zu Hause den Schleier über all dem heben würde, man mir sofort Vorwürfe machen und versuchen würde, mich von dort fernzuhalten. Also bleibe ich mißtrauisch, halte mich zurück und schütze mein Reich.
Diese Geschichte gehört mir, die erste, die ich mit niemandem teilen werde.
»Was machst du denn? Woran denkst du?« fragte man mich ständig abends in der Familie.
»An nichts«, antwortete ich wieder und wieder.
Doch ich hörte in meinem Kopf die kleinen, scharfen Noten voller Kummer und Verzweiflung des Zigeunerzitherspielers:

Donde – din, dedin, dedin
Donde – din, dedin, dedin,

und dann sah ich auf meiner geheimen Leinwand Anna in schwarzer Bluse und Rock auftauchen; ihre Hände spielten mit dem orthodoxen Kreuz, und sie saß wie eine Prinzessin auf ihrem leuchtenden Teppich, und die Musik prägte sich mir ein mit dem Bild der jungen Frau, und diese triviale Musik führt mich manchmal, nach so vielen Wintern, noch immer dorthin zurück. Sie wird damit länger lebendig geblieben sein als die schweren Steine der Fassaden in den Kinos der bürgerlichen Viertel; länger als jene großen Buchhandlungen, Häfen der Höflichkeit und der Kultur, die uns unzerstörbar erschienen; länger als die Namen, die Gesichter, die Kämpfe der Menschen, die die große Kälte jener versunkenen Jahre beherrschten und heute zerstreute Asche sind.

15

Hinter jeder neuen Erfahrung lauert die ständige Drohung einer Gefahr. Ich ging das Konzert von Wilhelm Kempff an der Seite von Anna Vichnievsky-Louveciennes wie eine Feuerprobe an, eine Kämpferrunde, an deren Ende mich sowohl Ehren als auch der Tod erwarten konnten – das heißt, in meinem Fall, das Scheitern meiner Mission, die Demütigung. Ein Satz verfolgte mich:
»Mach keine Dummheiten. Red keinen Blödsinn.«
Denn ich hatte schon nachgedacht: Wenn es gut lief und wenn Alexandre weiterhin nicht von seinem Krankenbett aufstehen konnte, würde man aufs neue meine Mitarbeit suchen, um das Mädchen am Sonntag zu begleiten – so daß ich, noch bevor ich den Konzertsaal betrat, Pläne für die Zukunft schmiedete.
Ich hatte meine einzige Krawatte in einer schrecklichen apfelgrünen Farbe, ein weißes Hemd, graue Jacke und graue Hose angezogen. Hundertmal war ich mit dem Kamm über meine Haare gefahren, in dem ich ein nußgroßes Stück aus einer Tube Gomina Argentine verteilt hatte, die ich dem Toilettenschrank meines älteren Bruders entwendet hatte. Das Treffen sollte um vier Uhr sein, doch ich hatte meine Vorbereitungen bereits zwei Stunden vorher begonnen, war in meinem Zimmer wie in einem Käfig umhergegangen, ständig dabei, den Knoten meiner Krawatte vor einem Spiegel zu richten, der mir zeigte, wie ungeduldig ich war, oder aber ich zwang mich, so lange wie möglich eine gerunzelte Stirn beizubehalten und dabei die Wangen einfallen zu lassen, um zu sehen, wie das mein zu glattes Antlitz wirken ließ,

immer auf der Suche nach einem erwachsenen Ausdruck, einer männlichen Note.
Wir sprechen hier von einer Zeit, in der die Jungen unbegrenzt vor ihrem Spiegel nach der lässigsten, der kaltblütigsten Art suchen konnten, sich eine Zigarette zwischen die Lippen zu stecken. Im Mundwinkel, ein wenig hängend, oder aber weiter rechts, pöbelhafter, oder einfach in der Mitte wie ein echter Hartgesottener? Wir sprechen von einer Ära, während der ein Frauenknie, das man beim Öffnen der Tür einer Frégate mit verchromten Stoßdämpfern entdeckte, genügte, um Phantasien von Kindern, die wir nicht mehr waren, und von Männern, die wir noch nicht waren, zu nähren.
Als ich Alexandre auf Wiedersehen gesagt hatte, hatte er mir ein paar Empfehlungen mitgegeben und als letztes:
»Sieh dir alles an, was vorgeht. Vergiß bloß nicht, daß du dank meiner mit Anna ins Konzert gehst. Ich erwarte also, daß du mir alles berichtest. Du mußt mir alles erzählen.«
Ich hatte geglaubt, ein eifersüchtiges Bedauern in diesem Satz zu entdecken. Doch er wußte auf jeden Fall, wie er mir den Platz zuweisen mußte, den er für den meinen hielt, niedriger als der seine, der eines ergänzenden Freundes, und er konnte seiner Neigung zum Sardonischen nicht widerstehen.
»Versuche, auf der Höhe des Geschehens zu sein – ausnahmsweise!«

Ich war so voll fiebriger Erwartung, daß ich mich entschied, früh loszugehen, um auf dem Weg bei Madame Ku vorbeizuschauen. Die alte russische Büglerin brütete dumpf vor sich hin, seit Alexandre bettlägerig war und sie nicht mehr besuchte. Ich konnte ihr gegenüber die größte Treue beweisen – täglich ein Besuch, egal was passierte, nach der Schule –

und ihr von meinem Freund die kleinen Summen überbringen, die zu ihrem Wohlbefinden beitrugen, in ihren Augen war ich nur ein schwacher Ersatz für den schönen Alexandre, ihren Liebling, der sie quälte und zum Lachen brachte, der ein Spiel daraus machte, sie mit seinen Grimassen oder seinen verbalen Ausschreitungen, seiner übertriebenen Kleidung zu schockieren, und der es verstand, sie wie einen dicken Kreisel herumwirbeln zu lassen, dabei in die Hände klatschte und mit den Füßen auf den Boden stampfte und mit vollem russischen Akzent immer wieder sagte:
»Ku-dlin-ska!«
Wie immer erkundigte sie sich nach dem Gesundheitszustand meines Freundes. Auf ihrem alten, runden Gesicht, auf dem das östliche Lächeln lag, das die immer gleiche Weisheit, das gleiche belustigte Akzeptieren der Unwägbarkeiten des Lebens ausdrückte, sah ich eine neue Unruhe.
»Eiweiß, Eiweiß, was soll das? Was heißt das?«
Darauf ließ mich die Alte in ihren einfachen und kurzen Worten und ihren Sätzen ohne Satzbau und mit vielen gerollten »R« an ihren Ängsten teilhaben:
»Alexandre geht schlecht. All das passiert nach Besuch von Mädchen. Große Schwester. Probleme. Alexandre braucht Zuneigung. Alexandre unglückliches Haus. Mutter verrückt. Vater nie da. Vater ist nicht Vater. Alexandre brauchen Ku, brauchen Wärme, brauchen Zärtlichkeit. Zärtlichkeit!«
Sie sah aus, als habe sie lange nachgedacht. Sorge erschien in ihren asiatisch geschnittenen Augen.
»Aber nein, es geht ihm gut«, beruhigte ich sie. »Ich besuche ihn jeden Tag. Er ist natürlich krank, aber es geht ihm gut.«
Sie protestiert mit hochrotem Gesicht, und ihre Stimme wird lauter:
»Nein, nein! Ku Alexandre besuchen! Ku Wärme, Zärtlichkeit bringen! Borschtsch! Alexandre Borschtsch brauchen!«

Sie geht mit ihrem unnachahmlich leichten Schritt in ihren ausgelatschten Hausschuhen zur Küche, aus der sie mit einer Suppenterrine aus rosafarbenem Steingut wiederkommt. Der Dampf, der daraus emporsteigt, riecht nach Kohl, Fleisch und Rüben, er wirkt auf mich sehr heftig, der ich in dieser entscheidenden Phase meines Lebens gerade Stunden damit verbracht habe, mich mit Eau de Cologne zu besprühen (Jan-Marie Farina) und die Nasenflügel zu reiben, um vergeblich zu versuchen, die schwarzen Punkte des undankbaren Heranwachsen zu entfernen. Was soll da der Borschtsch? Ku steht vor mir, die Terrine gegen den Bauch gedrückt, und ich denke mit Schrecken daran, daß die alte Dame im selben Moment ankommen könnte, in dem ich als gestiefelter und parfümierter Kavalier und Diener die schöne Anna abhole, um mit ihr ins Konzert zu fahren! Die Episode des unerwarteten Borschtsch wächst vor meinen Augen ins Unermeßliche, ich fühle eine Katastrophe herannahen; sie wird meine Pläne durchkreuzen, den Zeitplan, den mein hochmütiges Mädchen zurechtgelegt hat, die Vorstellung, die ich mir von meinem Nachmittag und dem Beginn eines romantischen Abends gemacht hatte.
Gleichzeitig überfällt mich eine Welle der Zuneigung für die alte Dame, die sich an ihre Terrine klammert wie an ein kostbares Gefäß, das das Lebenselixier enthält, und ich stelle mir vor, wie sie die Suppe ganz allein in ihrer bescheidenen Küche während eines Teils des Vormittags zusammengebraut hat; ich möchte sie küssen, so sehr erschüttert ihre primitive Güte meine eigenen Ängste und meinen Egoismus. Ku, alte und von mir Fünfzehnjährigem bewunderte Ku, isoliert in ihrer elenden Hütte, demütiger und anonymer Mensch, mitten in der bürgerlichen Welt des XVI. Arrondissements, Ku, die vor Mitleid und Nachgiebigkeit strahlt ...
»Ich habe eine Idee«, sage ich zu ihr. »Ku, Sie wollen doch

nicht mit dem da durch das ganze Viertel gehen, Sie werden sich nicht auf den Beinen halten können. Ich werde Alexandre den Borschtsch bringen.«

Sie lächelt und gibt nach. Meine Initiative kommt ihr entgegen. Sie reicht mir die Terrine, verschwindet und kommt mit mehreren Utensilien zurück: einem dicken Tuch, das sie um die Terrine bindet, damit sie dichthält; einem großen Napf aus Weißblech mit Griffen aus demselben Metall, in den sie die kleine Terrine stellt; sie reicht mir das Ganze mit einem Ausdruck erfüllter Pflicht.

»Gut Essig und Sahne in Terrine füllen, vor Essen. Alexandre weiß. Nicht vergessen, leere Terrine zu Ku zurückbringen.«

Ich nicke heftig, und sie klatscht nun erleichtert in die Hände. Wir sagen auf Wiedersehen.

Da stehe ich nun mit meiner apfelgrünen Krawatte und meinem Ausgehanzug und gehe mit vorsichtigen Schritten in den leeren Sonntagsnachmittagsstraßen voran, balanciere Napf und Borschtsch und achte darauf, nichts zu verschütten. Welch neues Hindernis kann sich noch auf meinem Weg erheben? Ich bin komisch, ohne es zu wissen, und fühle mich durch die Liebe gefeit. Der Borschtsch wird rechtzeitig geliefert werden, ohne Schwierigkeiten und ohne Lächerlichkeit; und ich werde Anna zur Musik geleiten.

16

Sonntag nachmittags waren die Busse fast leer.
Um diese Zeit mußte man sich nicht das kleine numerierte Ticket besorgen, dank dessen man sonst seinen Platz in der Schlange einnahm und das der graugekleidete Kontrolleur mit der Mütze in derselben Farbe laut ausrief, um einem darauf Einlaß in das Fahrzeug zu gewähren. Er zog an dem Holzgriff der Klingel, die über ihm hing, und zum Klang seines Glöckchens fuhr die mächtige Maschine zum nächsten Halt.
Ich liebte dieses Verkehrsmittel über alles, vor allem die Plattform, jenen Bereich hinten, der jedem Regen, jeder Sonne und allen Winden offen war, von dem aus man den Atem der Stadt einsaugen und mit einem Blick flüchtige Szenen auf den Bürgersteigen erfassen konnte, die unter uns vorbeizogen, jener provisorische Balkon, auf dem man ein einfaches, unbestimmbares Vergnügen teilen konnte.
In diesem geschlossenen Halbkreis aus Metall, in dessen Inneren sich Unbekannte drängten, oft Jungen oder Mädchen unseres Alters, von denen man Sätze und Gelächter aufschnappen konnte, berührten sich manchmal die Körper. Und man konnte hoffen, eine Bekanntschaft zu machen, sogar ein Abenteuer zu beginnen, vorausgesetzt, man hatte etwas Glück und etwas Mut. Wie oft hatte ich deshalb nicht jenen Jungen meines Alters beneidet, war auf ihn eifersüchtig gewesen, hatte ihn sogar gehaßt, den ich ein junges Mädchen hatte ansprechen sehen, das wie er am Schutzgeländer lehnte. Es schien, daß die Plattform des Busses diese Leichtigkeit, ein Gespräch anzufangen, förderte, wie bei Passagieren eines Dampfers, ohne daß man dies für unhöflich

oder aggressiv hielte. Ich folgte dem Spiel des Jungen, den Reaktionen des Mädchens. Insgeheim wünschte ich, daß sie bei der nächsten Station ausstiege und ihn zurückließe mit seinem angefangenen Glück, doch er hatte beschlossen, am selben Ort auszusteigen wie sie. Er löste die Eisenkette mit den Lederenden, mit der man eher symbolisch die Plattform vom Rest der Welt trennte. Und während sich der Bus entfernte, sah ich ihn neben dem Mädchen gehen. Sie wies ihn nicht ab. Ich war krank davon. Er hatte es gewagt, ich nicht! Vielleicht hatte ich gerade der Geburt einer Liebe beigewohnt. Enttäuschung packte mich, ich konnte aber auch nichts! Ich war böse auf das Leben und die anderen. Das Vergnügen, das ich an dem Ritual auf der Busplattform gefunden hatte, wurde von einem Moment zum anderen zu einer solchen Abneigung gegen diesen Ort und seine Bewohner, daß ich ihn so schnell wie möglich verlassen wollte, selbst wenn ich vom fahrenden Bus springen mußte, den Rücken zur Straße, mit flinken Beinen, eine gewagte Übung – man muß sich geschickt sammeln, dabei in die Knie gehen und ein- oder zweimal wie rückwärts laufen, um sich dann von der Fahrbahn zu lösen und einen normalen Gehrythmus wiederzufinden. Manchmal, wenn man es sehr gut geschafft hatte, machte einem einer der Mitfahrer, der an Bord blieb, ein Zeichen, deutete vielleicht sogar komplizenhaften Beifall an. Eine von den Behörden verbotene Übung, doch die äußerste Befriedigung für einen richtigen Gymnasiasten, einen fliehenden Prinzen des Straßenpflasters in den fünfziger Jahren. Man rebelliert, wie man eben kann.

Heute war mein Geist auf anderes gerichtet, denn ich befand mich an Annas Seite. Ein schönes Mädchen war mit mir an Bord, und dies verursachte bei mir zitternden Stolz, eine Woge von Sicherheit, wenn auch von Ängsten belauert. Das Innere des Busses gehörte uns und noch einem Paar alter, warm angezogener Damen. Anna war gesprächig und kokett. Die Bewegung des Fahrzeuges, die Kürze der Zeit, die wir dort zusammen verbringen sollten, und dieses Gefühl, Herr über den Ort und den Moment zu sein, hatten mir erlaubt, sie als Gleichberechtigter zu befragen.

»Meine Mutter gehört zu einem sehr entfernten Zweig der Cousine aus der Zarenfamilie. Sie leidet im Herzen und in der Erinnerung sehr darunter.«

»Und Ihr Vater?«

»Mein Vater ist nicht mein Vater. Georges Louveciennes ist der zweite Mann meiner Mutter. Mein richtiger Vater ist irgendwo dort gestorben, begraben in einem Schneefeld in Sibirien vielleicht. Oder im Ural oder in sonst einer düsteren Steppe. Man weiß es nicht. Und dann ...«

Ihre Hand machte eine fliegende Bewegung, ewige Geste, um vielleicht das auszudrücken, was Anna vorher als »Russentum« bezeichnet hatte. Ich stand vollkommen unter dem Zauber dieses »Russentums«. Ich trank Annas Worte. Ich trank auch ihr Schweigen voller Anspielungen, Seufzer und tieferen Bedeutungen. Ich fand, sie war wie die Heldinnen in Filmen oder Büchern. Es kam mir vor, als ob es mir bei Alexandre nie gelungen wäre, diesen Eindruck eines Menschen zu bekommen, der »anderswo« lebte und »von anderswo« kam, was nicht dasselbe war, aber fast, und was sich in Anna verkörperte.

»Aber sagen Sie doch«, wollte sie wissen, »hat Ihnen denn Sania das alles nicht erzählt? Das ist aber komisch. Warum?«

»Ich habe es nie gewagt, ihn danach zu fragen.«

»Und bei mir wagen Sie es? Das ist noch komischer.«

Dagegen wagte ich es nicht, sie zu fragen, ob die Schreie und das Stöhnen in der Wohnung ihren Ursprung in der fatalen Verwandtschaft mit dem Zaren hatte, doch sie kam meiner Frage zuvor.

»Meine Mutter lebt in Trauer. Ihre Trauer bezieht sich nicht nur auf die Revolution von 1917. Sehen Sie, sie war sehr schön, und sie betrauert das Leben heute, in dem sie weniger schön ist. Sie betrauert ihre Existenz.«
Sie hatte dies objektiv und ohne Emotion gesagt. Sie fügte hinzu:
»Wir können nichts daran ändern. Ihre Kinder können nichts daran ändern.«
Das klang fast kalt und feindselig. Ich erinnerte mich, wie sie ihrer Mutter geantwortet hatte, wie sie genauso laut wie diese Satzfetzen gebrüllt hatte, die man leicht wieder zusammensetzen konnte:
»Ich mache, was ich will! Ich will mein Leben leben!«
Der Stiefvater – Georges Louveciennes – machte »Geschäfte«. Er war kein Russe, sondern stammte aus Nordfrankreich, und er machte »in Autos«. Sie sprach von ihm, indem sie ihn »Geooorges« nannte, mit ein ganz klein wenig Belustigung in der Stimme; ein Schleier aus Spott umschwebte diesen »Geooorges«, den ich niemals gesehen hatte. Ich achtete darauf, keinen Blödsinn zu machen, was ich so sehr befürchtete, ging kein Risiko ein und nahm, während ich ihr zuhörte, eine zustimmende Haltung quasi stummen Einverständnisses ein, doch da »Geooorges« offenbar zum Lächeln reizte, lächelte ich mit Anna. Und auch weil in diesem Abrutschen der Stimme so etwas wie ein Anzeichen echter Verachtung lag.
»Man kann ›Geooorges‹ von Zeit zu Zeit sehen. Er taucht auf, wenn er aus der Werkstatt kommt.«
Ich hielt es für angebracht, bei diesem so gewöhnlichen Wort aus einem so fürstlichen Mund zu kichern: Werkstatt! Doch sie holte mich streng zurück, wie der Reiter seine Zügel:
»Ich erlaube Ihnen nicht, über dieses Thema zu lachen.«

»Verzeihung«, murmelte ich. »Ich habe geglaubt ...«
»Glauben Sie an nichts bei mir. An nichts!«
Ihr Gesicht hatte sich verhärtet. Ich gab schon meiner Taktlosigkeit die Schuld und meiner Unfähigkeit, Menschen wie Anna und ihrem Bruder gegenüber, feinen und klugen Personen, die so reif waren. Ich war genau in dem Alter, in dem man sich jeden Tag vorhält: »Wie konnte ich nur so blöd sein?« und in dem man daran verzweifelt, jemals einen genügenden Grad an Geschicktheit zu erreichen. Unbekannte Situationen prasseln auf einen nieder, und die Phantasie hat als Anhaltspunkte lediglich bekannte Elemente, die eben deshalb nichts nützen. Anna bot meiner Intelligenz oder meinem Instinkt nur Unbekanntes, und die Bewunderung, die ich für sie empfand, erleichterte mir die Aufgabe nicht gerade. Einerseits verstand ich gut, daß ich mit einem solchen Wesen, genauso wie mit ihrem Bruder, ständig wachsam bleiben und mich bemühen müßte, ihren Absichten und ihren Worten zu folgen oder ihnen zuvorzukommen. Andererseits war ich Opfer meiner Schwärmerei für sie. Ich saß in der Falle und mußte ihr entkommen, und so stammelte ich ein paar Komödiantenworte, die ich in einem mechanischen Tonfall aneinanderreihte:
»Sehr gut. Wenn Sie es mir sagen, werde ich an nichts glauben. Das einzige, woran ich glaube, ist, daß der Dreiundsechziger am Trocadéro, Haltestelle Chaillot, hält.«
Meine Bemerkung überraschte sie, und zweifellos sah sie darin einen anderen Sinn als den beabsichtigten. Sie lachte laut, worauf sich die beiden alten Damen hinten im Bus umdrehten – eines jener Frauenlachen am Ende eines Abends nach einem Essen, bei dem man zuviel gegessen hat und das Make-up sich schon verwischt. Und im selben heftigen und parodierenden Ton fügte sie hinzu:
»Ah! Sie sind aber ein herber, klarer Typ! Woran glauben

Sie, Anna Vichnievsky-Louveciennes? Ich glaube, daß der Mittwoch auf den Dienstag folgt. Ich glaube, daß der Arc de Triomphe am Ende der Champs-Elysées steht. Ich glaube, daß der Square Lamartine quadratisch ist und daß es im Winter schon um fünf Uhr dunkel wird. Das ist doch, mein Freund, wenigstens ein unzweideutiges Programm.«

Sie klatschte in die Hände. Wie eine Lehre, einen Glaubenssatz wiederholte sie mit ausdrucksloser Stimme:

»Ich glaube, daß der Dreiundsechziger am Trocadéro anhält, Station Chaillot! Angenommen! Bravo! Das ist eine Verhaltensregel fürs Leben! Sie sollte Ihnen erlauben, jedes Leiden zu vermeiden!«

Dann verflog ihre Härte, und wir kehrten zu praktischen Dingen zurück. Die Worte überschlugen sich und purzelten durcheinander.

»Wir sind gleich da. Sie nehmen dann meinen Arm. In meiner Manteltasche ist Geld. Es ist da, um die Getränke in der Pause zu zahlen.«

»Aber ich ...«

»Schweigen Sie! Sie haben sicher nicht genug Geld. Man trinkt viel in der Pause. Sania hat Sie nicht auf alles vorbereitet, wie ich sehe.«

Der Bus war stehengeblieben, und während wir auf dem breiten Bürgersteig gegenüber vom Eingang zum Palais ausstiegen und uns mit der Menge vermischten, die sich vor den schweren Bronzetoren drängte, fragte ich mich, ob ich alles verstanden hatte, was Anna gesagt hatte, und ob man nicht hinter jedem von Annas Sätzen nach einer Bedeutung suchen müßte, die nur Eingeweihten zugänglich war. Ob wir hergekommen waren, um Musik zu hören – oder ob dieser Konzertbesuch nicht ein anderes Ziel hatte; und das vage Gefühl einer Gefahr beschlich mich aufs neue.

17

Der Pianist war schön. Ohne ihn zu hören, nahm er den Beifall des Publikums an, setzte sich, stand dann wieder auf, um in einem immer dichteren Schweigen die Entfernung seines Stuhls von seinem Instrument zu regulieren.
Er hatte vor kurzem erklärt, daß seine Existenz so beschaffen sei, daß er »nur richtig lebte«, wenn er an seinem Klavier saß. Ich hatte auch gelesen – denn ich hatte mich in den Tagen vor dem Konzert hastig informiert –, daß er fünfundfünfzig war, doch es gelang mir nicht, ihm ein genaues Alter zuzuordnen, genausowenig, wie es mir gelang, die Tragweite seiner Definition von Kunst zu verstehen: »Wirklich zu leben ...« Er hatte noch nicht die erste Taste angeschlagen.
Sein Gesicht erinnerte mich ein wenig an das meines Vaters, hochmütig, einfach, würdig, doch wenn man es genauer ansah, gab es zwischen den beiden Männern keine Gemeinsamkeit. Er hatte spärliches weißes Haar auf dem Kopf, das jedoch am Hals und im Nacken dicht war. Tief im Gesicht liegende Augen, von breiten Ringen umgeben, die mit der Heiterkeit der Wangen und der Stirn im Widerspruch standen und die Jahre der Arbeit, die Hartnäckigkeit bei der Erlangung der Vollkommenheit, den doppelten Genuß von Talent und Disziplin erahnen ließen. Schmale, lange Lippen, von denen die untere auf der Höhe des Kiefers den Teil eines gebogenen Kreises nachzeichnete. Er hob kaum den Blick. Ich konnte außerdem dort, wo ich saß, nur einen Teil seines Profils erkennen. Jedoch ungefähr eine Sekunde, bevor er anfing, als er sich leicht zum Publikum umwandte, konnte ich sein Gesicht von vorne sehen. Sein abwesender,

träumerischer, erstaunter Blick traf mich wie ein Schock; über einem Auge hing das Lid schwer herunter, das andere war frei; ich sah also diesen Blick, der über uns schwebte und nun schon ganz von der Musik beseelt war, die er sprechen lassen würde, ohne in sie einzugreifen; er wußte, daß die Wahrheit der Musik für alle verständlich war. Denn in diesem Stadium seiner Karriere hatte Wilhelm Kempff klarsichtig eingeschätzt, daß er sich endlich dem Auffinden dessen näherte, was er eine »verlorene Stimme« nannte. Er hatte nämlich erklärt, daß er sich nun genügend als Herr der Musik fühle, um all denen zu helfen, die seinen Konzerten überall auf der Welt beiwohnten, um diese Stimme Gottes zu hören, diese Stimme, die wir für verloren hielten.

Er war schön, und ich liebte ihn. Ich begann ihn schon bei den ersten Noten des ersten Stückes zu lieben – einem Impromptu von Schubert –, weil seine Musik auf ganz natürliche Weise, die auch für einen Ignoranten wie mich zugänglich war, mir sofort Glück geschenkt hatte, weil ich, wie er es definiert hatte, den großen Kempff, wenn nicht »richtig«, so doch zumindest anders leben sah als noch Augenblicke zuvor. Was ich an ihm unberührbar, fern, feierlich hatte finden können, in seinem schwarzen Frack, seinen glänzenden Schuhen und seiner weißen Hemdbrust, mit seiner hohen Gestalt und diesem beseelten Körper, hatte sich verflüchtigt und einem Nebel aus Wärme Platz gemacht, einem Erheben in die Luft, einer Rundheit und Leichtigkeit; weil er allein auf der Bühne war und ich sehr wohl sah, daß er mich und keinen von uns brauchte, aber ich sagte mir, daß ohne mich und ohne uns es nicht so geschehen wäre, und trotz seiner Einsamkeit, obwohl er in seinem »richtigen Leben« eingeschlossen war, wurde mein Leben so richtig wie seines, obwohl wir nicht das gleiche Leben lebten. Doch Schuberts Noten verbanden uns, und ich liebte ihn. Ich hatte mit dem-

selben Schwung gefolgert, daß ich auch Alexandre liebte, denn seinetwegen war ich schließlich da, seinetwegen liebte ich die Tausenden von Unbekannten, die den dunklen Saal füllten, und seinetwegen wurde meine Liebe zu Anna durch etwas erhöht, was uns an diesem Abend vereinte. Mein Herz und meine Brust hoben sich, und ich konnte nur mit Mühe meine Erregung zurückhalten.
Ich nährte sogar die Illusion, daß diese Wellen aus Liebe, die Wilhelm Kempff im Dienste von Franz Schubert und dann von Ludwig van Beethoven hervorgerufen hatte, sich nicht nur auf mein geringes Wesen beschränkten und daß deshalb Anna an meiner Seite nicht würde verhindern können, daß diese Liebe überfloß und sie erreichte, daß sie mich anders sehen würde als ihren kleinen Pagen und daß dieses Phänomen sie dazu bringen könnte, mich zu lieben. Doch sie rührte sich nicht. So gefangen ich auch war von der Abfolge der Impromptus, dann der Sonaten, ich konnte doch ihren Körper und ihr Parfum nicht ignorieren. Deshalb warf ich in Abständen schnelle Blicke zu ihr und nutzte die wenigen Unterbrechungen entweder in der Pause zwischen zwei Sätzen, die von Schweigen erfüllt waren, oder zwischen zwei Stücken, in denen applaudiert wurde, um zu versuchen, die Gefühle des Mädchens zu entschlüsseln. Sie rührte sich nicht. Und wenn sie Beifall klatschte, kam es mir vor, daß es ohne Begeisterung geschah, wie aus Routine, in aufrechter Haltung, mit erhobenem Kopf und herumirrendem Blick.
»Es gefällt Ihnen nicht«, flüsterte ich.
»Schweigen Sie«, erwiderte sie. »Man spricht nicht, wenn sich Schubert ausdrückt.«
Und als sie sich umwandte, um leise diese Worte zu sagen, glaubte ich in ihren dunklen Augen einen Tropfen perlen zu sehen. Sie erteilte mir eine weitere Lektion. Ich hatte sie für gleichgültig gehalten, während sie sich der Musik hingab,

und wenn das sehnsüchtige Nocturno, das Andante Nummer drei in B-Dur, das wir gerade gehört hatte, eine Träne bei Anna hervorgerufen hatten, wußte ich mein Glück noch etwas mehr zu schätzen, mich neben ihr zu befinden und diesen Moment mit einem so sensiblen Wesen zu teilen. Ich hatte für Langeweile gehalten, was eine Andacht war, die extremer war als meine. Erneut schalt ich mich, und ich bewunderte sie und beschloß, sie nicht mehr zu beobachten, als sie plötzlich ihre Haltung veränderte. Eine verblüffende Wandlung: Während des Applaudierens, kurz bevor Kempff sich wieder aufrichtete, um zu verstehen zu geben, daß er weiterspielen wollte und wir schweigen sollten, nutzte ein Zuschauerpaar diese kurze Pause, um sich in gebückter Haltung, fast auf allen vieren, auf die Plätze zu stürzen, die in der Reihe vor uns seit Beginn des Konzertes frei geblieben waren. Dieses verstohlene Vorgehen schien Anna wütend zu machen.
»Flegelhaft! Das ist flegelhaft!« bemerkte sie.
So leise die beiden Sätze, die wir vorher gesprochen hatten, gewesen waren, um so vieles lauter war nun ihr Ton. Einige Zuhörer um uns herum stimmten ihr zu und gaben unwillige »Tsss-tsss« von sich. Es entstand eine kleine Unruhe, die durch den Teil des Saales lief, in dem wir saßen, und ich sah, wie sich auf Annas Lippen ein zufriedenes Lächeln bildete. Vorne, auf der Bühne, schien der Pianist, der für einen Moment in der Schwebe verhielt, die Welle dieser flüchtigen Erregung zu empfangen. Er zögerte kurz und beschloß dann, zu seiner Musik zurückzukehren. Doch Anna war nicht mehr dieselbe.
»Flegel«, zischte sie zwischen den Zähnen, »Flegel. Flegel.«
Ihr Blick war nicht mehr auf den Pianisten gerichtet, sondern auf die Nachzügler, deren Verlegenheit ich an ihren angespannten Rücken, ihrem Bemühen, sich nicht mehr zu bewegen, erkennen konnte. Sie versuchten, mit ihrer Reihe

zu verschmelzen und wieder anonym zu werden. Der Mann hatte einen breiten Nacken, und seine Haare klebten am Hals. Die Frau trug einen Knoten. Ihr Hals war so dick wie der seine und ihre Schultern abfallend. Alle beide waren fleischig, erwachsen und undurchsichtig, richtige Große, doch ich war bereit, sie zu vergessen, um beim Anhören von Kempff zu versuchen, das wiederzufinden, was ihre Unterbrechung mit zerstört hatte. Dies jedoch war unmöglich, denn Anna sagte immer wieder:
»Flegel, Flegel.«
Zwar mit leiser Stimme, doch mit der offensichtlichen Absicht, dieses Paar ochsenhafter Nacken, das sich vor uns aufbaute, anzugreifen. Der Mann reagierte nicht. Die Frau aber drehte sich rasch um und warf Anna mit genauso leiser und hörbarer Stimme zu:
»Ah! Jetzt reicht es aber, ja?«
Der Haß im Blick und in der Stimme war wie eine Last, von der sie sich befreite. Die Frau hatte eine Adlernase, die genausowenig anmutig war wie der Hals, harte Züge und stark geschminkte Lippen. Sie war nicht häßlich, sondern gewalttätig, sie strömte Unglück und Schärfe aus. Anna lächelte sie spöttisch an und erwiderte ganz leise:
»Dumme Ziege.«
Die andere genauso schnell:
»Hure.«
Anna, immer noch mit süßer Stimme und derselben präzisen Ausdrucksweise:
»Sau.«
All dies kam trocken und eher gepfiffen als geflüstert und wurde von beiden mit der Geschwindigkeit eines Bleigeschosses, dem Feuer eines Exekutionskommandos, dem Tempo von zwei Noten auf dem Klavier gesagt, und dabei so, daß die ganze Reihe vor uns ein dumpfes »Pst« ausstieß,

damit das aufhörte, was sich langsam zu einem winzigen Skandal auswuchs. Die Gesichtshaut der Frau hatte sich rot gefärbt. Anna war leichenblaß. Ich nahm ihre Hand und murmelte:

»Anna, hören Sie bitte auf.«

Ruhe kehrte wieder ein nach einem letzten rachsüchtigen Blick der Frau, die wieder ihre vorherige Haltung einnahm, um sich erneut dem Pianisten zuzuwenden. Anna entzog mir ihre Hand, sie zitterte unmerklich. Erleichtert glaubte ich, daß ich endlich wieder zur Musik zurückkehren, meine Euphorie wiederfinden, erneut diese künstlerische Vollendung genießen könnte, die darin bestand, uns glauben zu machen, daß alles leicht ist und daß die Musik wie eine Quelle fließen, wie der Regen fallen und wie der Wind fliegen kann. Doch die Heftigkeit des Wortwechsels zwischen den beiden Frauen hatte mir schwer zugesetzt, und ich fand an nichts mehr Gefallen. Ich war wütend auf diese Unbekannte, da es mir nicht in den Sinn kam, Anna die Schuld zu geben; ein Gefühl der Sinnlosigkeit hatte mich ergriffen, das unangenehm genug war, so daß ich nicht auf das achtete, was doch jeden ein wenig hellsichtigen Zeugen verwirrt hätte: Während dieses ganzen Waffenganges hatte der Mann nicht ein einziges Mal reagiert. Der muskulöse Nacken mit den angeklebten Haaren hatte nicht gebebt, er war ein animalischer, ungerührter, bedrohlicher Block geblieben.

Das Foyer im Palais de Chaillot war groß, schlecht beleuchtet und wurde in der Mitte von einem viereckigen Erfrischungsbereich geteilt, der aus vier hölzernen Bartheken bestand, um die sich die durstigen Zuhörer drängten. Offenbar hatte Anna auch hier feste Gewohnheiten; eine der Theken, die links lag, wenn man auf die Marmortreppen schaute, die zur Eingangshalle führten, war ihr Privatbereich.

Kaum hatten wir den Saal zur Pause verlassen, hatte sich Anna nämlich in diesen Teil des Foyers begeben, wo sie von einem Kellner in Hab-acht-Stellung empfangen wurde, der sie zu erwarten schien und ein schallendes »Guten Abend, Mademoiselle Anna!« hervorschmetterte.
Begleitet wurde dies von einem vertrauten Lächeln, das die Bereitschaft signalisierte, allen Wünschen zuvorzukommen. Dieser Barkeeper war ein alter Herr mit lockigen Silberhaaren, rundlich und gebeugt; er trug einen schwarzen, abgenutzten Anzug. Seine Augen sprühten und waren voller Humor hinter einer kleinen Stahlbrille, die auf einer großen Nase saß; er machte sich freundlich und geschickt an die Arbeit und legte in seine Bewegungen und Gesten hinter der Theke all die Geschäftigkeit und Gewandtheit, die für manche dickliche Menschen charakteristisch sind. Ich erkannte an ihm die gleichen Gesten wieder wie an Madame Ku und auch noch andere Ähnlichkeiten mit der alten Dame aus der Sackgasse bei der Avenue d'Eylau; so war ich nicht überrascht, als ich Anna ihn beim Vornamen nennen hörte, während sie ihm antwortete: »Guten Abend, Boris, wie geht es Ihnen heute?«
War denn das XVI. Arrondissement in der Gegend um das Trocadéro nur von alten russischen Angestellten bevölkert? Ich brauchte nur kurze Zeit, um zu verstehen, daß Boris dem angehörte, was ich Annas Netz hätte nennen können, wenn ich auch nur eine Ahnung von den unsichtbaren sozialen Fäden gehabt hätte, die Menschen ihres Wesens prägen. Sie besaß jene hartnäckige Kunst der Verführung, jene Neigung, sich die Gunst des anderen zu verschaffen, indem sie ihn anlächelte und ein bißchen von ihrem Charme und ihrer Zeit auf Menschen verschwendete, die sofort das Hoheitsvolle ihrer Ausstrahlung, ihre Gabe erkannten, Vertrauen zu wecken und schließlich zu festigen. Boris fragte sie:

»Monsieur Alexandre ist nicht da?«
Beim Aussprechen des Namens erkannte ich eine Spur jenes russischen Akzents wieder, der mich entzückte und nun mein ganzes Leben erfüllte.
»Nein, mein Lieber«, antwortete Anna. »Er liegt im Bett. Doch mich begleitet heute sein bester Freund, Monsieur der Ungläubige.«
»Der Ungläubige«, wiederholte Boris neugierig.
»Ja«, erwiderte Anna, »die Mensch gewordene Ungläubigkeit. Stellen Sie sich vor, er glaubt an nichts als an haltende Busse.«
Sie brach in ein zu voll tönendes Gelächter aus, das nicht nur für Boris bestimmt war, sondern auch für die Schar junger Leute, die sich gerade um sie drängten, und genauso vielleicht für die Gäste an den anderen drei Theken, die nicht das Recht zu haben schienen, in Annas Ecke zu trinken. Boris beachtete sie nicht. Er nahm eine gutmütige, aber unwidersprochene Auswahl vor und bediente nur die Mitglieder von Annas Hofstaat; über Proteste ging er dabei mit lächelnder Rundlichkeit hinweg. Anna blieb im Zentrum, mit dem Rücken an die Theke gelehnt, und empfing die Begrüßung und die Komplimente ihrer Bewunderer. Es waren wohl an die zehn junge Männer aus gutem Hause, mit eleganten Krawatten, lockigen Haaren und gut rasiert – denn sie rasierten sich, sie mußten es tun; dies war nur eines der zahlreichen Charakteristika, die mich von ihnen unterschieden. Ihr Alter lag wohl zwischen dem von Anna (siebzehn, achtzehn Jahre) und zwanzig, und ich sah es ihren Augen an und hörte es an ihren Sätzen, daß sie einer älteren, für mich unzugänglichen Welt angehörten, was mich beleidigt hätte, wenn mich meine Aufgabe nicht völlig in Anspruch genommen hätte. Denn Anna hatte mir zu verstehen gegeben, daß ich als Verbindungsglied zwischen Boris und den jungen

Männern fungieren sollte: Gläser verteilen – man trank kleine Viertel Champagner –, Aschenbecher herumreichen, Beutel mit Chips oder gesalzenen Mandeln austeilen, mich vergewissern, daß es Anna nicht an Zigaretten mangelte, daß ihr Glas immer voll mit Flüssigkeit und Bläschen war, und eine Barriere errichten, um die abzuwehren, die nicht dem Kreis angehörten – die anderen, die anonymen Elenden. Ich mußte deren Unmut ertragen.

»Aber wirklich, junger Mann, ich habe doch wohl auch noch das Recht, etwas zu trinken!«

Boris unterstützte mich hinter der Theke und grummelte: »Zur Seite, zur Seite, bitte, andere Theke, hier keine Zeit!«

Und ich überbot ihn:

»Sie sehen doch, daß dieser Barkeeper zu beschäftigt ist. Gehen Sie nach gegenüber, da sind weniger Leute.«

So gelang es uns, um diesen engen Raum herum die Atmosphäre eines Clans von Eingeweihten aufrechtzuhalten, den Hof der Prinzessin Anna. Die männliche Jugend, die sie umschwirrte, summte von literarischen, Theater- und musikalischen Anspielungen. In ihren Bemerkungen wurden weder Politik noch die internationale Lage erwähnt. Alle gingen in dieselbe Richtung: zu Anna – mit demselben Ziel: sie zu interessieren, zu amüsieren, ihr Erwiderungen zu entlocken, ihr zu gefallen und so die anderen Jungen zu übertreffen. Man hörte:

»Die Eltern von Jean-Philippe haben einen Fernseher gekauft! Was für eine Revolution! Man wird dort Theater senden! Marivaux! Das ist ein Glück, oder?«

»Ich lese gerade Giono, *Die starken Seelen*. Gerade erschienen. Kennen Sie es?«

»Haben Sie *Adel verpflichtet* gesehen? Guiness ist in dem Film außergewöhnlich. Es ist von einer Komik ... Ach! Die Engländer ...«

»Man spielt Wagner an der Oper. Kommen Sie? Kirsten Flagstad scheint bemerkenswert zu sein. Kommen Sie?«
Doch man kommentierte auch die erste Hälfte des Konzerts. Und zwar:
»Anna! Was halten Sie von der *Ecossaise* in E-Dur? Hat er sie gut wiedergegeben?«
Worauf Anna antwortete:
»Aber mein lieber Christian, man ›hält‹ nicht, wenn man die *Ecossaise* hört. Man *denkt* nicht! Diese Momente vermitteln sich nicht über die Gedanken, wirklich, mein kleiner Christian.«
Einen kurzen Augenblick lang wurde der »kleine Christian«, der von seinen Nachbarn veräppelt wurde, zu einer Art Reserve – wie jene Eishockeyspieler, die man in einen Käfig sperrt, weil sie einen zu offensichtlichen Fehler begangen haben.
Doch man konnte auch Anklänge an den Alltag dieser jungen Gecken hören, von ihren Sitten und Gebräuchen, von der Superfete der nächsten Woche, und das mit einem kollektiven Bedauern:
»Anna, Sie werden sich natürlich nicht herablassen, dort aufzutauchen!«
Und dann Tennisverabredungen im Croix-Catelan, Anspielungen aufs Abitur; die Entscheidung zwischen dem mathematischen oder dem sprachwissenschaftlichen Zweig der Ecole Supérieure; Mädchennamen waren zu vernehmen; allgemeines Gelächter ertönte bei der Erwähnung einer pikanten Situation bei einer Party, als ein gewisser Gérard in dem Augenblick, als die Lichter wieder angingen, sehr laut geschrien hatte:
»Sie hat Watte in ihren Büstenhalter gesteckt!«
Das alles inmitten eines Kommens und Gehens der Gruppe, in der, wie eine Art zweiter Gang, den man dieser Aufregung

auferlegte, ein, dann zwei, später drei oder vier Mädchen schüchtern auftauchten, die Anna wie eine Gastgeberin empfing, die ihre Gäste am Schloßeingang begrüßt.

»Isabelle, Ihr Kleid ist aber hübsch! Béatrice, umarmst du mich denn nicht? Marie-Charlotte, was für eine Überraschung!«

Wenn man gut beobachtet, gehörte auch das zum Ritual der Pause. Die Jungen hatten sich zuerst auf Anna gestürzt, hatten sie begrüßt, ihr geschmeichelt und ihren Geist spielen lassen, um ihr Ohr oder ihren Blick einzufangen. Die Mädchen hatten abseits gewartet, lange genug, um ihre Brüder oder ihre Freunde einen Kreis um die Prinzessin bilden zu lassen und ihr Bedürfnis zu befriedigen, sich zu zeigen, ihr Bemühen, den aktuellen Kurs in Annas Wertschätzung abzumessen und die Theke von jedem fremden Einfluß fernzuhalten. Jetzt, und erst jetzt, nachdem Anna die ihr gebührenden Ehrenbezeigungen und Einladungen eingesogen hatte, denen sie sich natürlich ständig, wenn auch liebenswürdig, widersetzte, nach ungefähr dem zweiten Glas Champagner, als man zugegebenermaßen genug um die Bienenkönigin herumgeschwirrt war, erst da durften die Mitglieder des weiblichen Geschlechts das Parkett betreten. Dies veränderte teilweise die Bewegungen der Körper, die Haltungen, die Atmosphäre des Zirkus – doch es beschleunigte Boris' Aktivität, die Anzahl der Getränke, und es erschwerte meine eigene Aufgabe. Ich war schweißüberströmt – zerrissen zwischen Demütigung und Staunen.

»Ersetzen Sie Alexandre?« fragte ich eine der jungen Damen. »Ist er krank? Wie schade – er ist so fröhlich, so schlau und viel lebhafter als all diese Blödmänner, die sich um seine Schwester schlagen!«

Ich konnte mir tatsächlich vorstellen, daß Alexandre trotz des Altersunterschiedes mühelos den Verehrern seiner

Schwester das Wasser reichen konnte: dank seiner frechen Ausdrucksweise, seines enzyklopädischen Wissens und seiner Begabung, was Ironie und Karikieren anging. Ich fragte mich, wie er sich wohl in diesem Tohuwabohu verhalten mochte: Lehnte er sich an die Bar wie seine Schwester und nahm Einladungen und Komplimente entgegen, erteilte oder verweigerte er diesem oder jenem Laffen die Erlaubnis zu einem direkten Gespräch mit Anna? Das Mädchen, das mich angesprochen hatte – das erste Mitglied des Hofstaates, das sich herabließ, sich für mich zu interessieren –, war eine Blondine mit dünnen Lippen und freudlosen Augen. Wie die meisten ihrer Freundinnen trug sie einen geradegeschnittenen Faltenrock mit marineblauen Karos, eine Bluse und einen Blazer zu flachen Schuhen, die derzeitige Uniform dieser Gesellschaftsschicht und in diesem Viertel von Paris.

»Nun«, fügte sie im gleichen trockenen Ton hinzu, »es macht Spaß zu sehen, daß sie sich nicht täuschen läßt. Sehen Sie ihr zu! Sie hört überhaupt nicht hin!«

Anna hatte nicht die allgemeine Haltung der anderen Mädchen angenommen. Anna war Anna, einzigartig, unnachahmlich. Ihr Auftreten bildete wie beim ersten Mal, als ich sie bei Ku gesehen hatte, einen Kontrast durch ihre Distanziertheit jeder Mode gegenüber und einen Hauch von Provokation in ihrem Geschmack. Sie trug an jenem Abend eine schwarze Crêpehose mit kleinen weißen Punkten und dazu einen breiten Krokodilledergürtel, eine einfache Bluse unter einer Männerweste mit breiten Schultern in derselben Farbe wie die Bluse, ungebleichtes Weiß. Um den Hals eine dünne Perlenkette. Sie war schlank und rassig, sie hätte aus einem Modejournal der dreißiger oder vierziger Jahre entsprungen sein können und stach inmitten des Gedränges hervor; ich mußte der jungen Dame im Faltenrock recht geben: Ich hatte gerade entdeckt, daß diese Zeremonie sie langweilte. Hatte sie zuviel Champagner getrunken? Trotz ihres Lächelns und ihrer kurzen Antworten wirkte sie weit weg, über diesem Schwarm aus Jungen und Mädchen, für den sie vollständig verantwortlich war, die Herrin und die Meisterin – der sich jedoch beim Klang der Glocke zum zweiten Teil des Konzertes auflöste. Alle flatterten so schnell auseinander, wie sie sich versammelt hatten. Anna blieb unbeweglich.

Ich wollte ihrem Blick folgen, der über den runden Rücken des geschätzten Boris zu einer der anderen Theken ging, wo ich Breitnacken und seine Frau, die Ziege, entdeckte. Die Frau plauderte mit einer anderen Erwachsenen, doch der Mann kümmerte sich nicht um seine Begleiterin und sah zu uns herüber. Er ähnelte nicht dem Beinamen, den ich ihm gegeben hatte. Breitnacken war kein Nacken, und er war nicht breit. Er hatte feine Züge, einen bohrenden Blick, der den eigenen einfing, eine Nase mit geistreicher Spitze und zarten Flügeln, aufgeworfene und blutvolle Lippen und Grübchen, in denen sich Ironie und Selbstsicherheit abzeichneten; eine erstaunliche Vertiefung, wie mit dem Messer gezogen, teilte symmetrisch sein vorspringendes Kinn. Die Stirn war hoch und breit und von wellenförmigen Linien durchzogen. Er hatte Charme, ein gewisses Alter, Erfahrung und jenen zufriedenen Ausdruck, den manche Männer zur Schau tragen, als ob es ihnen an nichts fehle, als ob alles nun an seinem Platz sei, so daß auf gute Weise mit den Jahren die Falten des Genusses, die Zeichen des Kampfes vor den Stigmata des Nachdenkens an die rechten Stellen gekommen waren. Es war die Art von Gesicht, vor dem ein Junge wie ich sich entwaffnet, ängstlich und voll des Neides fühlte, des Neides darauf, so eine Sicherheit und Männlichkeit, so ein reifes Alter erreicht zu haben.

Der Mann hatte beide Ellbogen auf die hölzerne Bar aufgestützt. Mit der Zigarette zwischen den Lippen gab er Annas Blick zurück auf eine Weise, die mir Unbehagen bereitete: ungerührt und doch mit einer Art Zuneigung. Ich glaubte zu ahnen, daß es darum ging, wer zuerst den Blick senkte. Ich sah Anna nachgeben, die Augen zu Boden richten. Der Mann hob seine Ellbogen, verließ die Bar und wandte uns den Rücken zu. Anna entdeckte mich an ihrer Seite. Wir waren allein.

»Sie müssen Boris bezahlen«, sagte sie mit gebrochener Stimme zu mir.

»Wieso?« fragte ich. »Haben Ihre Freunde das nicht gemacht?«

»Sie haben ihren Anteil bezahlt, machen Sie sich keine Sorgen. Ich werde es Ihnen erklären: Sania und ich haben zu Beginn der Saison ein Abkommen mit Boris geschlossen. Wir zahlen ihm nicht nur den Champagner, sondern die Theke. Wir haben damit seine ausschließliche Mitarbeit gekauft, das Benutzen der Theke, als gehöre sie uns – natürlich weiß die Theaterleitung nichts davon, doch dank dieser Abmachung halten wir die Dummköpfe fern. Und außerdem hilft ihm das, über die Runden zu kommen. Los, bezahlen Sie ihn.«

Ich reichte Boris die Scheine, die Anna mir vor dem Konzert anvertraut hatte, eine hübsche Summe. Wieso konnten diese Kinder über so viel Geld verfügen?

»Gehen wir zu unseren Plätzen zurück«, meinte Anna. »Was haben Sie von dem Drink, von der ›Party‹ gehalten? Was sagen Sie zu meinen Freunden?«

Wir gingen auf den Saal zu. Ich seufzte auf, um mich von meinem Ärger, meinem Unwillen zu befreien.

»Ich hoffe, es sind nicht wirklich Ihre Freunde«, sagte ich. »Ich fand sie unerträglich.«

Sie küßte mich spontan auf die Wange.
»Bravo! Mein Bruder hatte richtig gesehen, Sie sind kein Blödmann. Ich stimme Ihnen bei: Es sind schreckliche Kleinbürger, Bürgersöhne und bald selber Bürger.«
»Aber«, warf ich ein, »warum dann diese Inszenierung? Warum dieser Drink, diese ›Party‹?«
»Warum denn nicht«, fragte sie unendlich traurig zurück. »Man muß sich doch zerstreuen. Lesen Sie doch noch einmal Pascal, junger Mann.«
Plötzlich wirkte sie zerbrechlich, als wollte sie sich in kleine Stücke auflösen. Ich liebte sie dafür nur noch mehr.

Die Pause hatte mich so sehr aufgewühlt, daß es mir unmöglich war, den zweiten Teil des Konzertes zu meiner Befriedigung zu verfolgen. Eine Abfolge von Bildern, von Eindrücken, die Platitüden des einen, die raffinierten Sprüche der anderen, die Risse, die ich bei Anna entdeckt hatte, meine eigenen Launen – das Gefühl eines Affronts, den ich hatte erdulden müssen, die kleinen Siege, die ich hatte davontragen können – alles ging mir im Kopf herum, und ich hörte nicht mehr die von Kempff gespielte Musik. Ich wußte, daß dies eine Verschwendung war, doch ich konnte nichts dafür. Die Anwesenheit von Breitnacken vor uns machte das ganze Konzert unerträglich. Die Erinnerung an den Wortwechsel von vorhin zwischen der Ziege und Anna war zwischen uns getreten, und ich war überzeugt, daß er genauso auf Anna lastete. Ich spürte, daß sie angespannt war, auf dem Sprung, und ich hatte das Gefühl, daß sie nicht versuchte, dem Spiel des Pianisten zu folgen, sondern daß ihre Augen auf den Nacken dieses Mannes gerichtet waren, dessen Verführungskraft ich in der Pause erahnt hatte.
Ein einziges Mal, als Kempff, der gerade einen Triumph erlebt hatte, bei einer Zugabe das Thema von *Rosamunde*

herunterspielte, fühlte ich mich aufs neue überschwemmt von der Milch der menschlichen Sanftmut. Bei diesen Variationen in Andante, die einen zu der melodischen und nachdenklichen Erinnerung an ein romantisches junges Mädchen zurückführten, erfuhr ich eine erneute Genesung und tauchte in ein kurzes Glücksgefühl. Doch das hatte nicht gereicht, um mich den Rest vergessen zu lassen. Um diese erschöpfende Erfahrung zu krönen, stieg mir außerdem ein furchtbarer Kohlgeruch in die Nase, als ich später meinen Anzug auf einen Bügel hängte.

Schrecken packte mich. Anna hatte sicher die Ausdünstungen des Borschtsch den ganzen Abend lang gerochen, und sie hatte nichts gesagt!

»Du bist nichts als eine lebende Katastrophe«, sagte ich laut zu mir selbst.

Doch das Hin und Her zwischen Verzweiflung und Hochgefühl war so, daß ich kurze Zeit darauf, als ich wieder an den Abend zurückdachte, vor Optimismus anschwoll.

Ich hatte an Annas amüsiertem, aber wissendem Ausdruck gesehen, daß die jungen Männer aus der Pause nur ihre Lust am Hofiertwerden befriedigt hatten, daß aber keiner von ihnen sich aus der Menge heraushob. Sie hatte Jean-Jacques nicht mehr Zeit und Aufmerksamkeit gewidmet als Yves, Gaétan nicht mehr als Olivier, und hatte also keine Antwort auf die Frage geliefert, die ich mir ständig stellte, seit ich mich in sie verliebt hatte:

»Liebt sie jemanden?«

Diese Frage hatte ich im Laufe der Tage verfeinert.

»Es ist nicht möglich«, hatte ich mir oft gesagt, »daß ein so sensibles, so schönes und begehrenswertes Mädchen nicht eine große Liebesgeschichte erlebt.«

Doch als ich sie gesehen hatte, wie sie, gleichzeitig spöttisch und engagiert, dann gleichgültig oder sogar verächtlich,

über die Wolke an glänzenden Jungen herrschte, die alleine einen Teil des Foyers im Palais mobilisierten und die Feindseligkeit des Restes der Menge hervorriefen (ich hatte »Diese Jugend!« und »Sie glauben, daß ihnen alles erlaubt ist!« gehört oder auch: »Nein, aber schauen Sie sich die an, was hat die denn anderes als andere?«, gesagt von den bepuderten und erstarrten Gesichtern der Erwachsenen, vor allem von Dämchen mit Fächern, dicken Beinen und Handtäschchen) – als ich also gesehen hatte, wie Anna diesen Augenblick beherrschte und daraus nur ein zeitweiliges Vergnügen zog, hatte ich mich beruhigt gefühlt. Sie gehört ihnen nicht, sagte ich mir. Sie gehört niemandem.
Ich würde es schaffen, von ihr geliebt zu werden, selbst wenn ich dazu den gleichen Lack, die gleichen Kenntnisse erwerben müßte, denen sie ihr Ohr geliehen hatte. Ich würde die Zeitungen lesen, aus denen sie zitierten; ich würde ihre Theater- und Musikzeitschriften abonnieren; ich würde häufiger in die Comédie-Française gehen; ich würde mich binden; ich würde meiner Scham Gewalt antun und könnte beim nächsten Mal meine Meinung über diesen Geiger oder jenen Dirigenten kundtun. Ich würde sie packen! Ich würde es ihnen zeigen! Ich würde aus meiner Schale herauskriechen! Anna würde mir durch die Kraft der Liebe, die sie in mir hervorrief, erlauben, die Grenzen zu überschreiten, die mich in den Reihen derjenigen festhielten, die auf Überraschungsparties nur Mauerblümchen spielten, in Pausen schwiegen und nur erduldeten, ohne zu handeln.
Plötzlich fühlte ich mich dank dieser Prüfung fähig, alle möglichen Entschlüsse zu fassen. Ich entwarf einen Schlachtplan – meine leeren Tage hatten einen Sinn bekommen. Denn endlich erlebte ich nun alles! In diesem fünfzehnten Jahr meines Lebens, das ich für eiskalt und schwarz gehalten hatte, war nun Anna dabei, diese Leere, diese Kälte und diese

Dunkelheit in Wärme und Licht zu verwandeln. So war ich denn trotz des Gefühls einer Katastrophe, das der Geruch des Borschtsch an meinem Sonntagsanzug in mir geweckt hatte, ungeduldig darauf, eine neue Woche zu beginnen. Alles konnte mir passieren: Anna würde endlich begreifen, daß ich dazu bestimmt war, diese Liebesgeschichte, von der ich mir nicht vorstellen konnte, daß sie sich ereignen könnte, für sie zu schreiben – und daß sie dazu bestimmt war, sie zu lesen und zu leben.

Wie ich allerdings hätte voraussehen können, sollte ein unbedeutendes Ereignis ohne Bezug zu meinen Ängsten eines schüchternen Liebenden den Gang der Dinge verändern.

18

Für die Dauer einer Handelsmesse, dem Salon de l'Enfance, organisierte eine große nationale Tageszeitung einen Wettbewerb: Steigen Sie ein bei einer Zeitung, die nur von jungen Leuten gemacht wird. Altersgrenze: fünfzehn Jahre.
»Melde dich doch«, sagte meine Mutter und reichte mir die Annonce auf der letzten Seite. »Wenn du es nicht tust, tue ich es für dich.«
Hatte sie mich beobachtet, seit Anna meine Gedanken und Träume in Besitz genommen hatte? Ich hatte mich niemandem anvertraut. Weder ihr noch einem anderen Mitglied meiner Familie, ob Bruder oder Schwester, doch ich hatte gespürt, wie ihr Blick mit sanfter Nachdrücklichkeit auf mir ruhte. Kurze Zeit vorher hatte ich meiner Mutter die Verschlechterung meiner schulischen Leistungen nicht verheimlichen können. Man mußte die Noten und Lehrerbemerkungen unterschreiben lassen. Ich wagte nicht, vor meinem Vater mit einem so mittelmäßigen Trimesterzeugnis zu erscheinen. Deshalb hatte ich mich an sie gewandt, eingedenk ihrer grenzenlosen Nachsicht gegenüber dem »kleinen Letzten«, der ich für sie blieb. Meine Mutter hatte gelesen: »Macht, was er kann. Kann jedoch wenig.« Die verächtliche Formulierung tauchte an mehreren Stellen wieder auf, und der Klassenlehrer, der alte Dubarreuilles, hatte hinzugefügt: »Außer in Französisch, wo man sich damit begnügt, seine Fähigkeiten zu nützen, glänzt man nicht. Geht geradewegs auf eine Wiederholung des Schuljahres zu.«
Dubarreuilles drückte sich oft so aus: Jeder Schüler wurde mit einem »man« bezeichnet, das jedes Duzen, Siezen oder

jede Bezeugung irgendeiner Vertrautheit vermied. Wenn er einen Schüler lobte, hieß das dann:
»Man hat gut gearbeitet.«
Mir dagegen hatte er mehrmals ein »Man tut nichts. Man starrt Löcher in die Luft. Man ist anderswo« um die Ohren gehauen Und in einem Anfall von Parteilichkeit, den ich für eine besondere Ungerechtigkeit gehalten hatte – denn Dubarreuilles hatte sich immer gehütet, seinen Schützlingen gegenüber so etwas wie Bevorzugung oder Feindseligkeit zu zeigen –, hatte er mich gefragt:
»Was hat man denn? Ist man verliebt?«
Die Klasse hatte gelacht, und ich den Kopf gesenkt.
Man sieht es also, hatte ich gefolgert, man kann es mir am Gesicht ablesen! Ich bin der Verliebte, eine lächerliche Figur, der Komparse in einer Komödie, auf den man im Hof der Großen und auf der Straße mit dem Finger zeigen wird. Vielleicht sogar, sagte ich mir, völlig gefangen von jenem wirr paranoiden Gefühl eines Jugendlichen, der sich für das zentrale Thema aller Gespräche der anderen hält – dabei müßte er doch begreifen, daß die anderen, um die er sich solche Sorgen macht, sich in keiner Weise um seine Gefühle und Taten scheren –, vielleicht sogar wissen sie, wer diejenige ist, die diese Liebe hervorruft? Und wissen sie, daß sie nicht erwidert wird? Ich hatte mich in mich selbst zurückgezogen, wartete in der folgenden Pause auf die mörderischen Reaktionen meiner Mitschüler. Doch nichts war passiert, und ich hatte Alexandres jetzt verwaiste Säule ganz allein umkreist, die Säule jenes Alexandre, dessen Abwesenheit mich inmitten derer, die meine Kameraden gewesen waren, eine Einsamkeit hatte wiederfinden lassen, die Barbier dann durchbrach.
»Nun«, sagte er und versuchte, die unnachahmliche Stimme des alten Dubarreuilles nachzuahmen, »ist man verliebt?«

Er sah mich aus seinen Samtaugen an, wartete ungeduldig darauf, meine Isolierung und meine Schwäche auszunützen. Der Opportunist, der in ihm schlummerte, hatte die Gelegenheit erkannt, sich an dem zu rächen, der ihm Alexandres Aufmerksamkeit gestohlen hatte. Denn wir hatten ihm praktisch den Zutritt bei Madame Ku verboten. Und seit Alexandre krank war und mich vor den Toren seines Universums zugelassen hatte, war Barbiers Eifersucht noch gewachsen. Ich hatte eines Tages den Fehler begangen, mich vor ihm zu brüsten:
»Ich gehe jeden Nachmittag nach der Schule zu Alexandre. Ich weiß, wie er lebt. Ich trinke Tee mit Mitgliedern seiner Familie.«
Barbier wußte, daß ich meinem Freund die Hausaufgaben und Lektüren brachte, damit er, bevor seine Eltern einen Privatlehrer einstellten, dem Ablauf des Schuljahres weiter folgen konnte. Barbier wäre gerne an meiner Stelle gewesen. Ich hatte an seinem Ausdruck falscher Sanftmut das Emporsteigen von Bitterkeit, das langsame Sichankündigen der Sünde der Mittelmäßigen, des Neides, erkannt.
»Nun«, wiederholte er, »man ist verliebt?«
»Halt's Maul«, fuhr ich ihn an.
»Man regt sich auf?«
Ich stürzte mich auf seine kleine Gestalt und brachte ihn mit einem Faustschlag ins Gesicht aus dem Gleichgewicht.
Er wich zurück, verweigerte sich dem Kampf und legte die Hand an die Schläfe.
»Tu mir nicht weh, tu mir nicht weh«, brüllte er mit einem Schrei, der das allgemeine Stimmengewirr der Menge auf dem Hof übertönte.
Schon bewegten sich die Kampfbegeisterten auf uns zu, angezogen durch die Aussicht auf ein bißchen Tränen und Blut. Eine rote Spur erblühte auf Barbiers Kiefer, und ich

schämte mich meiner Tat und hatte Angst, ihn verletzt zu haben.

»Schon gut, schon gut«, sagte ich, »entschuldige, ich habe nicht darüber nachgedacht, was ich tat.«

Er lachte freudlos.

»Offenbar hast du nicht darüber nachgedacht, was du tust, weil du an etwas anderes denkst!«

Er hatte seine Dreistigkeit schnell wiedergefunden, als er meine Entschuldigung hörte. Mit jenem Instinkt, der ihm später erlauben sollte, die zu verführen, die ihm gegenüber am zurückhaltendsten oder am gleichgültigsten waren; mit jener Neigung, auch noch die winzigsten Risse zu entdecken, um sie für seinen fleißigen Aufstieg zu Macht und Ehren auszunützen, hatte Barbier begriffen, daß ich genausowenig wie er für den Kampf geschaffen, genauso schwach, genauso ängstlich war, und sein Vorsprung war nun gewachsen. Ich hatte ihn geschlagen und bereute es. Er war zum Opfer geworden und nutzte dies. Als Beleidigter hatte ich den Fehler begangen, tätlich zu werden; deshalb durfte er Rechte über mich ausüben; durfte mit einer anderen, hinterhältigeren und wirksameren Waffe umgehen, dem Schuldgefühl.

Doch da er noch nicht alle Schlüssel zu diesem Spiel besaß, das das Erwachsenenleben genauso wie das Leben der Staaten beherrscht, ging er in seiner vorübergehenden Überlegenheit nicht weiter und begnügte sich damit, zu seinem ursprünglichen Spott zurückzukehren, der unserem Alter und der Szene unserer Auseinandersetzung angemessen war.

»Ich hoffe zumindest für dich, daß sie schön ist«, sagte er zu mir.

»Laß mich in Ruhe«, erwiderte ich und kehrte ihm den Rücken zu.

Sie ist schön, sagte ich mir, ja, sie ist außergewöhnlich schön!

Und nicht nur schön, sondern auch intelligent und kultiviert, fähig, Verehrer und Lügner zu entlarven, überlegen und unerreichbar und dabei gefühlvoll und erschütternd im Lachen und im Weinen, sie ist eine Melodie von Beethoven! Keiner von euch kann es verstehen oder wissen, ihr seid unvollkommene Zwerge, ohne Schliff, Pygmäen, Dummköpfe und Pechvögel, denn ihr durftet nie auf dem rot-goldenen Teppich niederknien, um Tee und Kekse zu genießen! Das sagte ich mir immer wieder, während ich meinen Gang um Alexandres Säule inmitten dieser Jungen wiederaufnahm, die sich in kleinen Gruppen und vorübergehenden Verbänden zusammenfanden. So hatte ich dank meines Geplänkels mit Barbier zu der Erregung und dem Hochgefühl zurückfinden können. Es war absolut nicht lächerlich, verliebt zu sein. Ich mußte im Gegenteil Nutzen daraus ziehen und Energie daraus schöpfen, um Großes zu tun.

19

Ah! Großes tun!
Wegen seines Talents und seiner Anstrengungen anerkannt werden; vorne auf der Bühne stehen; zu sehen, wie sich Köpfe umwandten, wenn man vorüberging; die Menge flüstern hören: Das ist er, er hat dies geschrieben, jenes gespielt. Die Trugbilder des Ruhmes klangen in meinen Ohren. Indem ich »große Dinge « vollbrachte, würde ich die endgültige Achtung meines Freundes Alexandre und die Liebe von Anna gewinnen. Ich würde in den Augen der einzigen Menschen existieren, die für mich zählten. Deshalb schrieb ich mich für den Wettbewerb ein. Man mußte einen zweiseitigen Artikel über ein frei gewähltes Thema verfassen – und da ich »gut in Französisch « war und in mir die Lust am Wettbewerb einfach nur durch diese Pause an einer Bartheke entstanden war und da der Erfolg oft den Unschuldigen beschieden ist, weil sie nichts wissen und deshalb vor nichts Angst haben, wurde ich mit einigen anderen ausgewählt. Später fand eine zweite Ausscheidung statt, um diesmal diejenigen unter uns zu bestimmen, die die Verantwortlichen dieser kurzlebigen Zeitung für Heranwachsende sein sollten. Da genügte es nicht mehr, einen originellen Text zu verfassen und auf die Antwort zu warten, sondern man mußte vor einer Jury erscheinen, Profis gegenübertreten, die uns aus der Menge der Kandidaten ausgesucht hatten. Und dies würde im Sitz der berühmten Zeitung selber passieren.

20

Es war eine große Villa, die einen der zwei Steinbögen bildete, die einen Teil der Umrisse des Rondells der Champs-Elysées formten.

Nachdem man seine Einladung am Eingangsschalter unter dem Vorbau, zwischen den zwei großen Flügeln der schweren, grüngestrichenen Holztüren, vorgezeigt hatte, wurde man von einem Angestellten empfangen, der einen über die Marmortreppe zu einem großen Saal mit Parkett »à la Versailles« im ersten Stock geleitete. Auf dem Weg dorthin begegnete man Männern in Hemdsärmeln und Krawatte, die Akten oder Papiere bei sich hatten, einen Stift zwischen Schläfe und Ohr geklemmt, und die geschäftig, aber leutselig aussahen und einen mit neugieriger Sympathie betrachteten. In den Fluren, auf denen sich unablässig Türen öffneten und schlossen, herrschte eine geschäftige Atmosphäre; es wurde gutmütig und höflich gerufen und gelacht, als ob die Menschen, die einem dort begegneten, sich amüsierten, als ob die Arbeit, der sie da nachgingen, ihnen Freude machte – als ob es in Wahrheit gar keine Arbeit wäre. Dies hatte mich von Anfang an verblüfft und mich sowohl für sie eingenommen als auch verwirrt. Normalerweise las ich auf der Stirn meines Vaters, wenn er aus dem Büro kam, nur Gram; die Eltern meiner Freunde waren mir immer ernst, besorgt und mitleiderregend vorgekommen; all jene Erwachsenen wirkten gewichtig und ernsthaft. Im Lycée gaben die Lehrer, die Surveillants, die Autoritäten bis zum grummelnden Captain Hook das gleiche schwerfällige Bild ab, denselben Eindruck, daß das Leben kein Spiel sei und daß die Welt, auf die

sie uns vorbereiteten, uns wie ihnen nur eine Last aus Monotonie und niederdrückender Verantwortung bieten würde.
So entdeckte ich, kaum hatte ich das Haus am Rond-Point betreten, mit entzückter Verblüffung, daß es einen Beruf gab, den man mit der gleichen Leichtigkeit, der gleichen Fröhlichkeit, der gleichen Vertrautheit ausüben konnte, wie sie bei unserem ausgelassenen Treiben im Hof der Großen herrschten. Diese Männer, die »eine Zeitung machten«, schienen Langeweile nicht zu kennen und in einer Art permanenter »Pausenstimmung« zu leben, und ich fragte mich: Warum sind sie so glücklich? Etwa, weil sie das, was sie tun, mögen? War das der Schlüssel zu einem erfolgreichen Leben?
»Setzen Sie sich«, sagte einer der Männer zu mir, »wir haben Ihr Papier sehr gut gefunden.«
Meine Augen fielen mir fast heraus.
»Ja«, sagte er, »Ihr Papier. Papier nennt man in unserem Beruf einen Artikel.«
Mein Gesprächspartner hatte lebhafte und wache Augen, schwarzes, sorgfältig gekämmtes Haar und ein selbstsicheres, dabei nicht großspuriges Auftreten. Er trug einen zweifarbigen marineblauen Anzug mit hellgrauen Streifen, eine blaue Strickkrawatte und ein hellblaues Hemd. Seine Gesten waren knapp und präzise, seine Sprache weich und beruhigend; er erinnerte an die Gentlemen mit den tadellosen Manieren in den Filmen, die ich damals gerade entdeckte, jene Sittenkomödien oder jene Krimis in Schwarzweiß, die vor allem aus Amerika kamen und in denen Schauspieler mitmachten, die wie für Modeaufnahmen gekleidet, phlegmatisch und Herren ihrer Bewegungen waren. Er sagte zu mir, er heiße Walfard und sei verantwortlich für Maßnahmen, die darin bestanden, Wettbewerbe und Spiele zu veranstalten, im Sommer Sandburgenbauen

am Strand und Wettbewerbe in Allgemeinbildung im Winter – und in diesem Fall diese nachgemachte Zeitung für Jugendliche, die während der Messe den Stand ihrer Zeitschrift beleben sollte.

»Ich bin also kein Journalist im eigentlichen Sinne. Ich schreibe nicht. Doch es gibt alle möglichen Berufe bei einer großen Zeitung, und die wichtigsten Leute in diesem Haus sind manchmal die, deren Namen man am wenigstens oft liest. Gut, sprechen wir von Ihrem Papier. Engiacamp?«

Er wandte sich zu dem um, den er angesprochen hatte, einem der beiden anderen Erwachsenen, die um den Tisch saßen und denen gegenüber ich mich hatte hinsetzen sollen. Wir waren in einem großen Raum, dessen hohe Fenster, die von doppelten Vorhängen, der eine aus Tüll, der andere aus dunkelgrünem Samt, eingerahmt wurden, auf die Kastanienbäume am Rond-Point hinausgingen, die um diese Jahreszeit leer und nackt waren. Mein neuer Gesprächspartner war jünger als dieser Walfard. Sein Gesicht war runder, wirkte spöttisch, wachsam, als ob die Leute, die ihm gegenübersaßen, es verdienten, daß man sie studierte, und er versuchte, sie kennenzulernen, ja sogar zu lieben. Seine Kleidung war nicht weniger anständig als die von Walfard, verriet jedoch eine gewisse Verachtung der Ordnung. Die Krawatte war weniger glatt, der Anzug weniger gut geschnitten, genauso wie die Lockenfrisur, die ein wenig verrückt war und in alle Richtungen abstand. Ich fühlte mich sofort zu Engiacamp hingezogen, weil er eine freundliche Gutmütigkeit ausstrahlte und seine Gesten, der Ton seiner Stimme und sein Blick einen anzuerkennen, einem sagen zu wollen schienen:

»Ich bin nicht da, um Sie zu beurteilen oder zu verurteilen, ich bin nur da, um Sie zu verstehen.«

Innerhalb weniger Minuten spürte ich, wie meine Schüch-

ternheit von mir abfiel, und dank seiner Gabe, einen Gymnasiasten genauso gleichberechtigt zu behandeln wie einen alten, erfahrenen Reporter, der die Mißgeschicke des Globus genauso wie die Komödien des Pariser Lebens schon aufgespürt, betrachtet und dann darüber berichtet hatte, konnte ich frei mit ihm sprechen und überraschte mich dabei, wie ich ihm sagte, was ich sonst nicht ausdrücken konnte. Er besaß jene Fähigkeit, die für einen Journalisten unerläßlich ist; die anderen zum Reden zu bringen, selbst wenn sie zu Anfang nichts von ihren Gedanken und Stimmungen haben mitteilen wollen. So gelang es mir unter seiner geschickten, lächelnden Befragung, ihm einige der Gründe für meine Anwesenheit inmitten dieser hochherrschaftlichen Institution der französischen Presse zu erklären.
»Nun«, schloß er, »Sie mögen das Lycée nicht besonders, doch Sie schreiben gerne – und Ihre Mutter drängt Sie, etwas aus sich zu machen –, und ohne es schon wirklich zu wissen, haben Sie Lust, aus der Masse herauszutreten, sich zu unterscheiden.«
»So ist es, Monsieur«, antwortete ich.
»Nennen Sie mich Pierre«, forderte er mich auf. »Ich bin kein ›Monsieur‹. Ich bin nur sechs Jahre älter als Sie. Eines Tages werden Sie sich an mich als einen Burschen ohne Charakter erinnern.«
Er sagte das mit einem rätselhaften Lächeln, das jene Männer auszeichnet, die, noch jung, Zeugen von Gewalt, Eitelkeit, Tod geworden sind und die ihr Beruf ganz natürlich zur Erkenntnis allen Relativseins führt. Dann kam er wieder auf mich zurück.
»Gut. Ihr Papier war ausgezeichnet. Wir haben uns die meisten anderen Kandidaten angesehen. Sie werden eine nette kleine Mannschaft bilden. Wir werden Ihre Arbeit beaufsichtigen und Sie unterstützen. Seitenumbruch, Schlagzeilen,

Korrekturen, all das wird unter der Ägide der Alten, der Profis vor sich gehen. Doch Sie müssen Ideen haben, müssen Papiere und Chroniken schreiben, Zeichnungen entwerfen. Die Zeitung wird während der Messe zweimal erscheinen, doch es kommt nicht in Frage, daß Sie daran gehindert werden, weiter für die Schule zu arbeiten. Sie werden vor allem sonntags und am Wochenende arbeiten müssen – natürlich mit dem Einverständnis Ihrer Familie.«

Walfard ergriff erneut das Wort und teilte mir mit, daß drei Namen im Rennen blieben für den symbolischen Titel des »Chefs« und daß ich in der Endausscheidung sei. Engiacamp und er sahen mich belustigt an.

»Möchten Sie Chef sein?« fragte mich einer.

Ich sah in der Frage keine Falle. Ich dachte plötzlich an Alexandre, dann an Anna. Alexandre, weil seine Arroganz und seine Fähigkeit, mit den »Alten« auf einer Stufe zu reden, mich immer fasziniert hatten und weil ich ein für allemal »auf der Höhe« sein wollte, wie er mir so oft hinrieb.

An Anna, weil ich mir glühend wünschte, von ihr bewundert und geliebt zu werden; vor ihrem Hof aus kleinen Prinzen, in der Konzertpause im Palais de Chaillot, könnte ich eine andere Rolle spielen als die des Zigarettenanzünders, desjenigen, der die Champagnergläser neu füllt; doch vor allem würde ich Anna in Erstaunen versetzen und ihre Gedanken in Bewegung bringen. So antwortete ich in jenem Ton gewollter Frechheit, den ich mir bei Alexandre abgeschaut hatte, den beiden Männern vor mir:

»Natürlich habe ich Lust dazu. Ich sehe keine andere Position, die mich wirklich interessieren oder die mir passen würde.«

Sie brachen in Gelächter aus.

»Es fehlt Ihnen nicht gerade an Mumm«, sagte Engiacamp.

»Wenn Sie nichts als diesen Mumm haben sollten«, fügte

Walfard hinzu, »wird man Sie zu diesem Fenster hinauswerfen.«
Und er wandte sich wieder jenen hohen Scheiben zu, durch die ich die schwarzen, gewundenen Äste des Rond-Point sehen konnte wie Arme der Gerechtigkeit, die meine Frechheit anklagten.
»Man könnte auch meinen«, setzte Walfard lächelnd hinzu, »daß Sie nicht nur Mumm, sondern auch ein vielversprechendes Talent und Ehrgeiz haben. Nun ...«
Mit diesem unvollendeten Satz begleitete er mich zur Tür, hinter der zwei andere Jungen meines Alters standen, die darauf warteten, ihr »Mündliches« abzulegen.
»Bis bald, junger Mann«, sagte Walfard und drückte mir die Hand. »Wir werden Sie benachrichtigen.«
Pierre Engiacamp ging mit mir ein paar Schritte bis zur Treppe.
Mit einer warmen Geste umfaßte er plötzlich meine Schultern.
»Bis bald«, sagte er. »Wir werden Sie wiedersehen ...«
Dann lächelte er.
»Sie haben mich vorhin ganz schön zum Lachen gebracht. Was für ein Mumm, also wirklich, mein Kleiner!«
Diesem Mann, bei dem ich bei einer einzigen Bewegung unendliche Nachsicht und so etwas wie eine Andeutung von Komplizenschaft entdeckt hatte, wollte ich die Wahrheit sagen. Ich gestand ihm alles, ohne daß ich es wagte, ihm in die Augen zu sehen.
»Ich habe nur so getan, als ob«, sagte ich, »ich bin nicht so, ich bin kein Angeber. Ich habe Theater gespielt, ich habe jemand anderen nachgemacht, ich habe keinen Mumm, Monsieur.«
Sanft unterbrach er mich.
»Ich habe dir doch schon gesagt, du sollst mich Pierre nen-

nen. Keiner nennt mich Monsieur, außer den Bediensteten. Los«, forderte er mich auf, »mach weiter.«
Die Augen immer noch am Boden, beendete ich mein Geständnis.
»Sie müssen mir glauben, Pierre, ich wollte nicht so vom Leder ziehen. Ich bin kein eingebildeter Angeber.«
Wieder unterbrach er mich, doch diesmal weniger sanft. Er packte mich am Kinn, ließ mich den Kopf heben, so daß mein Blick seinen traf.
»Es ist gut so«, sagte er zu mir. »Dein Mumm ist da, um deine Schamhaftigkeit und deine Empfindlichkeit zu verbergen. Das ist sehr gut, ich kenne das in- und auswendig, mein Junge. Du mußt es nicht von allen Dächern schreien, ich habe es begriffen.
Aber hab auch keine Angst, von Zeit zu Zeit diesen Mumm einzusetzen. Ich sage nicht, daß du lügen sollst, doch du sollst auch nicht tollkühn sein. Siehst du, die Leute um uns herum lächeln mich an, und ich lächle sie an, doch sie wissen, daß ich weiß, daß manche von ihnen mir gerne ein Bein stellen würden, um an meiner Stelle nach Hanoi zu fahren und Lattre de Tassigny zu interviewen. Also, du siehst, Theater und Mumm sind manchmal sehr nützlich.«
Gierig hörte ich ihm zu. Zweifellos konnte Pierre Engiacamp auf meinem Gesicht lesen, daß ich noch mehr wissen, diese Tür noch weiter aufstoßen wollte, die mir der Zufall geöffnet hatte. Er fragte:
»Kennst du Saint-John Perse?«
»Nein.«
»Lies ihn. Er hat geschrieben: ›Man muß das ganze Leben, sogar das literarische, als Luxustier leben.‹«
Er wiederholte:
»Kennst du Cocteau?«
»Ein bißchen.«

»Lies ihn. Er hat geschrieben: ›Man muß mit einer Maske vorwärtskommen können.‹«
Schließlich:
»Kennst du Apollinaire?«
»Ah ja«, sagte ich und seufzte erleichtert auf. »Das ist mein Lieblingsdichter.«
»Bravo, du hast recht. Nun, lies ihn weiter.«
»Und was hat er gesagt?«
Engiacamp blinzelte.
»Er hat einige Kleinigkeiten gesagt, und das viel hübscher als viele andere. Zum Beispiel ...«
Er trat von mir weg, hob die Stimme, als ob es ihm nichts ausmache, daß seine Kollegen, die vorbeigingen, sich umdrehten, um diesem tapferen Weltenbummler zuzuhören, und begann mit jubelndem Tremolo zu rezitieren:

Mit seinen vier Dromedaren
durchquerte Don Pedro Alfarubeira
die Welt und bewunderte sie.
Er tat, was ich tun möchte,
wenn ich vier Dromedare hätte.

Zwei Männer, die älter waren als er und in Hemdsärmeln waren, der eine mit dickem Bauch und einer Pfeife im Mund, der andere schlank und ungezwungen und mit einer Rolle Fernschreiben unter dem Arm, stimmten ihm mit Stimme und Bewegungen zu, als ob die schon oft gehört hätten, wie Engiacamp das kleine Gedicht deklamierte, das auch sein Glaubensbekenntnis war.
»Bravo, Pierre! Bravo, Don Pedro!«
Er dankte ihnen mit einer Handbewegung und fuhr dann in vertraulichem Ton fort:
»Siehst du, mein Guter, der Journalismus erlaubt dir, Zu-

gang zu den vier Dromedaren zu bekommen. Wenn du eines Tages auch die Welt bereisen und Alfarubeira werden willst, wirst du dich dieses Mutes bedienen müssen, von dem du behauptest, du hättest ihn nicht.«

»Danke, Monsieur«, sagte ich zu ihm, überwältigt von Dankbarkeit.

»Ich bin es wirklich satt, daß du mich Monsieur nennst«, antwortete er. »Wenn du mich nicht Pierre nennst, sprechen wir nicht mehr miteinander.«

Dann drückte er meine Hand, stärker, als es Walfard getan hatte, und ich verließ den Sitz der großen Zeitung, um bis zur Haltestelle Franklin D. Roosevelt zu gehen, am Rond-Point Champs-Elysées, und um auf den Bus zu warten, der mich wieder zu meinen Eltern bringen würde. Ich stand im Wind, der in Böen aus den Gärten des Carré Marigny herüberwehte, und ich brauchte nur kurze Zeit, um festzustellen, daß ich nicht mehr ganz derselbe Junge war wie der, der vor einigen Stunden die Schwelle zu dem schönen Haus mit dem Holzparkett und den hohen Fenstern mit den Goldverkleidungen überschritten hatte.

21

Am Square Lamartine erwartete mich ein Alexandre mit verärgertem Gesicht und düsterer Miene, der auf dem Bett lag, dessen Laken und Decke nicht gemacht waren; er trug seinen Krankenmorgenrock.

»Sie sieht ihn wieder«, sagte er zu mir. »Das ist eine Katastrophe. Und du Dummkopf hast mir nichts davon gesagt.«

»Wovon redest du?« fragte ich. »Ich verstehe kein Wort davon, was du mir da sagen willst.«

Er hob die Stimme. »Du hast also im Konzert nichts gesehen? Oder aber du wolltest es mir nicht erzählen!«

Ich beharrte. »Wovon redest du?«

Alexandre weigerte sich weiter, den Schleier zu heben. Hartnäckig beschuldigte er mich, trieb mich in jenes Schuldgefühl, das er so gut in mir zu erzeugen verstand.

»Du hast mir nicht genug über das Konzert erzählt. Ich hatte dich gebeten, mir alles zu sagen.«

»Aber ich habe dir doch alles gesagt«, erwiderte ich. »Die kleinen Snobs in der Pause; Boris, den du gut kennst; der Zwischenfall mit den verspäteten Zuschauern; das Genie von Wilhelm Kempff ... ich versichere dir, ich habe dir alles gesagt, ich habe nichts vergessen.«

Er fing an zu stöhnen, und in seinem Stöhnen glaubte ich die melodramatischen Töne seiner Mutter wiederzuerkennen, jenes Gespenstes, das ich immer noch nicht zu sehen bekommen hatte, obwohl ich ein täglicher Besucher, ein Stammgast in ihrer zugleich schmutzigen und wundervollen Wohnung geworden war.

»Nein, nein, nein«, sagte er, und während er dieses Nein wie-

derholte, verwandelte es sich in eine Klage, ein Schluchzen, ein Brüllen. »Neiiiin!«
Er hörte auf zu heulen und schwieg müde. Ein Seufzer, dann ein Pfeifen, und sein Körper sackte zusammen. Seine Augen hatten etwas von ihrem Glanz verloren, seit er bettlägerig war. Auch sein Gesicht schien sich unmerklich zu verändern, war ein wenig weicher, weniger scharf geschnitten; man hätte meinen können, daß die liegende Position, die Medikamente, das Fehlen jeder körperlichen Betätigung und irgendeine Diät Alexandre allmählich einen Teil seiner Schönheit und seiner Verführungskraft entzogen hatten. Doch er hatte dabei an Ernsthaftigkeit gewonnen – die Krankheit hatte ihn noch stärker seinem richtigen Alter entfremdet. Er hatte nie jenes pickelige und unvollendete Aussehen gehabt, das allein Jungen meiner Klasse zu eigen war; von nun an hatte etwas anderes Besitz von seinen Zügen ergriffen, und dies machte ein wenig angst oder zwang einen, ihn vorsichtig zu behandeln, wie man sich auf einer Eisschicht bewegt, die jeden Augenblick einzubrechen droht.
»Ich flehe dich an«, fuhr er nach einer Zeit des Schweigens fort. »Wir haben bei Ku geschworen, erinnere dich daran. Wir müssen uns alles sagen und dürfen uns nie verraten. Wir sind echte Freunde.«
Da ich offensichtlich nicht schnell genug reagierte, wurde er beißend:
»Los, los, Rouletabille! Los, los, natürlicher Sohn von Blaise Cendrars und Joseph Kessel, du wirst doch wohl nicht behaupten wollen, daß dein großes Journalistentalent dich im Stich gelassen hat?«
Lag Eifersucht in diesem Angriff? Ich hatte ihm in allen Einzelheiten von meinen Abenteuern, meiner Kühnheit in dem großen Haus am Rond-Point der Champs-Elysées erzählt, ebenso wie von meiner Hoffnung, daß ich in die End-

auswahl kommen würde. Zu meiner Enttäuschung hatte er mich nicht beglückwünscht. Ich hätte mir gewünscht, daß er mich nach mehr Details ausfragte, daß er mir Komplimente machte und mich als seinen Partner in Frechheit und Erfolg akzeptierte, doch er hatte meine ganze Geschichte ignoriert, und mich hatte Bitterkeit überfallen. Jetzt geißelte er mich mit seiner üblichen Ironie, und ich hatte nicht die Kraft, ihm zu antworten, weil er krank war, aber auch weil er mich so weit beherrschte, daß ich in seiner Gegenwart wieder zu dem Zustand bewundernder Unterwerfung zurückfand, in dem ich mich seit unserer ersten Begegnung befunden hatte.

»Nun, nun«, sagte er, »ich habe gescherzt, kränk dich nicht, mein Alter.«

»Ich bin nicht gekränkt«, erwiderte ich.

»Gut. Der Typ ist gut. Der Typ hat viel Geduld und Selbstbeherrschung. Das ist gut. Der Typ verdient wirklich meine Freundschaft. Der Typ soll mich anlächeln.«

»Es ist gut, Alexandre«, sagte ich. »Erklär mir lieber, was du mir sagen wolltest.«

Er wandte sich zur Tür seines Zimmers um, als wolle er sich vergewissern, daß wir auch wirklich allein waren. Er hatte wieder seine zerknirschte Miene aufgesetzt, die Mimik eines Verschwörers angenommen. Er flüsterte: »Sie hat ihn wiedergesehen, das ist sicher. Hast du keinen Mann dort, im Konzert, bemerkt?«

»Doch, natürlich«, antwortete ich, »Breitnacken.«

Eine schmerzliche Befriedigung huschte über sein Gesicht.

»Ah«, machte er, »ich wußte es! Wer ist das, Breitnacken? Wem hast du diesen Spitznamen gegeben? Wie sieht er aus?«

»Nun, ich weiß es eigentlich nicht«, meinte ich, »es war der Typ vor uns im Saal, der, der mit seiner Begleiterin zu spät gekommen ist.«

»Gut, gut, und weiter?« drängte Alexandre ungeduldig. »Wie sieht er aus?«
»Er hat einen breiten Nacken und schwarze Haare, die ganz angeklebt aussehen, du weißt schon, wie bei einem eleganten Tänzer. Doch von vorne hat er ein völlig irres Gesicht, man könnte ihn für einen Filmschauspieler halten. Wirklich ein schöner Mann.«
Alexandre überlegte und sagte zu sich, während er ins Leere vor sich starrte: »Ja, selbstverständlich, das ist sicher er.«
Dann: »Haben sie miteinander gesprochen?«
»Wer?«
»Na, Anna und der Typ natürlich!«
»Aber nein«, antwortete ich, »natürlich nicht.«
»Gut, vielleicht«, beharrte Alexandre, »aber hast du den Eindruck gehabt, daß etwas passiert ist? Nur weil Leute nicht miteinander sprechen, heißt das nicht, daß nichts passiert, das weißt du doch wohl, du Trottel!«
Ich zögerte. Er drängte mich:
»Und? Erzähl schon!«
»Nun, sie haben nicht miteinander gesprochen, das ist sicher«, sagte ich, »doch in der Pause im Foyer, jetzt, wo du mich danach fragst und wo ich darüber nachdenke, muß ich sagen, daß ich schon das Gefühl hatte, daß sie sich ansahen, als ob sie sich schon kannten und ... ich kann es dir wirklich nicht erklären, ich weiß es nicht.«
In dem Augenblick, als ich ihm sagte, daß ich es nicht wüßte, spürte ich, daß ich es wußte; ich hatte sofort gewußt, daß etwas zwischen Anna und jenem Unbekannten war.
»Du bist cin Blödmann«, sagte er.
»Oh, also nun mach aber mal halblang«, protestierte ich. »Ich habe deine Beleidigungen satt.«
»Du bist ein wunderbarer Blödmann«, wiederholte er, doch diesmal voller Zuneigung. »Wir haben Ku geschworen, und

ich habe Vertrauen zu dir, das weißt du. Und außerdem steckst du jetzt zu sehr in dem allen drin, als daß ich dir nicht alles sagen könnte. Es ist eine Katastrophe. Also: Anna liebt diesen Mann immer noch. Ich habe geglaubt, es sei vorbei und daß sie sich nicht mehr sähen, daß ich es geschafft hätte.«

»Was geschafft?«

»Sie endgültig von ihm zu lösen. Doch seit dem Konzert neulich abend ist Anna nicht mehr ganz dieselbe.«

Der Satz von Alexandre: »Anna liebt diesen Mann«, erfüllte mich mit unendlicher Trauer. Ich hatte einen Schlag abbekommen, ich fühlte mich groggy, ich mußte mich verkriechen, es war zu ungerecht. Doch die Neugierde, der Stachel meiner beginnenden Eifersucht, trieb mich dazu, ihm nun meinerseits Fragen zu stellen:

»Wie – sie ist nicht mehr dieselbe? Woran siehst du das?«

Alexandre deutete einen Ausdruck der Verachtung angesichts meiner Ignoranz in Dingen des Lebens an.

»Stell dir nur vor, man sieht es. Ich kenne sie schließlich!«

Voller Stolz, doch auch voller Leid und mit etwas, was ich nicht definieren konnte, sagte Alexandre darauf:

»Ich kenne sie, als ob sie meine Frau wäre!«

Dann, mit immer noch gedämpfter Stimme und in vertraulichem Ton, wie ein Verbrecher sein Verbrechen gesteht oder ein Spitzel seine Information preisgibt, in jenem Ton der Wahrheit, der nicht täuscht, weil er ein Trost für denjenigen ist, der so spricht, der sein Geheimnis verrät, der das teilt, was zu schwer für ihn ist, um es allein zu tragen – erzählte mir Alexandre die ersten Bausteine der Geschichte von Anna und Breitnacken.

Es hatte vor einem Jahr begonnen, bevor die Vichnievsky-Louveciennes in die Wohnung am Square Lamartine zogen

– als sie in der Nähe des Parc Monceau wohnten. Eines Abends, als er aus dem Lycée Carnot kam, hatte Alexandre seine Schwester vor ihrem Spiegel überrascht, wo sie leise vor sich hin sang:
»Er liebt mich ... Ich liebe ihn ... Er liebt mich ... Ich liebe ihn ...«
Die Tür zu Annas Zimmer stand halb offen. Alexandre ging immer auf Zehenspitzen den Gang entlang, erstens um nicht von seiner Mutter gehört zu werden, deren Fragen er fürchtete (»Woher kommst du? Was hast du gemacht?«), sondern auch weil Bruder und Schwester ein unendliches Vergnügen daran fanden, sich gegenseitig Angst einzujagen. Das ging auf ihre Kindheit zurück. Sie hatten dieses intime Spiel immer gespielt, hatten sich hinter Möbeln, Betten, Vorhängen versteckt, um dann den anderen zu erschrecken, indem sie ein lautes, plötzliches und heftiges Geräusch von sich gaben. Sodann stieß der Bruder oder die Schwester einen erschreckten Schrei aus.
»Du hast mir angst gemacht!«
Und sie fielen einander in die Arme. Sie nahm seine Hand und führte sie an ihre Brust.
»Hör nur, wie mein Herz schlägt«, sagte sie zu ihm. »Hör nur, was ich für Angst gehabt habe.«
Er betastete ihre Brust, legte seinen Kopf an ihr Herz und nahm durch den Schleier des Hemdes oder der Bluse oder der Pyjamajacke den erhöhten Pulsschlag wahr, der von ihrer Erregung zeugte.
Er sagte zu ihr:
»Ich höre nicht genug. Du lügst. Ich habe dir nicht wirklich angst gemacht.«
»Warte«, sagte sie, »ich werde es dir besser zeigen.«
Sie knöpfte ihre Bluse oder die Jacke auf. Er preßte sein Ohr an Annas samtige Haut, verweilte auf ihrem Fleisch, und

seine Sinne waren verwirrt sowohl durch den Schlag des Herzens, das er nun hörte, als sei er im Inneren dieses Pulsierens selber, als auch durch das Parfum und den Kontakt mit dieser Haut, durch diese Gerüche, die ihm die Erinnerungen an ihre ersten kindlichen Umarmungen zurückbrachten und von denen er ahnte, daß kein anderer Mensch sie ihm würde bieten können. Als sie größer und eine richtige Frau geworden war und als er selber sich in einen jungen Mann verwandelt hatte, war ihr Spiel ausgedehnter geworden; nun legte er gerne sein Gesicht an ihren Büstenhalter und an ihren Busen, und er tat es mit demselben Genuß, derselben Schamlosigkeit, demselben Wissen, daß dies hier nur ihnen gehörte. Sie umarmte ihn genauso wild; er erschreckte sie mit genausoviel Entzücken; sie schrie immer noch vor Freude und Angst; sie umarmten sich mit genausoviel Gelächter, in das sich genauso viele Berührungen mischten.
Alexandre hatte sich also dem Zimmer seiner Schwester genähert, bereit, das Brüllen eines Tigers oder das Heulen eines Wolfes nachzumachen, als er sie bei der seltsamen Litanei, die sie vor sich hin sang, überraschte:
»Er liebt mich ... Ich liebe ihn ...«
Er hatte seinen Schrei unterdrückt und sich in einen Beobachter verwandelt. Gegen die Wand neben der Zimmertür gedrückt, war es ihm gelungen, so langsam vorwärts zu schleichen, daß er den Kopf strecken und, ohne gesehen zu werden, durch die geöffnete Tür das Gesicht seiner Schwester beobachten konnte, wie es der Spiegel der Kommode reflektierte, vor der sie saß. Er hatte einen Ausdruck des Glücks und der verhaltenen Erregung in ihren Augen und auf ihren Lippen zu lesen geglaubt, die er so gut kannte, deren Bewegungen er so gut zu deuten verstand. Was er gelesen hatte, entsprach nichts, was er bereits kannte. Das ließ in ihm die Alarmglocken jener Gefahr läuten, die er am meisten ge-

fürchtet und niemals gewagt hatte zu definieren: Anna entglitt ihm, Anna gehörte jemand anderem! Nun, er wollte sie auf die Probe stellen. Er stieß einen Schrei aus. Sie reagierte mit demselben Schrecken wie immer. Er stürzte sich auf seine Schwester.

»Habe ich dir angst gemacht?«

Sie beugte sich ihrem Ritual, beachtete den Ablauf der üblichen Phasen.

»Ja, du hast mir angst gemacht«, antwortete sie ihrem Bruder.

Er näherte sich ihr, um sie zu umarmen und seinen Kopf an ihre Brust zu legen, und sie ließ es zu, doch er besaß den Instinkt, der jenen eigen ist, die, obwohl sie lieben, nichts von ihrer Klarsicht verlieren und jeden Hinweis auf ein neues Element in den Gefühlen des anderen aufspüren. Wie jene Verliebten, die so argwöhnisch sind, daß sie sofort die Lüge aufzuspüren vermögen, konnte Alexandre in dem kaum wahrnehmbaren Unterschied, mit dem seine Schwester ihn bei ihrem gewohnten Ritual an sich drückte, wittern, daß ihr Körper ihn belog, daß sie mit jemand anderem beschäftigt war. Er tat es ihr gleich und spielte Theater. Von diesem Augenblick an jedoch überwachte er Anna unablässig; er folgte ihr auf der Straße nach der Schule; er belauerte ihre Post; hörte ihren Telefongesprächen zu; er registrierte ihr Kommen und Gehen und ihre wechselnden Stimmungen. Er spionierte das Leben seiner Schwester aus, und er litt um so mehr darunter, als er sie weiter in dem ständigen Konflikt unterstützen mußte, den sie mit ihrer Mutter ausfocht. Er hatte vor allem nichts von seiner Liebe zu ihr verloren, von seiner Lust an ihren Gesprächen, ihrer Sicht des Lebens, ihrem Humor und ihrer Verrücktheit. Doch er fuhr in seinem Doppelspiel fort, und es gelang ihm schließlich, denjenigen, den Anna liebte, zu identifizieren.

»Es war ein Alter, kein Typ ihrer sonstigen Umgebung.«
Als er mit seinem Bericht so weit gekommen war, verstummte Alexandre. Er wurde vage und ließ einiges aus, und ich begriff, daß er mir nicht mehr sagen wollte. Weder über den Mann, noch über die Dauer der Beziehung, noch über die Art und Weise, wie die Zeit, der Bruch durch die Sommerferien und einige andere Vorfälle (»Zu dramatisch das alles, mein Alter, Dinge, über die man nicht spricht, selbst nicht mit seinem besten Freund«) schließlich die »unglückselige Affäre« beendet hatten.
»Jedenfalls«, schloß er, »habe ich geglaubt, daß sie beendet sei. Und nun taucht er wieder auf, und sie sieht ihn wieder.«
»Woher weißt du, daß sie ihn wieder sieht? Du kannst ihr doch nicht mehr folgen, da du das Zimmer hüten mußt«, gab ich zu bedenken.
»Ha, ha!« machte er lachend. »Der Typ ist schlau, er denkt nach, ein listiger Typ! Nun, ich spüre es, das ist alles, ich habe es am Tag nach dem Konzert begriffen, sie dachte an etwas anderes. Sie hat wenig mit mir gesprochen, sie hat ihr Parfum gewechselt, sie kommt nach dem Unterricht später nach Hause, sie ist nervös.«
Er verzog angeekelt den Mund.
»Und wenn du dich irrtest«, warf ich ein. »Und wenn du auf der falschen Fährte wärst?«
Alexandre maß mich mit Blicken.
»Entschuldigung, mein Alter, aber dann erkläre mir doch mal den Zufall! Der Mann sitzt eine Reihe vor ihr! Breitnacken! Und sie provoziert ihn andauernd und beschimpft seine Frau. So hat sich das doch abgespielt?«
»Ja«, gab ich zu, »du hast recht, aber vielleicht ist es nur ein Zufall.«
Wieder lachte er.
»Mach nicht so ein Gesicht, nein!«

War der Schmerz auf meinem Gesicht so offensichtlich? Nur mit Mühe konnte ich all diese neuen Erkenntnisse akzeptieren. Die Vorstellung, die ich mir von Anna gemacht hatte, entsprach so wenig dem, was ich gerade erfahren hatte; und ich fürchtete mich vor dieser Vorstellung: das reine junge Mädchen, das Objekt meiner verliebten Obsession, in den Armen jenes Mannes mit den herrischen Zügen, jenes Breitnacken, von dem ich mir jetzt, wie es mir vorkam, jeden Charakterzug und jede Haltung während der Pause und im Konzert ins Gedächtnis zurückrufen konnte. Von demselben Argwohn getrieben wie Alexandre, gelangte ich schnell dahin, das, was vielleicht bedeutungslos oder ein Zufall gewesen war, als Zeichen eines Geheimcodes zwischen dem Mann und dem Mädchen zu interpretieren: die Art, wie er sich geweigert hatte, sich zu ihr umzudrehen, als sie seine Frau beschimpfte; das Zusammenkrampfen seines Halses; ihr Blickwechsel von einer Bartheke zur anderen, und wie Anna schließlich den Blick gesenkt hatte, unterworfen und einwilligend, bereit, den zerrissenen Faden der Beziehung wiederaufzunehmen. Ich war krank davon, unfähig, unter all diesen Bildern diejenigen auszuwählen, die ich wirklich gesehen hatte, und nicht denen zu erliegen, die ich nur erfand, um den Graben meiner Eifersucht zu vertiefen: Anna in den Armen dieses Mannes, wie er sie küßte, Anna, wie sie umarmt wurde, Anna geliebt und liebend.

»So verliebt bist du also in sie?«

Alexandres Blick holte mich in die Gegenwart zurück. Ich sah ihn an. Er wirkte wieder fast aufgekratzt. Meine Traurigkeit schien ihm neue Kraft zu verleihen.

»Du hättest es mir früher sagen müssen, mein Alter, daß du meine Schwester so sehr liebst. Ich hätte dich warnen können, daß du keine Chance hattest. Keine.«

Doch da wir solidarisch im gleichen Unglück waren, milder-

te er rasch seinen Spott. Geschickt und phantasiebegabt, hatte Alexandre gerade den Vorteil gesehen, den er aus meinem Seelenzustand ziehen konnte. Ich war sein Partner, wir teilten dieselbe eifersüchtige Angst, und da er im Moment an sein Bett gefesselt war, mußte er mir die Mission anvertrauen, Anna zu überwachen, sich zu versichern, ob sie diese unwürdige Person wiedersah oder nicht.
»Du mußt ihr nur folgen und sie beschatten.«
»Das ist unmöglich«, protestierte ich, »das kann ich nicht.«
»Du kannst es nicht oder du willst es nicht?«
»Beides!«
Er drängte nicht weiter.
»Sehr gut«, meinte er ruhig, »Wie du willst. Ich zwinge dich nicht.«
Doch er hatte seine Saat gesät, und ich spürte, wie der Vorschlag sich in mir einnistete wie eine Krankheit, die einen von hinten anschleicht. Ich war böse auf mich, weil ich auf Alexandres Strategie hereinfiel, wieder einmal von ihm und seinen perversen Überlegungen abhängig wurde, von seiner Überzeugungskunst, doch ich stellte mir auch schon vor, wie ich Anna beschattete und nun selber zum Spion ihres Lebens wurde. Ich verabscheute den Gedanken, daß ich der Privatbulle in einem dieser schlechten Schwarzweiß-Filme von Warner werden könnte, die den Hauptteil meiner Kinonahrung bildeten. Das war nicht gut. Das tat man nicht. So sah ich mich nicht, und noch weniger hätte ich gewollt, daß man mich so einschätzte.
»Hast du deine Meinung geändert?« fragte mich Alexandre.
Dann, den Blick auf mich gerichtet:
»Sie verläßt den Cours Hattemer jeden Nachmittag um fünf.«
Ohne zu antworten, verließ ich ihn.

22

Als ich aus dem Gebäude auf die Straße trat, peitschte mir ein heftiger Hagelschauer entgegen. Unerwartet, brutal, eiskalt und vibrierend überfiel mich der Hagel, und ich tat nichts, um mich vor ihm zu schützen.
Ich begrüßte ihn mit Erleichterung und auf jene hingerissene Weise, mit der sich Heranwachsende dem Regen und dem Wind, der Kälte oder dem Wasser hingeben, um für einen Augenblick die Kleinlichkeit des Alltagslebens und die Grenzen, die ihnen die Vorschriften der Erwachsenen ziehen, zu vergessen. Ich durchschritt das kleine Tor zum Platz und blieb zwischen den Bäumen stehen; ich streckte meine Arme und Hände wie einen Fächer aus.
Die Hagelkörner waren hart und rauh, sie peitschten in mein Gesicht, schienen in meine Wangen einzudringen. Ich schloß die Augen und öffnete den Mund, versuchte, sie herunterzuschlucken. Ich spürte, wie sich die Körner auf meine Haare setzten, wie früher, da ich als kleines Kind entdeckt hatte, daß der Schnee eine Art weiße Haube auf unseren Kopf legen kann. Bald schmolzen die Hagelkörner, und das Wasser rieselte auf meine Stirn, meinen Körper entlang und drang langsam durch meinen Regenmantel in meine Kleidung. Ich hätte so bleiben wollen, hätte stundenlang inmitten der Pfützen, die sich zu meinen Füßen bildeten, stehen wollen, während ich diesen Schauer aus weißen, eiförmigen Körnern wie Elemente empfing, die vom Himmel gekommen waren, um mich zu reinigen und mir alle ungesunden Gedanken wegzuwaschen, die ich in bezug auf Anna gehabt hatte, all diese negativen Bilder, die in meinem Kopf herum-

geschwirrt waren, als ich mir Alexandres Geständnisse angehört hatte. Annas Haut, Annas Busen, Alexandre, der sich an sie preßte. Und dann noch Anna in den Armen von Breitnacken und dann wo? In welchem Zimmer? Zu welcher Tageszeit oder Nachtzeit liebten sie sich? Und wie? Ich hätte gewollt, daß der Hagel all dies aus mir herausriß, genauso wie er dabei war, den Flaum meiner Haut gleichmäßig und heftig zu attackieren. Der Hagel sollte aus mir etwas anderes machen als diesen zaudernden jungen Mann, der hin und her gerissen war zwischen seinen gegensätzlichen Wünschen, seinen Versuchen und Phantasien, und der Hagel sollte auf die gleiche Weise auch Anna reinigen, und der Himmel sollte sie mir so wiedergeben, wie ich sie geliebt und mir erträumt hatte: unberührt.

Schließlich ließ mich der Hagel in dem Maße, in dem er Besitz von meinen Kleidern und meinem Körper ergriff, auch vergessen, daß ich in einer Stadt lebte, in einer Welt aus Zement und Asphalt. Denn die Heftigkeit des Schauers hatte den Geruch nach Erde und Gras auf dem Platz hervorgebracht, ebenso wie in meiner delirierenden Phantasie die rasende Weigerung, der Wirklichkeit und ihren Möglichkeiten gegenüberzutreten, die sich mir boten; ich suchte einen Zufluchtsort, eine Rückkehrmöglichkeit zu den Empfindungen meiner Kindheit, als ich auf dem Land lebte, als das Vertrauen, das ich zu den Älteren hatte, mich vor jedem Gefühlselend schützte. Wie einfach doch damals alles gewesen war! Der Lehm, der Kalk, die Heide, das Holz, das Unterholz, die Bäche, die Weinreben und die Wälder. Ich hätte vor Melancholie beinahe geweint.

Dann hörte der Hagel auf. Erstarrt ließ ich meine Arme an meinen Hüften herabfallen und öffnete die Augen. ich war allein auf der Welt wie alle Jugendlichen der Erde. Der Guß hatte nicht lange gedauert, doch ich hatte jeglichen Zeitbegriff verloren. Ich war nur noch eine wassertriefende Masse, mit glühenden Wangen und steifen Fingern, die Beine erstarrt von Hagel und Kälte, die durch die Hose gedrungen waren. Mir gegenüber, auf der anderen Seite des Platzes und der Straße, im ersten Stock, waren die Lichter hinter einem Fenster angegangen, von dem ich leicht erkennen konnte, daß es zu Alexandres Zimmer gehörte. Das Fenster daneben, das von Annas Zimmer, blieb dunkel und leblos. Sie war nicht nach Hause gekommen. Wo war sie?

In dem Plätschern meiner durchnäßten Sohlen, die wie ein Schwamm klangen, den man zusammenpreßt, und bei jedem meiner Schritte auf dem Bürgersteig Blasen aus Luft und Wasser erzeugten, wirkte ich wie ein jugendlicher Clochard und kehrte, starr vor Kälte, nach Hause zurück. Ich wünschte mir, daß Fieber meine Kehle und meine Brust befiele, damit ich endlich in den Armen einer langen Krankheit versinken könnte, damit man mich verwöhnte und mich wärmte, mich einpackte und verhätschelte und ich über nichts mehr entscheiden müßte. Doch es war vorgezeichnet, daß ich nicht in diese Falle gehen sollte und daß andere Ereignisse mich dazu zwingen würden, mein Leben etwas mehr in die Hand zu nehmen. Sie kündigten sich an mittels einer Waffe, derer wir uns damals noch kaum bedienten: das Telefon.

23

In den folgenden Wochen klingelte das Telefon zweimal für mich. Einmal war es eine gute Nachricht, einmal eine schlechte.

Das Telefon war ein heiliger Gegenstand, der in einzigartiger Ausgabe auf dem Schreibtisch meines Vaters thronte. Der Apparat erweckte einen Eindruck von Macht. Tintenschwarz, aus Bakelit, schwer und gedrungen, mit einem Hörer, Mikrofon und Empfänger, die gut verstaut in einem unbeweglichen Sockel waren, glich er einem versteinerten Tier, einer Kröte ohne Leben. Auf der runden Wählscheibe aus dickem, durchsichtigem Plastik konnte man die Fingerspitzen in die runden Löcher stecken, um die drei Buchstaben der Vorwahl und dann die vier Zahlen zu wählen.

Wenn die Scheibe, durch den Finger bis zum metallischen Anschlag gebracht, wieder in ihre Ausgangsposition zurücksprang, zwischen jedem Buchstaben beziehungsweise jeder Zahl, hörte man eine Art Laut, der dem Rollen von Kugeln ähnelte und der andere ebenso eigentümliche Laute ankündigte, die des entfernten Klingelns bei dem Gesprächspartner. Die Modelle jener Jahre besaßen kein eingebautes Alarmsystem; die gesamte Klingelanlage befand sich in der Wand, wo die Schnur herauskam wie aus einem metallischen Pilzhut und von Zeit zu Zeit den Klang einer verführerischen und beunruhigenden Schelle erzeugte, denn damals und in einer Familie wie der unseren war es selbstverständlich, daß außerhalb des Gebrauchs zu beruflichen Zwecken, den mein Vater tagsüber davon machte, das Telefon nur in lebenswichtigen Situationen, die ernst oder dringend waren, benutzt werden durfte. Nur selten hatte ich einen Anruf bekommen, und noch weniger hatte ich angerufen.

Trotzdem kannte ich einige Nummern und hatte Alexandre die unsere gegeben. Unser telefonisches Universum beschränkte sich auf PAS-SY, JAS-MIN, MOL-ITOR, KLÉ-BER oder auch AUTEUIL, und ich hatte nicht von dieser Erregung, dieser prickelnden Neugierde gekostet, wenn VOLTAIRE; MÈD-ICIS oder gar so etwas Unerhörtes wie BOTZARIS, JUS-SIEU oder die vornehmen ÉLY-SÉES, ÉTO-ILE oder das beeindruckende CEN-TRAL meine Landschaft aus menschlichen Beziehungen bereichern und meine Vertrautheit mit den verschiedenen Lebensformen von Paris vermehren würden. Doch ich liebe bereits diese Einteilung der Stadt in Netze und Regionen, die nach den Namen von Schriftstellern, Marschällen, Gelehrten, Industriellen oder historischen Orten geschah. Ich gehörte jener Generation an, die später in der Verwandlung von Buchstaben in Zahlen ein weiteres Zeichen für die eisige Uniformierung, einen erneuten Beweis für die langweilige Moderne sah, die sich Zahlen und nicht mehr dem kollektiven Gedächtnis eines Landes unterwarf.

»Für dich, ein gewisser Pierre Engiacamp. Er sagt, er will nur mit dir sprechen.«

Mit diesen in einem überraschten und fast gekränkten Ton gesprochenen Worten kam mein Vater eines Abends zur Essenszeit in mein Zimmer. Ich erkannte im Hörer, den ich an mein Ohr gepreßt hatte, die spöttelnde, leicht vorstädtische Stimme und den warmen Ton von Engiacamp wieder.

»Ich habe eine gute Nachricht für dich«, sagte er zu mir, »du bist ausgewählt worden, um die Zeitung zu leiten. Glückwunsch!«

»Ah«, erwiderte ich, »also wirklich!«

»Genau, mein kleiner Alter. Offenbar hat sich dein Mumm ausgezahlt. Ich muß dir sagen, daß ich deine Ernennung befürwortet habe. Auf jeden Fall ist es beschlossen; Treffen morgen nach deinem Unterricht gegen siebzehn Uhr im Hauptsitz. Du wirst dort unserem großen Boß begegnen, man wird ein Foto von dir und all deinen Kameraden machen, und man wird euch erzählen, wie das für euch bei der Messe ablaufen wird. Jetzt gib mir deinen Vater, damit ich ihm alles im Detail erklären kann.«
Ich reichte den Hörer meinem Vater, der neben mir stehen geblieben war, denn es war klar, daß ein Anruf für seinen jüngsten Sohn am Tagesende nicht ablaufen konnte, ohne daß er dabei war. Es ging dabei nicht um Zensur, denn er war ein toleranter Mann, der uns viel Freiheit einräumte, sondern weil die Angelegenheit unerhört war; wie groß auch die Distanz war, die meine Schamhaftigkeit eines Heranwachsenden zwischen ihn und mich gelegt hatte, so hatte er doch weiterhin meine Entwicklung überwacht, kümmerte sich um meine schulischen Lücken, mein Schweigen, meine vielfältigen Heimlichkeiten. Ich sah, wie sein Gesicht von einem Lächeln erhellt wurde, und erkannte an seinem Blick, daß er zum ersten Mal seit langen Monaten etwas anderes als Sorge in bezug auf mich empfand. Doch da in seinen Augen nichts so sehr zählte wie die Ergebnisse und die Leistungen im Lycée, hörte ich ihn seinem Zuhörer zubrummen:
»Das wird doch wohl sein Lernen in keiner Weise beeinträchtigen, hoffe ich?«
Während ich losstürzte, um meine Mutter zu informieren, deren Sensibilität und Klarsicht mich dazu getrieben hatten, meine Zurückhaltung aufzugeben, und mich auf den Weg einer Berufung geführt hatten.
Dank Engiacamp und seinen Kollegen konnte ich drei Wo-

chen lang an zwei Nachmittagen in der Woche und den zwei Tagen des Wochenendes mich mit einigen Rudimenten des Journalismus vertraut machen, vom Abfassen eines Artikels bis zum Betiteln und zum Seitenumbruch.

Wir an die zwanzig Jungen und Mädchen aus völlig verschiedenen Pariser Gegenden bildeten einen kleinen Kern aus Gymnasiasten, die begierig waren zu lernen, begeistert und stolz darauf, dieses Trugbild eines Berufsalltags zu erleben. Wir waren stolz darauf, einen nachgemachten Presseausweis tragen zu dürfen, unsere älteren Kollegen, die Reporter der richtigen großen Zeitung, bei bestimmten Interviews oder Reportagen zu begleiten, um dann, wenn auch nur ungeschickt, unseren eigenen Bericht in unserem kurzlebigen Blatt zu verfassen. Wie mein Vater befürchtet hatte, machte sich dies in unseren schulischen Leistungen bemerkbar. Dubarreuilles zum Beispiel, der über unsere Aktivitäten informiert war, ließ meine Eltern wissen, daß er eine Wiederholung des Schuljahres empfehle. Er rief mich ein einziges Mal vor versammelter Klasse auf, nachdem ich meine Unfähigkeit bewiesen hatte, auch nur eine Zeile aus einem Text zu rezitieren.

»Man spielt ein gefährliches Spiel. Man glaubt, daß man die Arbeit vernachlässigen kann. Man war schon sowieso nicht so begabt für Anstrengungen. Man wird die Konsequenzen tragen müssen. Es ist ja ganz nett, auf der Jagd nach Ruhm herumzuflanieren, um seine Familie und seine Kameraden zu beeindrucken, doch das Urteil kommt beizeiten, und man wird verurteilt werden. Entweder man wiederholt die Klasse, oder aber man fällt im Jahr darauf durchs Abitur.«

Diese Worte sprach der alte Lehrer streng und mit einer Stimme, die allein schon durch ihren Klang Respekt gebot. Ich hatte den Kopf gesenkt, doch diesmal wurde die Stand-

pauke nicht hämisch von den Schülern aufgegriffen, nicht einmal von Barbier. Er hatte nichts anderes zu mir zu sagen gewußt als: »Nun, du hast Glück.«
Doch mochte Dubarreuilles auch recht haben, der Schwall frischer Luft, den Engiacamp und seine Kollegen für mich mitten in dieses Jahr hineinbrachten, würden mich viel später trotz allem dafür entschädigen, daß ich in der Schule nicht weiterkam. Ich hatte von einem Gewürz gekostet, das stark genug war, daß ich von nun an bei all meinem Zögern und meinen nebulösen Ambitionen die Lust verspürte, dorthin zurückzukehren – denn was mir sofort gefallen hatte, war, daß die Zeitung allem möglichen ähnelte, nur nicht dem, was die Erwachsenen einen »Beruf« nannten.

Diese vorübergehende außerschulische Aktivität hatte in keiner Weise Annas Anziehungskraft und meine Treue zu Alexandre geschmälert. Ich kam immer noch regelmäßig zu unseren Treffen in sein Zimmer und an sein Krankenbett. Es kam mir im Gegenteil so vor, daß, je mehr Sicherheit ich in meiner Rolle als »Zeitungschef« gewann, meine Herzens- und Charakterschwächen gegenüber den Vichnievsky-Louvenciennes-Kindern immer größer wurden. Sobald ich in die Welt am Square Lamartine zurückkehrte, befand ich mich wieder in ihrem Macht- und Einflußbereich. Es war mir gelungen, der Beschattung zu entgehen, mit der mich Alexandre beauftragt hatte, indem ich einen zu vollen Stundenplan vortäuschte, doch ich konnte meinen Wunsch, die Geheimnisse in Annas Leben zu durchleuchten, nicht verdrängen. Tag für Tag teilte ich bei unseren Unterhaltungen Alexandres Hypothesen und Ängste in bezug auf seine Schwester. Hatte sie Breitnacken wiedergesehen? Er war sich nicht sicher. Er fand sie traurig und distanziert; sie hatte seltsame Termine. Wenn er sich mir mehr und mehr anvertraute, so besuchte ich meinerseits ihn deshalb so eifrig, weil ich Anna schließlich wiedertreffen wollte. Ich hatte sie seit dem Konzert nicht mehr gesehen.

24

Plötzlich, eines Abends, war sie da.
Sie wirkte müde, ihre Schultern hingen herab wie nach einem Kampf. Sie ging mit zum Boden gesenktem Kopf und hatte mich noch nicht entdeckt. Sie stieg die Marmortreppe zu ihrem Haus hinauf, während ich den entgegengesetzten Weg ging; ich hatte gerade die Tür ihrer Wohnung hinter mir geschlossen, in der es immer noch kein Anzeichen einer elterlichen Anwesenheit gab. Ich hatte Alexandre in bester Form angetroffen.
»Die Ärzte sagen, daß ich vielleicht wieder die Nase nach draußen stecken kann«, hatte er mir anvertraut.
Es war spät. Ich hatte es eilig, nach Hause zu kommen, um noch ein »Papier« für die Zeitung fertigzustellen, doch Annas Auftauchen auf der Treppe warf meine Pläne über den Haufen. Sie hob den Kopf, zögerte leicht – erkannte sie mich wieder? –, und ich hätte glauben können, daß sie seit unserem Abend im Palais de Chaillot meine Existenz vergessen hatte. Sie lächelte schüchtern und wie von weit her. Dann stieg sie eine Stufe hoch, während ich eine hinabstieg, so daß wir uns Auge in Auge gegenüberstanden, doch sie hob ihr Gesicht zu mir, und ich überragte sie knapp um einen Kopf. Alles stand still. Wäre ich kühn oder reifer gewesen, hätte ich versucht, sie zu umarmen, doch, gelähmt, wie ich es jedesmal durch ihre Erscheinung und die verwirrende Nähe ihres Gesichts war, und aufgewühlt, weil ich sie endlich wiedersah, konnte ich nur ihre Hände ergreifen.
»Anna«, sagte ich stockend, »da sind Sie ja!«

Sie lächelte wieder dieses ätherische, abwesende, leicht geisterhafte Lächeln, das sie zerbrechlich wirken und mich irgendeine persönliche Katastrophe befürchten ließ.
»Natürlich, da bin ich«, sagte sie leise und ohne jeden Anflug von Theater, »da bin ich, wie ich eben bin. Da bin ich, unnütz, uninteressant, zum Wegwerfen wie diese Blumen, die in weniger als einem Tag welken.«
Das Lächeln wurde noch ergreifender mit der Andeutung einer perlenden Träne im Augenwinkel. Was war geschehen? Woher kam sie in ihrem weiten, geraden, schwarzen Regenmantel, der perfekt geschnitten war und dessen Kragen bis zu ihren nach Heide duftenden Haaren hochgezogen war? Sie schien hilflos, ich spürte, daß, wenn ich sie losgelassen hätte, sie ohne einen Laut auf der Treppe zusammengebrochen wäre.
»Sie sind verrückt«, entrüstete ich mich. »Warum sagen Sie solche Dummheiten? Sie wissen doch, daß Sie ungewöhnlich außergewöhnlich sind, daß es kein zweites Mädchen wie Sie gibt und ...«
»Und was?« fragte sie mit demselben hoffnungslosen Ton in der Stimme. »Und was denn?«
Ich beschloß, das Versprechen zu brechen, das ich ihr gegeben hatte, und ihr von meiner Liebe zu erzählen, doch ich wagte nicht, die Worte auszusprechen, und beschloß, mich nach der Art des alten Dubarreuilles auszudrücken.
»Und sie wissen sehr wohl, daß man Sie liebt.«
Und mein »man« bedeutete »ich«, doch sie schüttelte den Kopf, denn für sie bekam der Satz einen anderen Sinn.
»Aber das genau ist es ja, was weh tut«, sagte sie mit einem müden Lachen, »man liebt mich nicht!«
Sie ließ meine Hände los und setzte sich auf die Stufe, den Rücken an die Wand gelehnt, die Knie unter den dunklen Regenmantel gezogen.

»Man liebt mich nicht mehr«, fügte sie hinzu. »Man will mich nicht einmal mehr sehen.«
Ich dachte an die Enthüllungen ihres Bruders, an den älteren Geliebten, der, so schien es, sie verlassen hatte. Und ich begriff meinen Irrtum. Ich kauerte mich neben sie. Sie hatte die Augen geschlossen.
»Nun, ich«, sagte ich, »ich liebe Sie, und ich will Sie so oft sehen, wie Sie nur wollen!«
Sie schien mich neu zu entdecken, als sie die Augen öffnete, nachdem sie für kurze Zeit anderswo gewesen war.
»Dabei hatte ich Ihnen doch verboten«, flüsterte sie ohne viel Überzeugung, »mir jemals von Liebe zu sprechen.«
»Ja«, sagte ich, »doch egal, ich tue es trotzdem.«
Und ich wiederholte: »Ich liebe Sie, Anna. Ich bin verliebt in Sie. Ich liebe Sie.«
Je heftiger ich diese Sätze hervorstieß, desto ruhiger fühlte ich mich, fähig, ihre Liebe zu gewinnen und sie mir zu verdienen, bereit, in ihrem Herzen die Ablösung für ihre zerbrochenen Illusionen anzutreten. Doch sie betrachtete mich mit jenem Ausdruck, der dem Mitleid nahekommt und den jene, die wissen, denen gegenüber annehmen, die nichts wissen.
»Gebrauchen Sie diese Worte nicht kreuz und quer«, sagte sie mit trauriger Nachsicht zu mir. »Sie haben keine Ahnung, was sie bedeuten und was sich dahinter verbirgt.«
Ich versuchte, mich Anna zu nähern. Sie wurde bestimmter.
»Hören Sie auf! Sie behaupten, mich zu lieben! Nun, dann helfen Sie mir! Über Liebe redet man nicht, man beweist sie. Lieben Sie mich nicht! Helfen Sie mir!«
Das Licht im Treppenhaus ging plötzlich aus. Es blieb nur zwei Stockwerke tiefer eines, so daß wir nicht völlig in der Dunkelheit saßen und ich dank des Lichtschimmers, der von unten kam und den Schatten des Treppengeländers als

Stäbe auf die Wand hinter uns zeichnete, die Züge ihres Gesichtes erkennen konnte. Ich wollte aufstehen, um auf den Schalter zu drücken. Sie packte mich am Arm und zwang mich, mich ihr gegenüber auf die Stufe zu setzen.
»Wo wollten Sie hin?« fragte sie.
»Äh ... Licht machen«, antwortete ich.
Sie lachte spöttisch, doch ihr Spott klang fast zärtlich.
»Sie sind wirklich ziemlich unschuldig«, meinte sie. »Jeder andere hätte an Ihrer Stelle diese Dunkelheit ausgenutzt, um meine Hand zu nehmen und mich zu küssen. Aber nein! Sie wollen Licht machen!«
»Sie haben nicht verstanden«, sagte ich zu ihr. »Wenn ich Licht machen wollte, dann nur, um besser Ihre Schönheit betrachten zu können.«
Ihr Lachen verwandelte sich, und ich spürte, daß sie weniger gutmütig und dafür koketter wurde.
»Ach, ist das hübsch gesagt! Aber bleiben Sie doch, ja? Das Halbdunkel steht den Gesichtern so viel besser, finden Sie nicht auch? Es ist viel besser, nicht alles zu zeigen, was man fühlt.«
»Vielleicht haben Sie recht«, stimmte ich ihr zu. »Es stimmt, daß man sich im Dunkeln besser fühlt.«
Sie schien sich zu entspannen. Sie wühlte in der Tasche, die sie umgehängt hatte, holte zwei Zigaretten und ein Feuerzeug daraus hervor und reichte mir alles. Ich begriff, daß sie von mir eine Geste erwartete, die damals groß in Mode kam und die man manchmal bei den Schauspielern und Schauspielerinnen im Kino sah: Man führte zwei Zigaretten zum Mund, man zündete sie beide an, dann nahm man die eine und reichte sie seinem Partner. Im allgemeinen beherrschte die Frau dieses Ritual, und der Mann konnte dann an seine Lippen die kleine Tabakröhre, an der Lippenrot von seiner Partnerin war, führen, was dem ganzen Theater noch etwas

Zweideutigeres verlieh. Doch es kam auch vor, daß der Mann selber die Zigarette zart zwischen die angemalten Lippen der Frau steckte, eine Geste von äußerster Intimität, ein Ritual unter Komplizen oder Liebenden. Das Paar atmete dann ein und stieß langsam einen langen Rauchschwall aus, und es war, als ob sie aus demselben Glas denselben Alkohol getrunken hätten; es ähnelt sowohl einem Vorspiel als auch dem Abschluß des physischen Liebesaktes. Ich gehorchte vorsichtig und mit zugeschnürter Kehle, ich war mir der Romantik des Augenblicks bewußt und wußte dabei nicht, welcher Tatsache ich diesen plötzlichen Fortschritt zu verdanken hatte, den Annas Geste für mich bedeutete; ich führte das kleine, schweigsame Manöver aus und versuchte, soviel Eleganz darein zu legen, wie ich sie bei den Verführern der Leinwand hatte beobachten können, ihre ganze ... Lässigkeit.
Lässigkeit! Auch dieses Wort hielt damals Einzug in unser Leben. Ein »lässiger« Mann konnte die Tür einer Bar aufstoßen oder in ein Kabrio einsteigen mit dieser Geschmeidigkeit, dieser Lockerheit des Körpers, wie sie Tänzern oder Sportlern eigen ist, dieser Fähigkeit, einen glauben zu machen, daß alles leicht sei, daß man die Welt und das Leben beherrscht, daß man alles kampflos erobern kann, mit einem Augenzwinkern, einem Fingerschnippen, mit einem Lächeln an die anderen, vor allem an die Frauen, doch auch an Freunde und Gegner. »Lässig« waren die Prototypen aus dem amerikanischen Film, und nicht nur die magischsten oder die berühmtesten wie Cary Grant, Gregory Peck oder Humphrey Bogart, sondern auch die, die das Gros in jenen Filmen der sogenannten B-Serie bildeten und die meine Jugend prägten: Van Heflin, Alan Ladd, Jeff Chandler, Stewart Granger oder auch Dana Andrews, dessen Ungerührtheit, das Fehlen jeglicher Mimik jede Szene beherrschte. Einen gab es, der alle überragte und einen geschärften und souve-

ränen Sinn für das Gleichgewicht zwischen Geste und Wort entfaltetete. Zwar war er ein Tänzer, und für ihn war alles leichter, denn er schien von Rhythmus und Musik herrscht zu sein: der unerreichte Fred Astaire.
Egal: Ob Tänzer oder nicht, sie verstanden sich alle auf den Trick mit der doppelten Zigarette; sie verpatzten ihn niemals; und in dem Blick, den sie der wartenden Frau mit den halb geöffneten Lippen zuwarfen, lag die ganze Selbstbeherrschung, hinter der ich vergeblich herlief, seit ich versuchte, ein Mann zu werden. Manchmal, wenn ich aus einem Film im Saint-Didier oder im Victor-Hugo kam, hatte ich fast nichts von den Dialogen oder der Handlung behalten, sondern ausschließlich diese Gestalten in mich aufgenommen. Ich hatte ihre Haltung so sehr verinnerlicht, daß ich sie nachmachte, wenn ich nach Hause oder zu Ku ging, und ich sagte mir, daß es mir gelingen würde, sie beizubehalten, bis ich ein anderes Ich geworden wäre. Und dann löste sich dieser kurze Zustand der Verdoppelung, der mich während des Weges vorwärts getragen hatte, auf, und ich fand meine Ungeschicktheit, meine Haut, meine Kleider, die Wirklichkeit meines Lebens, die Rätsel meines Alltags wieder, von denen ich jetzt begriff, daß ich die Antworten darauf nicht in der künstlichen Welt dieser Geschichten und dieser fleischlosen Helden auf der Leinwand finden würde.
An diesem Abend, als ich die beiden Zigaretten anzündete, die mir Anna gereicht hatte, und so die Geste jener irrealen Personen nachahmte, dachte ich an sie nicht mehr auf die gleiche Weise. Zweifellos gab ich mir alle Mühe, sie zu imitieren, genauso elegant, romantisch und lässig zu sein, zweifellos strengte ich mich an; doch ich wußte, daß ich kein Filmschauspieler war und daß keiner im voraus den Ablauf dieses Augenblicks niedergeschrieben hatte. Sie spielten nur immer Szenen, die von anderen geschrieben worden waren,

und sie wußten, was *danach* passieren würde. Ich nicht. Ich konnte nicht voraussetzen, wie alles ablaufen und enden würde, und deshalb klopfte mein Herz so aufgeregt und war meine Kehle trocken. Ich steckte die angezündete Zigarette zwischen Annas Lippen. Sie machte eine Kopfbewegung, um mir zu danken, dann zog sie lange an dem Tabak, um dann über mich und um sie herum den Rauch ihrer russischen Zigarette zu verteilen; dabei flüsterte sie im selben Atemzug:

»Danke.«

Sie schauderte.

»Ich bin viel gelaufen, habe viel nachgedacht«, sagte sie zu mir. »Mir ist ein bißchen kalt.«

Sie ergriff die Hand, die ich auf mein Knie gelegt hatte, und zog sie zu sich heran.

»Wärmen Sie mich« forderte sie mich auf, »nehmen Sie mich in die Arme.«

Ich überwand die winzige Entfernung, die mich noch von ihr trennte, und es gelang mir, meine Arme zwischen ihren Rücken und die Wand zu bringen, dann zog ich sie an meine Brust.

»Halten Sie mich ganz fest«, bat sie mich, »doch machen Sie nichts anderes, bitte. Machen Sie nur das, aber machen Sie es gut.«

Ich befolgte ihre Anweisung, legte vorsichtig meine Zigaretten auf die obere Stufe, so daß das brennende Ende ins Leere ragte, und drückte Anna an mich. Wir saßen eng aneinandergeschmiegt da, und ich nehme an, daß wir weniger einem Liebespaar ähnelten als zwei nassen Passagieren in einem Boot, die sich aneinanderklammern, um sich bei einem Schiffbruch gegen die widrigen Umstände zu wappnen. Sie hatte mir nicht die Arme um den Hals gelegt. Ein Arm hing an ihrem Körper herunter, ihr rechter Arm war frei, und die rechte Hand hielt die Zigarette zwischen den

Fingern, sie hing über meiner Schulter – ich mußte deshalb begreifen, daß sie sich einer richtigen gegenseitigen Umarmung verweigerte und daß sie von mir nur ein wenig Wärme und Trost erwartete. Ich achtete ihre Schwäche zu sehr, als daß ich versucht hätte, meine Rechte zu überschreiten. Ich durfte nichts verderben, sagte ich mir, nichts übereilen, nichts anderes tun, als mir ihre Stimmung zu eigen zu machen, mich ihrem genauen, unmittelbaren Bedürfnis anpassen. Meine Unschuld und mein Mangel an Lebenserfahrungen dienten mir als Bremse und dienten ihr als Schutz. Doch alle Grenzen, die sie mir gesteckt hatte und die meine Höflichkeit oder meine Vorsicht mir diktiert hatten, verhinderten nicht, daß wir Körper an Körper dasaßen und daß der Augenblick andauerte und daß ich, mit geschlossenen Augen und meine Lippen an ihrem Haar, spüren konnte, wie ihr Leben neben meinem pulsierte. Zum erstenmal vielleicht, seit ich ihr begegnet war, erschien mir Anna nicht mehr wie eine junge Frau, die mir in allem, sowohl an Alter als auch an Erfahrung, überlegen war. Es schien mir, daß wir die wenigen Jahre abgestreift hatten, die uns trennten, mich, den »Tolpatsch«, und sie, die romantische, geheimnisvolle, ernste, vom Leben und von einem Mann bereits verletzte Schöne. Sowohl ihr Parfum als auch der blaße Duft ihrer Haut hatten mich gewonnen, und ich wurde von einem anderen Schauder ergriffen als dem, den sie verspürt hatte. Mein Wunsch, sie zu küssen oder durch den Stoff ihres Regenmantels zu streicheln, kämpfte gegen meine Rücksichtnahme ihr gegenüber. Sie ahnte, daß ich nicht länger so unbeweglich bleiben könnte. Sie löste sich von mir. Sie nahm meine Zigarette, deren Asche länger geworden war und wie eine Sanduhr die Sekunden anzeigte, in denen ich das Glück gehabt hatte, dieses Mädchen in meinen Armen zu halten. Anna wiederholte die Geste, die ich vor einigen Sekunden ausgeführt hatte, und steckte mir die Zigarette zwischen die Lippen. Ich konnte kaum ihr Lächeln erkennen, doch der Tonfall ihrer ersten Worte bestätigte mir, daß wir bei diesem kurzen Geschehen ein Band des Einverständnisses geknüpft hatten.

»Danke«, sagte sie zu mir, »vielen Dank. Ich bin Ihnen sehr dankbar, weil Sie mich so gut verstanden und keinen Vorteil aus meiner Schwäche gezogen haben.«

Sie stand auf, um zu tun, was sie mir verboten hatte, und stieg einige Stufen hoch, um auf den Lichtschalter zu drücken, so daß wieder Licht im Treppenhaus war. Sie hatte erneut Distanz geschaffen. Ich war sitzen geblieben. Sie gab mir mit der Hand ein Zeichen.

»Gehen sie. Ich gehe nach Hause.«

»Anna«, sagte ich, »Sie haben mir nichts gesagt, Sie haben mir nicht gesagt, was ... Sie ...«

»Ein andermal«, erwiderte sie. »Gehen Sie jetzt.«

Sie wandte mir den Rücken zu, das Geräusch eines Schlüssels in der Tür, ein tödliches Geräusch.

»Geht es Ihnen denn wenigstens besser?« fragte ich in ihren Rücken.

Sie fand ihr desillusioniertes Lächeln wieder, jenes harte Lächeln, das sie gehabt hatte, als ihr im Bus meine »ungläubige« Haltung so gefallen hatte. Wieder wandte sie sich zu mir um, die Wohnungstür stand schon halb offen.

»Nein«, antwortete sie mir, »selbst wenn ich Sie enttäuschen muß, nein, es geht mir nicht besser, aber ich danke Ihnen für Ihre Fürsorge. Ich mag Sie sehr. Auf Wiedersehen.«

Und die ganze nächste Nacht würde ich mich fragen, ob ich nicht ein Dummkopf gewesen war, ein Tolpatsch (der Ausdruck paßte wirklich gut zu mir!), ein Schüchterner, ein Blödmann, ein Unfähiger, und ob ich sie nicht hätte auf die Stufen herunterziehen, sie mit meinen Küssen überschütten, sie verführen sollen! Und die ganze Nacht oder das, was ich für die ganze Nacht hielt, würde ich unter diesem »Ich mag Sie sehr« leiden, diesem trivalen Satz, den sie so geschickt angebracht hatte.

Wie so oft hatte ich das Gefühl, daß zwei gegensätzliche Wesen in mir meine Haltung kommentierten. Da gab es zunächst ein erstes, spöttisches Ich. Ich glaube, das Gelächter von diesem heimlichen Zuschauer zu hören, der bei unserer angedeuteten Umarmung dabeigewesen war und der mir vorhielt: »Du Ungeschickter! So eine Chance wird für dich nie mehr kommen. Du hättest es wagen, sie erobern und wie ein Husar auf den Stufen deiner verdammten Treppe nehmen sollen.«

Doch ein anderes Ich, die andere Stimme, die utopischer war, kam, um mich zu trösten und mir zuzusäuseln:

»Gut gemacht. Zwischen euch beiden ist etwas passiert, und da du keinen deiner Vorteile ausgenutzt hast, hat von nun an sie, Anna, eine Schuld dir gegenüber. Du hast dir einen Kredit verschafft und wirst ihn einfordern können, wenn sich eine neue Gelegenheit bietet.«

Zerrissen zwischen dem Bedauern über das Nicht-Erreichte und der Hoffnung auf den Erfolg, der Körper erregt von meinen verdrängten Begierden, die keine einsame Berührung würde wirklich befriedigen können, verbrachte ich noch eine dieser fieberhaften Nächte, an die mich meine Besessenheit von Anna schließlich gewöhnt hatte. Ich irrte um drei Uhr morgens im Pyjama durch den Flur, der von unseren Zimmern in die Küche führte, wo ich mich mit Milch, Zucker und zahllosen Lebkuchen mit Butter vollstopfte; ich war mir der Unordnung, die zur Regel in meinem Leben geworden war, keineswegs bewußt. Besser noch: Ich fand Vergnügen daran. Ich richtete mich darin ein.

Der Geschmack des Lebkuchens, ein Nahrungsmittel, das allmählich aus dem Hausgebrauch der französischen Familien verschwindet und das mehrere Generationen mit der Erinnerung an »vier Uhr«, wenn man aus der Schule kam, assoziieren, sollte noch lange in mir wie eine Erinnerung an jene schlaflosen Nächte überdauern, an jene schwarzen Löcher, auf deren Grund ich zwischen Erregung und Angst schwankte, wie das dem Alter eigentümlich ist, in dem ich mich befand und von dem ich nicht wußte, daß es ein glückliches Alter ist.

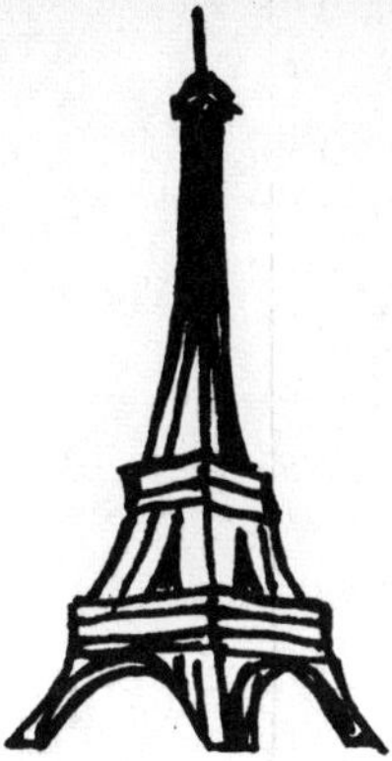

Dritter Teil
Das Ende von etwas

25

Das zweitemal in diesem Jahr läutete das Telefon für mich am Ende eines Tages vor dem gemeinsamen Essen in der Familie. Mein Vater kam verblüfft herein und richtete mir von einem »gewissen Alexandre« aus, daß Ku gestorben sei.

»Ku ist gestorben«, wiederholte er. »Willst du mir vielleicht mal sagen, wer das ist? Was hast du uns denn sonst noch verheimlicht?«

Alexandre und ich hatten immer gut sichtbar auf Kus kleinem Tischchen am Eingang ein Blatt Papier hinterlassen, auf das wir in deutlichen Buchstaben und Ziffern und sehr groß unsere Telefonnummern geschrieben hatten, sowohl für Ku – als auch für einen Nachbarn für den Fall, daß ... Der Fall war eingetreten. Ku war tot. Es gelang mir nicht, diese drei kleinen Worte zu akzeptieren.

Völlig absorbiert von meiner Liebe zu Anna und von meinen ersten journalistischen Gehversuchen, hatte ich die alte Russin seit einigen Tagen nicht mehr besucht. Alexandre hatte auf mich gezählt, um »die Ablösung zu sichern«, und ich hatte nicht ganz die erforderliche Regelmäßigkeit bewiesen. Doch eine gleichmäßigere Anwesenheit hätte auch nichts geändert, denn als ich die Ereignisse rekonstruieren konnte, stellte sich heraus, daß Kus Herz mitten am Nachmittag ganz einfach zum Stillstand gekommen war.

»Es war ein verbrauchtes, altes Herz, ein altes Herz ohne Probleme, das jedoch am Ende seiner Bahn angekommen war«, würde uns später der Arzt des Viertels erklären. »Ein müdes Herz. Die Pumpe ist mit einem Schlag entzweigegangen.«

Sie war steif auf den Küchenfußboden gefallen. Das Wäsche-

reipaar, für das sie immer bügelte, hatte, als der übliche Wäschestapel nicht gekommen war, einen jungen Angestellten geschickt, der lange an ihre Tür klopfte. Ein beißender Geruch und ein Netz aus dichtem Rauch drangen durch die Ritzen. Beunruhigt kehrte der junge Mann zu seinem Chef zurück. Das Paar alarmierte die Feuerwehr. Man brach das Schloß auf und entdeckte die Alte in Pantoffeln und ihren Kleidern, die sie umgaben wie eine Puppe, auf dem Fußboden in der Küche. Das Bügeleisen, das eingesteckt auf dem Bügelbrett stand, hatte den Überzug verbrannt und den Molton verbrannt und das Holz angesengt; die kleine Erdgeschoßwohnung stank nach Wäsche und verbrannter Baumwolle; dicke Schwaden aus grauem und weißem Rauch hatten sich im Innern ausgebreitet; fast wäre alles in Brand geraten; die alte Dame hätte auch verkohlt enden können.
Auf dem Weg zu ihr hatte ich versucht, meinem Vater zu erzählen, wer diese Madame Kudlinska war und welche Rolle Alexandre, seine Freunde und ich bei ihr zu spielen versucht hatten. Er hatte mir vorgehalten:
»Ich verstehe nicht, warum du deinen Eltern nichts davon gesagt hast. Es ist doch keine Schande, einer alten, mittellosen Dame finanziell zu helfen. Deine Mutter und ich hätten dir helfen können.«
Ich hatte einige Erklärungen und Entschuldigungen gestammelt, doch ich hatte mich vor allem bemüht, den Faden des Knäuels nicht weiter aufzurollen, der direkt zu weiteren Enthüllungen über mein verborgenes Leben, über Anna geführt hätte. Nun standen wir vor Kus Leiche, und ich neigte mich über ihr Gesicht, dem der Sturz nichts angetan hatte, da sie wohl nach hinten oder zur Seite gefallen war. Ihr geheimnisvolles Lächeln war nicht ausgelöscht. Ich hatte das Gefühl, daß sie mich immer noch ansah und daß sie mir irgendeinen weisen Satz in ihrer Sprache sagen wollte, die

mich immer so belustigt hatte. Jemand kniete sich neben mich und flüsterte ihren Namen:
»Ku, Ku, meine arme Babuschka, warum hast du mich verlassen?«
Es war Alexandre.
Er nahm meine Hand und drückte sie, und ich spürte, wie sein Körper von Schluchzen geschüttelt wurde. Ich begann ebenfalls zu weinen, zusammen mit meinem Freund, und ich wußte nicht, ob ich Tränen über den Tod der alten Russin vergoß oder über den Verfall dessen, was unsere geheime Zuflucht gewesen war, der Ort unserer Freundschaft, der Platz meiner ersten Begegnung mit Anna, oder aber ob ich weinte, weil ich spürte, daß diese unerwartete Episode das Ende von etwas bedeutete, und weil ich Angst hatte, zu akzeptieren, was dies bedeutete.

26

Madame Ku hatte offenbar keine Familie und natürlich keine Ersparnisse, und alles prädestinierte sie für ein Massengrab in der Nähe von Bagneux, wie man uns gesagt hatte. Alexandre und ich lehnten diese Vorstellung ab und bestanden darauf, daß unsere Eltern einen Platz auf einem Friedhof in unserem Viertel fänden. Man mußte allen Einfluß geltend machen, um ein Fleckchen Erde im Bereich des Bürgermeisteramtes des XVI. Arrondissements zu bekommen. Alexandres Vater, Georges Louveciennes, den ich bei dieser Gelegenheit das erstemal zu sehen bekam, mit seinem Körperanzug, den gelockten Haaren, dem zarten Gesicht und der fliehenden Stirn, hob vor meinem Vater abwehrend die Hand und erklärte:

»Ich kümmere mich darum. Mit ein bißchen Geld und einem langen Arm kann man in dieser Stadt alles bekommen.«

»Wie Sie wollen«, antwortete mein Vater kühl und gekränkt. Die Szene spielte sich im Arbeitszimmer meines Vaters ab, denn wir wohnten nur einige Gehminuten von der Sackgasse und dem winzigen Häuschen entfernt, in dem die alte Russin gewohnt hatte. »Geooorges« (wie ihn Anna genannt hatte) begleitete Alexandre. Seit dem Anruf, der mich über Kus Tod informierte, hatten unsere Väter in die Hand genommen, was kein fünfzehnjähriger Junge wirklich bewältigen konnte, sei er nun allein oder mit einem Freund. Die beiden Männer hatten sich schnell und gleichgültig gemustert. Mein Vater hatte es »Geooorges« überlassen, sich um alles zu kümmern, da dieser eine derartige Sicherheit an

den Tag legte, doch später ermahnte er mich in Gegenwart meiner Mutter:
»Dieser Werkstattbesitzer, der Vater deines Freundes ...«
»Es ist nicht sein Vater«, wollte ich richtigstellen, »es ist der zweite Mann seiner Mama.«
»Gut! Kurz, noch ein Grund mehr! Dieser Louveciennes benimmt sich und redet wie ein Gauner. Bitte, mein Kleiner, halte Abstand zu diesen Leuten, ja? Ich weiß zwar nicht genau, was er in seiner Werkstatt zusammenbastelt, doch er hat die Manieren und die Redeweise eines Gauners, laß dir das gesagt sein.«
Ich hatte nicht geantwortet. Meine Mutter hatte sich damit begnügt, mich schweigend anzusehen, als ob sie eine Geschichte witterte, die komplizierter war und die mir sehr am Herzen lag, die sie mich aber lieber mit ihrer üblichen Nachsicht leben lassen wollte, ohne einzugreifen. Es war mir ziemlich egal, ob »Geooorges« ein Gauner oder ein Schmuggler war, da Anna mir schon zu verstehen gegeben hatte, welch geringe Bedeutung dieser Mann für ihr Leben und das ihres Bruders hatte. Doch ich wollte nicht, daß das Urteil meines Vaters die Freundschaft und die Liebe trüben könnte, die ich für die beiden Geschwister empfand, die wichtigsten Menschen in meinem Leben, und dieses Urteil und diese Schlußfolgerung rechtfertigten meine Entscheidung, meine Beziehung zu den Vichnievsky-Louveciennes immer geheimgehalten zu haben. »Geooorges«' Verhalten hatte mich nicht überrascht. Ich war sogar auf diese Art Person gefaßt gewesen. Ich hatte nicht angenommen, daß Alexandre und Anna einen »normalen« Vater haben könnten – um so mehr, als es nicht ihr Vater war –, genauso wie die Vorstellung, die ich mir von ihrer Mutter machte, die ich immer noch nicht zu Gesicht bekommen hatte, zwischen einer alternden, gescheiterten Prinzessin

und einer aus einem Irrenhaus Geflüchteten anzusiedeln war.

Egal: »Der Gauner« trieb schnell einen Platz für Ku auf dem Friedhof von Passy auf, wo wir uns an einem Freitagmorgen einfanden.

27

Das Wetter war schön. Man glaubte, über dem Trocadéro und dem Chaillot-Vorplatz winzige grüne, weiße und braune Teilchen in einer Brise davonschweben zu sehen, die vielleicht von den Rinden und Knospen der Bäume auf dem Friedhof kamen, und auf dem Platz von Kastanien, Platanen und Zedern; sie waren erste Triebe eines Frühlings, den ich in meiner blinden Verliebtheit nicht einmal hatte erwachen sehen. Der Himmel war klar, und man konnte weit sehen von der Höhe dieses merkwürdigen Hügels, an dem ich so oft vorbeigekommen war, dieses imposanten Stein- und Erdberges, der damals noch nicht von einer schützenden und verbergenden Mauer umgeben war und der direkt zu dem Platz darunter führte, dem Platz mit seinen sechs großen Straßen und seinem Rondell aus Rasen und Kies in der Mitte.

Ich hatte diesen Ort schon immer neugierig und ehrfurchtsvoll betrachtet, weil er wie eine Enklave des Todes über einem der ansonsten lebhaftesten und belebtesten Teil des Viertels wirkte. Der Friedhof beherrschte unser tägliches Kommen und Gehen von dem Platz aus, wo ich als kleiner Junge stundenlang Rollstuhlfahren geübt hatte, bis zu den Terrassen der drei Cafés, die sich um die zwei Ausgänge der Metro Trocadéro konzentrierten, Einrichtungen, die ich jetzt, da ich Jugendlicher war, etwas häufiger aufsuchte, und schließlich dem Palais Chaillot, Hort der Geheimnisse der Musik und des Theaters, der außerdem für mich ein heiliger Ort geworden war, seit ich dort an Annas Seite mit dem magischen Anschlag des Pianisten Wilhelm Kempff vertraut gemacht worden war.

All unsere Aktivitäten: unser Rennen zum Zeitungskiosk; unsere endlosen Spaziergänge auf den breiten Bürgersteigen, wenn wir keine Lust hatten, nach Hause zu gehen, und wir uns unablässig gegenseitig zur Haustür begleiteten; und auch unser unbewegliches Verharren, wenn man auf den grüngestrichenen Holzbänken die Facel Vega oder die Aston-Martin-Kabrios der reichen Söhnchen des Viertels vorbeifahren sah, die um den Platz herumfuhren, Mitglieder der verschiedenen »Banden des Troca«, oder des Scossa, geldgespickt und pomadisiert, johlend und leer, jene sogenannte goldene Jugend, zu der ich niemals gehören würde, jene geschickten Stammgäste bei Überraschungsparties, zu denen ich selten eingeladen wurde, jene Virtuosen der Vespa, des grünen und weißen Parka, der Schuhe mit gelber Kreppsohle; schließlich mein Warten an der Haltestelle des Busses, der mich nicht weit bringen würde, nur zu dem Rond-Point, wo ich während einiger kurzer Tage einen köstlichen Vorgeschmack auf einen Beruf hätte, der mich bereits anzog, weil ich in ihm ein Mittel sah, mich zu bestätigen und mich aus der Masse meiner Altersgenossen hervorzuheben; all dies, das ganze Leben am Trocadéro, mit dem ich mein eigenes Leben, meine Träume und meine Wünsche eng verband, schien mir ständig von dem hochgelegenen Friedhof beherrscht zu werden.
Unter dem dichten Hügel, der die Grenze dieses lebendigen und bunten Platzes bildete, waren unzählige Tote begraben. Sie verharrten still über uns jungfräulichen und entwaffneten Gymnasiasten. Diese Vorstellung hatte mich nie mehr verlassen, seit wir, aus der Provinz kommend, uns ein paar Häuser von dort entfernt niedergelassen hatten. Mir war irgendeine kindliche und ländliche Vorstellung geblieben, nach der ein Friedhof vom Herzen der Stadt entfernt sein muß, und ich empfand weder Furcht noch Hingezogensein angesichts dieses hochgelegenen Friedhofs von Passy; ich

spürte lediglich seine unabänderliche Anwesenheit und hob oft den Blick zu seinen Zwergkiefern, seinen Lärchen, seinen Grabgewölben mit den seltsamen Dächern und dem barocken Schmuck, und ich stellte mir Fragen über die Zahl der erloschenen Existenzen, die in dieser Erde und in diesem Schotter ruhten und zusahen, wie wir unsere Zeit durchschritten. Und nun stand ich auf dem Hügel, über dem Leben im Königreich der Toten, denn ich war gekommen, um Madame Ku Lebewohl zu sagen.

Wir waren nicht viele. Unsere Eltern waren so zartfühlend gewesen, mit uns bis zu dem kleinen Grab zu gehen, das zwischen zwei riesigen schwarzen Marmorstelen angelegt worden war, auf die vornehme Namen eingraviert waren; dann hatten sie uns allein gelassen, als wollten sie uns zu verstehen geben: Das hier ist eure Zeremonie, nicht die unsere.
So hatten sich Geooorges, der »Gauner«, und mein Vater, der »Tugendhafte«, begleitet von meiner Mutter, umgewandt. Es blieben nur Alexandre, Anna und ich.
»Das ist das erste Mal seit meiner Krankheit, daß ich rauskomme«, sagte mein Freund.
Mit seinem üblichen Gespür für Äußerlichkeiten und seiner Sorge um Eleganz, wie auch immer die Umstände sein mochten, hatte er die nüchternste und würdigste Kleidung aufgetan. Er trug eine schwarz-blaue Jacke zu einem weißen Seidenhemd, das makellos war, cinc schwarze Strickkrawatte, anthrazitgraue Hosen und schwarze, ganz blank geputzte Schuhe, die in der Morgensonne glänzten. Die Blässe und Magerkeit seines Gesichts, die von den langen Wochen der Krankheit und dem Eingeschlossensein in seinem Zimmer herrührten, fügten seiner schönen Erscheinung noch eine dramatische Note hinzu. Ich war überrascht und glücklich gewesen, Anna an seiner Seite zu entdecken.

»Ich wollte in dieser Situation bei euch beiden sein«, hatte sie zu mir gesagt und mir ein zurückhaltendes Lächeln geschenkt.
Sie hatte um ihre Schultern einen weiten Schal aus schwarzem Kaschmir gelegt, der ein Kleid derselben Farbe teilweise verbarg. Sie trug Pumps mit niedrigen Absätzen, die sie etwas größer als uns erscheinen ließen. Ich hatte in ihrem Lächeln die Andeutung einer Vertraulichkeit, die Erinnerung an unsere Szene im Treppenhaus zu lesen geglaubt und es als eine Aufforderung gedeutet, niemandem etwas davon zu sagen, nicht einmal ihrem Bruder, wovor ich mich sowieso gehütet hätte. Wir standen unbeweglich da; die Sonne wärmte leicht unsere Schultern.
»Vielleicht sollte einer von euch ein paar Worte sagen«, flüsterte Anna.
Wir sahen uns an. Von uns beiden war Alexandre, was Beredsamkeit anging, wesentlich begabter; er besaß einen Wortschatz, der mich bezaubert hatte und der den von Jungen unseren Alters übertraf.
»Du mußt es tun«, sagte ich zu ihm. »Und außerdem hast du sie länger gekannt als ich.«
Doch Alexandre schüttelte den Kopf.
»Ach nein!« sagte er. »Du bist der Literat. Nun, wo du für Zeitungen schreibst ...«
In jedem anderen Augenblick hätte ich geglaubt, daß er schon wieder seine unverbesserliche Ironie als Waffe einsetzte, doch hier, auf dem leeren Hügel, inmitten der Stelen, der Statuen und der Körbe mit Kunstblumen, an diesem milden Frühlingsmorgen, der sich unser bemächtigt hatte und leise unsere vergangenen Verhaltensweisen veränderte, begriff ich, daß Alexandre nicht scherzte. Ich hatte wieder den gleichen Eindruck wie schon im Laufe meiner letzten Besuche bei ihm. Es kam mir vor, als ob er während des Winters einen

Teil seines Bisses, seiner Lebhaftigkeit, seiner Frechheit, von dem natürlichen Gefühl seiner Überlegenheit den anderen gegenüber verloren hätte.
»Gut«, meinte ich. »Wie du willst.«
Aber womit sollte ich anfangen? Ich war zu dem rechteckigen Loch in der Erde vorgetreten, auf dessen Grund der bescheidene Holzsarg ruhte und neben dem der kleine Stein lag, den man aufstellen würde, sobald das Loch zugeschüttet war, und auf den Alexandre nur den Namen der Alten hatte eingravieren lassen: KUDLINSKA, denn wir hatten keine Spur von einem Vornamen oder einem Geburtsdatum gefunden, keinen Geburtsschein in dem kleinen Haufen aus Papieren und Schmuckstücken, der die einzige Schublade in dem Nachtkästchen in ihrem Schlafzimmer füllte. Nun, da sie tot war, war ihre Identität noch rätselhafter als zu ihren Lebzeiten. Woher war sie gekommen? Welche Wege hatte sie von Rußland bis nach Frankreich beschritten, und mit wem war sie auf diesem Weg gegangen, daß sie sich nun hier wiederfand, verabschiedet nur von zwei jungen Leuten, die aus ihr ihr Maskottchen gemacht hatten, die Hüterin ihrer geheimen Treffen, und die ihr dabei ein bißchen Wärme, so etwas wie Gesellschaft gegeben hatten?
»Madame Ku«, sagte ich leise, doch deutlich genug, so daß die einzigen Zeugen meiner Grabrede zuhören konnten, »wir sind hier, um Ihnen die letzte Ehre zu erweisen.«
Ich hatte den Kopf gesenkt, ihn dann wieder gehoben und Annas Blick gesucht. Sie sah mich voller Vertrauen an, mit einem aufmunternden Ausdruck auf den Lippen, und das ließ mich weitersprechen.
»Wir werden uns immer an Sie erinnern«, sagte ich, »als an die Dame, die uns den Tee in ihrem alten Samowar servierte und die über all unsere Scherze, all unsere Dummheiten lachte und die Alexandre händeklatschend wie einen Kreisel

tanzen ließ. Sie besaßen ein Lächeln, ein Lächeln ... das ich nicht erklären kann. Sie waren voller Güte, und wir waren nicht gut genug zu Ihnen. Sie waren gastfreundlich, und wir haben uns nicht genug um Sie gekümmert. Als Alexandre krank wurde, haben Sie ihm Borschtsch gekocht. Wir werden uns immer an diesen Borschtsch erinnern.«

Plötzlich geriet ich in Verlegenheit. Ich wußte genau, was ich sagen wollte, doch ich konnte es nicht. Ich hätte die ganze Liebe und die ganze Fürsorge erklären wollen, die Madame Ku an jenem Tag in die Bereitstellung der Utensilien gelegt hatte, damit ich ihre Wundersuppe zu Alexandre bringen konnte, und ich hätte erzählen wollen, wie ich, den Eßnapf in der Hand, die leeren Straßen des XVI. Arrondissements durchlief und mir nicht der Bedeutung der Mission bewußt gewesen war, die man mir anvertraut hatte. Andere Bilder erschienen vor meinen Augen, die ich auch nicht mit Worten wieder auferstehen lassen konnte; andere Gefühle und andere Gerüche; dieses ganze winzige Universum, das von der kleinen, rundlichen Frau voller Falten beherrscht wurde, die in ihren schwarzen Pantoffeln schwerelos zu schweben schien, die kleine, unwirkliche und unerschrockene Alte, und ich wollte mich zu meinen beiden Freunden umdrehen und ihnen sagen:

»Verzeiht mir, aber ich kann es nicht. Ich finde keine Sätze mehr.«

Doch hinter ihnen war jemand aufgetaucht, der sich wohl lautlos genähert hatte während meines kurzen Versuchs und der mit kräftiger, leiser und ernster Stimme und mit demselben russischen Akzent, den wir an der Alten so geliebt hatten, und derselben annähernden Redeweise sagte:

»Bravo, junger Mann. Gute Rede. Verdiente Ehrung. Gute und tapfere Frau. Aus unserer Gemeinschaft fortgegangen.«

Er war groß und rundlich, ärmlich angezogen, und ich konnte in ihm mühelos den Boris aus der Pause im Palais de Chaillot erkennen, den Barmann, der mit Anna unter einer Decke steckte. Wer hatte ihn verständigt? Anna? Oder war die Nachricht unter den wenigen alten Weißrussen, die verstreut in Kus Nachbarschaft lebten, von Mund zu Mund gegangen? Er holte aus der Tasche seiner Jacke mit den abgewetzten Ärmeln eine dünne Kerze aus gelblichem Wachs hervor und zündete sie mit einem Feuerzeug an. Er schritt an Alexandre und Anna vorbei und stellte sich neben mich vor das Loch, das Grab und den Stein, und er begann in seiner Muttersprache etwas zu psalmodieren, was wohl ein Gebet oder eine Art religiöser Gesang sein mochte. Ich hätte gerne verstanden, was er sagte, und während ich Anna und Alexandre ansah, beneidete ich sie im stillen, denn ich sah an den Tränen in ihren Augen, daß sie mehr als ich von Boris' Stimme berührt waren. Folgten sie wirklich dem Sinn des Gebets? Ich war mir nicht sicher, denn Alexandre hatte mir erklärt, daß er wie seine Schwester in Frankreich geboren sei und keine andere Bildung erhalten habe als jeder andere Bürger dieses Landes auch. Ihre Mutter hatte ihnen nur ein paar Brocken Russisch beigebracht, doch das reichte zweifellos, daß sie besser als ich die Vibrationen von Boris' Tönen empfingen, der, immer noch unbeweglich, die Kerze zwischen den Fingern, seinen Gesang beendete. Diese berühmte »russische Seele«, dieses »Russentum«, wie Anna gesagt hatte, das ich mir so oft hatte erklären wollen, hier war es, mitten in diesem schwarzgekleideten Trio: Alexandre, blaß und mitgenommen; Boris, feierlich und gutmütig; und Anna, noch schöner, dachte ich, als in jedem Augenblick, seit ich sie das erste Mal gesehen hatte, Anna, meine Liebe mit fünfzehn Jahren, die ich um so stärker liebte, als wir diesen Moment des Kummers teilten. Es war kein

Augenblick der Tragödie oder der Verzweiflung. Er war vielmehr angenehm, süß und einzigartig, zerbrechlich, unfaßbar, auf diesem Plateau aus Erde über der Stadt, und ich hätte mir gewünscht, daß dieses Plateau sich von der wirklichen Welt löste und uns anderswohin, in die Unendlichkeit trüge.

28

Boris hörte auf zu singen. Ich tat ein paar Schritte zum Rand des Hügels. Unter uns, inmitten eines undeutlichen, gedämpften Lärms wie dem fernen Geräusch des Meeres am Ende einer Bucht, fuhren Autos um den Platz herum; Menschen kamen aus der Metro; Damen in eleganter Kleidung und mit Handtasche plauderten miteinander vor dem Stand eines Blumenhändlers; Herren mit Hut oder bloßem Kopf, die konventionell gekleidet waren, begegneten sich und bewegten sich mit geschäftigem Aussehen auf ein unbekanntes Ziel zu.
Ich betrachtete diese begüterten und leutseligen Vertreter der Bevölkerung des Viertels, Männer und Frauen mit all ihren Qualitäten, mit sich selbst beschäftigt, in all ihrer vielfältigen Einfachheit oder ihrer Selbstüberzeugtheit; in ihrer Ungeduld und ihrer Bedeutungslosigkeit, ihren Verkettungen, ihren Bewegungen, ihren Initiativen, ihrem Ehrgeiz, ihrem Lauf, ihrem Kult. Ich betrachtete zu meinen Füßen diese stumme Komödie, die gleichzeitig unsicher und organisiert schien, diese Auswahl, dieses Sieb, dieses Schöpfrad und dieses Zirkusrund, und ich dachte an Ku.
Sie war nichts. Sie war im Leben nichts gewesen, und sie war nun noch etwas weniger als nichts, doch ich verweilte bei der Erkenntnis, daß sie genausoviel Wert gehabt hatte und genausoviel, wenn nicht mehr Rücksicht verdient hatte wie die Schauspieler in der Scharade, die sich unter meinen Augen abspielte, all diese Menschen und diese Farce, die ihr Leben ist, von dem sich abzeichnete, daß ich eines Tages daran würde teilnehmen müssen.

29

»Das ist nicht alles«, sagte Alexandre. »Man geht nicht von einer Beerdigung fort, ohne unmittelbar danach an einem öffentlichen, lauten Ort etwas zu trinken. Das ist un-bedingt notwendig!«
Er schien seine Kraft, seine Entschiedenheit, seine Arroganz und seine übliche Sicherheit wiedergefunden zu haben.
»Öffentlich und laut! Richtung: das erste Bistro am Ort!«
Wir folgten ihm und verließen den Friedhof, Boris, Anna und ich; wir betraten das erste Café, das zwischen der Avenue d'Eylau und der Avenue Raymond-Poincaré lag.
»Zweites Prinzip: Man setzt sich nicht hin. Man trinkt im Stehen, an der Theke!«
Es war elf Uhr morgens. Alexandre erlegte uns seine dritte Verhaltensregel auf:
»Und man trinkt Alkohol! Keine Katzenpipi!«
Er sprach laut. Der Raum war leer bis auf ein paar unbeschäftigte Trinker, die in der Ecke saßen und 421 spielten, indem sie ihre Würfel auf ein rundes Tablett rollen ließen; ihre Finger tanzten im Rhythmus der Langeweile und der Routine. Anna, Boris, Alexandre und ich standen an der Theke dem Besitzer gegenüber, einem Bärtigen in Hemdsärmeln.
»Vier Wodka, bitte, Monsieur«, bestellte Alexandre.
Der Chef betrachtete ihn, dann starrte er unsere kleine Gruppe unentschlossen an. Gewöhnlich schenkte man keinen Kornschnaps an Jugendliche in dieser Art Etablissement oder Viertel aus, doch unsere schwarze Kleidung, Annas statuenhafte Schönheit und vor allem die Anwesenheit von Boris, des einzigen wirklichen Erwachsenen unter uns schie-

nen ihn davon zu überzeugen, daß er es nicht mit normalen Gästen zu tun hatte.
»Ich habe keinen Wodka«, sagte er. »Ich habe nur Schnaps.«
»Das geht auch«, erwiderte Alexandre.
Wir warteten schweigend.
»Man trinkt ex«, verkündete Alexandre, als vier kleine Gläser mit Fuß gefüllt und vor uns aufgereiht wurden.
Anna, die seit dem Friedhof noch kein Wort gesagt hatte, machte eine Handbewegung zu ihrem Bruder hin.
»Langsam, Sania, du darfst wegen deiner Krankheit keinen Alkohol trinken«, ermahnte sie ihn.
Er nahm sie in die Arme und küßte sie auf den Mund.
»Danke, Annuschka«, sagte er, »aber heute ist kein Tag wie alle anderen, und dann kann ich meinen Ausrutscher bei meiner Kur ja wiedergutmachen. Los, ex!«
Er führte das Glas an die Lippen, und wir taten es ihm nach. Ich trank den Alkohol in einem Zuge aus und spürte, wie die Wärme meinen Körper durchflutete. Boris stieß ein klangvolles »Nasdorowje« hervor, stellte dann das Glas wieder auf die Theke und verabschiedete sich.
»Muß gehen. Zur Arbeit gehen. Vielleicht Mademoiselle Anna bei nächstem Konzert Sonntag?«
»Vielleicht, Boris«, antwortete sie lächelnd.
Und sie reichte ihm eine Hand, die er eilfertig küßte, ohne daß seine Geste und seine Verbeugung zum Lachen reizten. Das starke Zeug zeitigte bei mir schon Wirkung, und ich beobachtete die kurze Szene voller Sentimentalität. Ich liebte diese Menschen, ihre Lust am Drama, ich fand sie romantisch, da unvorhersehbar, und ich fühlte mich selber von einem Gefühl der Gefährdung ergriffen angesichts dieser drei Menschen, die vor etwas ins Exil gegangen zu sein schienen; jeder trug seine Last an Schmerz und Geheimnis: Boris und seine Einsamkeit, seine Demut; Alexandre und seine

Zerbrechlichkeit, sein ausufernder Wunsch zu gefallen; Anna, der die Trauer so gut stand, mit den Schattenzonen jener Liebesaffäre, die ihr so weh getan hatte, Anna und ihr überlegener Charme, der Duft ihres Halses und ihrer Haare, als ich sie auf den Stufen des Treppenhauses in der Dunkelheit an mich gedrückt hatte, weil sie wollte, daß »ich ihr half«, und weil ich bereit war, ihr zu helfen, sie zu lieben, ihr zu helfen! Mein ganzes Leben lang, wenn sie mir doch nur dieses Vorrecht einräumte! Ich schwankte, hielt mich mit der Hand am Thekenrand fest, aus Angst, nach hinten zu fallen. Meine beiden Freunde schien der Peitschenschlag des morgendlichen Alkohols nicht getroffen zu haben.

»Was machen wir jetzt?« fragte ich Alexandre mühsam.

»Man zahlt und geht dann«, antwortete er. »Man hält sich nicht ewig auf. Der Ritus wurde respektiert.«

Draußen, auf dem Bürgersteig, ließ mich die frische Frühlingsluft so etwas wie Stabilität wiederfinden. Alexandre und Anna machten sich daran, Arm in Arm davonzugehen, und ich fühlte mich ganz plötzlich ausgeschlossen. Ich machte eine Bewegung auf meinen Freund zu.

»Was wolltest du vorhin sagen? Hast du von einer Kur gesprochen?«

Alexandre lachte traurig.

»Ach, ja, mein Alter, der Typ geht fort. Der Typ wird euch einige Zeit verlassen. Der Typ fährt zur Kur nach La Bourboule.«

»Wo liegt denn das?«

»Ist das nicht ganz ohne Bedeutung?« fragte er. »Ich weiß es nicht, irgendwo in der Mitte Frankreichs, in der dunkelsten und entferntesten Ecke der friedlichen französischen Bergketten. Was bedeutet das schon.«

»Aber wann fährst du denn?« fragte ich.

»Heute nachmittag, fürchte ich«, antwortete Alexandre.

Ich war verdutzt.
»Aber was soll ich denn tun?« fragte ich.
»Wie, was sollst du tun?« wiederholte Alexandre, der meine Reaktion nicht begriff.
Ganz plötzlich nahm man mir jemanden, der meine Tage ausfüllte und dessen Ausdrucksweise, dessen Verhalten und dessen Sicht von der Welt mein eigenes Verhalten zutiefst verändert hatten, jemanden, dem ich vor allem die tägliche Hoffnung verdankte, mich dem Mädchen nähern zu können, die mich in meinen Nächten beschäftigte! Was sollte ohne Alexandre aus mir werden? Wie sollte ich Zugang zu Anna bekommen? Die Plötzlichkeit der Ereignisse machte mich sprachlos. »Sie« konnten mir das doch nicht antun, alle beide! Sie hatten mich in ihr Leben mit eingebunden, sie hatten mich an ihrem vertrauten Verhältnis teilhaben lassen; sie hatten mich an das Melodramatische, an den Humor und die Extravaganz, an das Suchen nach Verfeinerung, an den Kult des Geheimen, an die Schwüre der Treue gewöhnt. Ich hatte noch nicht alle Antworten auf die zahlreichen Fragen bekommen, die ihre Handlungen und ihre Worte in mir hervorgerufen hatten. Und von Anna hatte ich auch noch nicht die Belohnung für meine Mühen, die Befriedigung eines einzigen meiner Wünsche erhalten. Die Dinge konnten doch nicht einfach hier aufhören, das war grausam, ungerecht. Ich brauchte die beiden doch! Ich konnte ohne sie nicht sein, es war zu brutal.
Ich hatte gespürt, daß unsere Anwesenheit dort oben auf dem Friedhofshügel um den Sarg von Madame Ku uns einander etwas nähergebracht und uns in derselben Sehnsucht, derselben Zärtlichkeit vereint hatte – und nun zerbrach alles wieder. Eine schwarze Schlucht. Wieder einmal die Aussicht auf Leere in meinem Leben.
»Schauen Sie doch nicht so unglücklich drein«, meinte

Anna. »Denken Sie lieber an die furrrchtbare Langeweile, die sich dort auf unseren armen Alexandre legen wird, in diesem elenden, verlorenen Loch: La Bourboule.«
»Ja, natürlich«, sagte ich widerstrebend, »natürlich denke ich daran. Das wird nicht gerade sehr lustig für dich sein, mein Alter.«
Sie ließ Alexandre los und wollte mit einer liebevollen Geste die Schultern ihres Bruders mit einem Teil ihres großen schwarzen Schals bedecken. Plötzlich sahen sie aus wie ein Paar. Ich beneidete sie, liebte und haßte sie gleichzeitig. Alexandre machte sich los und sagte zu seiner Schwester:
»Geh vor, Anna, ich komme dann. Geh über die Avenue, ich werde dich einholen.«
»Bis bald«, sagte sie zu mir.
Sie küßte mich flüchtig auf die Wange.
»Ja, ja, natürlich«, stammelte ich, unfähig, sie zurückzuhalten oder den Augenblick festzuhalten, »bis bald.«
»Komm mit mir«, forderte mich Alexandre auf, »ich habe dir vor meiner Abreise noch etwas zu sagen.«
Ich mußte mich umdrehen und einige Meter in der entgegengesetzten Richtung zu der, die seine Schwester genommen hatte, gehen.
»Setzen wir uns dorthin«, sagte er und zeigte auf eine Bank unter einer schwarz angestrichenen Laterne gegenüber dem Bistro, aus dem wir gerade gekommen waren. »Ich muß mit dir über Anna reden.«

30

»Der Typ ist unschuldig und jungfräulich«, begann Alexandre, »doch der Typ ist nicht blöd. Er hat viel gelesen, und es scheint uns, daß er seit einiger Zeit ganz schnell immer schlauer wird. Der Typ ist in der Verfassung, dem zuzuhören, was ich ihm sagen will, ja?«

»Natürlich«, antwortete ich.

»Und außerdem ist der Typ mein Freund, wir schulden uns absolute Treue, und ich bin es mir schuldig, ihm ein, zwei Dinge zu erzählen, bevor ich mich von ihm verabschiede.«

»Aber du bist doch nicht lange weg«, warf ich ein. »Übertreibst du nicht ein bißchen?«

Alexandre wandte mir sein gelbliches Gesicht zu. Er hatte nichts von seiner Anmut, seinem Geist, seiner Art, die Sätze zu formulieren, seinem stets erfüllten Willen verloren, den anderen zu verführen und ihn in das Spiel seiner Sprache, seiner vielfältigen Gesprächsschemata hineinzuziehen; er hatte nichts von seiner Fähigkeit verloren, noch dem unwichtigsten Wort oder der unwichtigsten Begebenheit Besonderheit und Charme zu verleihen. Auch nichts von dem Geheimnisvollen, der Spur von Unvorhergesehenem; mit ihm war alles so viel spannender als mit anderen. Doch er war nicht mehr derselbe Junge, den ich in der Herbstmitte kennengelernt hatte. Die Krankheit hatte ihre Wirkung gezeigt. Er war langsamer und ernster geworden; man spürte, daß er sich weniger gern der Komödie hingab, die er aus jedem Augenblick seines Lebens gemacht hatte; die Dynamik und das Feuer hatten sich verbraucht, und mit ihnen waren der abartige Humor und die Eifersucht, die früher immer dagewesen waren, verschwunden. All das las man in seinen Augen und in den Ringen, die sie umgaben, auf seinen Lippen, an einer verfrühten Falte, die quer über seine Augenbrauen verlief, die so zart geschwungen waren wie die eines Mädchens.

»Ich bin müde, weißt du«, gestand er mir. »Wenn du unbedingt willst, daß ich es zugebe, nun, ich wäre mir nicht einmal sicher, daß ich sofort von dieser Bank hier aufstehen könnte, und wenn ich mich mit dir hingesetzt habe, dann, um dir ein paar Dinge zu sagen, aber auch, weil ich körperlich nicht fähig bin, mit Anna Schritt zu halten. Und da ich sie nicht übermäßig beunruhigen wollte, habe ich diesen Vorwand erfunden. Dieser Morgen hat mich so erschöpft, wie du es dir nicht vorstellen kannst.«

»Außerdem«, stieß ich hervor, »hättest du vorhin niemals Alkohol trinken dürfen.«

Er setzte sich wieder so hin wie am Anfang, das Gesicht der Place du Trocadéro zugewandt, und ich sah ihn nur noch im Profil. Sein Blick wirkte verloren.

»Ich habe den wahren Sinn eines Wortes gelernt«, fuhr er fort, ohne auf meine Bemerkung einzugehen. »Du hast Glück, weil du es nicht kennst. Du weißt nicht, wie das ist, wenn man an nichts mehr Gefallen findet, wenn alles auf einem lastet, wenn einem die Beine nicht gehorchen, wenn Bücher, Zeitschriften, Platten, Hausaufgaben, alles einem aus den Händen fällt. Du weißt nicht, wie das ist, wenn ein zu lautes Geräusch, ein zu grelles Licht, ein zu hartnäckiger Geruch einen stört und Ekelgefühle verursacht, wenn man alles nur möglichst fern von sich halten will. Du weißt nicht, wie das ist, und ich habe den wahren Sinn dieses Wortes gelernt. Es heißt Müdigkeit.«

Er stieß einen langen Seufzer aus.

»Doch du sahst vor einer Minute im Bistro so in Form aus«, meinte ich.

»Vorübergehende Erregung, mein Lieber. Kurzer Betrug.«
Er hob den Arm zum Himmel, wie es seine Art war.
»Nein, siehst du, die wirkliche Wahrheit ist das, ja, es ist das: Ich bin müde geworden, ich bin müde, müde, müde! Ich bin von einer ungeheuren, unermeßlichen Müdigkeit erfüllt!«
Er verstummte, als ob diese letzten Worte seine Müdigkeit nur noch hatten stärker werden lassen, ein Wort, das er dumpf und resigniert aussprach. Er tat mir leid, und ich entdeckte, daß er mir das erstemal ein solches Gefühl einflößte. Ich hatte ihn bewundert und geliebt, beneidet, manchmal gehaßt. Er hatte mich lachen und leiden lassen, aber niemals hatte er mein Mitleid erweckt. Und nun, durch die Laune seiner Krankheit und dieser Abreise nach La Bourboule stand er auf einer Stufe mit mir, war mir sogar unterlegen, doch das befriedigte mich nicht. Ich hatte keinerlei Lust, Alexandre überlegen zu sein.
»Sag doch«, fuhr er fort, »hältst du dich für fähig, meine Schwester ein wenig zu überwachen?«
»Ich weiß nicht, was du von mir erwartest«, erwiderte ich.
»Wenn ich dir meine Adresse gebe, könntest du mir regelmäßig schreiben, um mir mitzuteilen, was los ist?«
»Aber wie soll ich wissen, was los ist? Ich lebe nicht bei euch, und dann habe ich noch die Schule, und dann ...«
Er machte eine wütende Bewegung. Ich wußte, daß es ihm nicht gefallen hatte, als ich vor einigen Monaten seinen Anweisungen nicht gefolgt war und Anna nicht nach Schulschluß im Cours Hattemer beschatten wollte. Er hatte aus mir nicht den Spion seiner Schwester machen können. Dieser Plan hatte sich wie so viele andere genauso schnell in Luft aufgelöst, wie er ihn formuliert hatte.
»Oh! Oh, hör zu, vergiß das alles«, sagte er. »Schließlich weiß ich gar nicht, warum ich mir so viele Sorgen machen soll, Anna ist ja jetzt über den Berg. Ich bin sicher, daß es ihr gut-

gehen wird. Sie sieht ihn nicht mehr. Sie hat ein bißchen gelitten, aber das wird sie überwinden ... Nein, was ich von dir wollte, war einfach, daß du mir deine Eindrücke mitteilst, wie du sie siehst, wie du ihrer Entwicklung folgst.«
»Aber sie wird dir doch auch schreiben!«
»Ja, jeden Tag, das hat sie mir versprochen«, versicherte er im Brustton der Überzeugung. »Doch sie wird mir nicht alles sagen. Und außerdem werde ich nicht mehr hier sein, um zu sehen, was für ein Gesicht sie macht. Also, schreib es mir von Zeit zu Zeit, sag mir, was du in ihren Augen liest.«
Er hatte die letzten Worte mit derartiger Inbrunst ausgesprochen, daß es mir endlich sicher erschien, daß Alexandre leidenschaftlich in seine Schwester verliebt war. Er liebte sie nicht einfach wie ein Bruder, sondern zeigte ihr gegenüber Beschützerinstinkte wie ein Vater – ein Vater, den er nie gekannt hatte –, die unruhige Fürsorge einer Mutter – dieser Mutter, die in seinem Leben und in dem seiner Schwester nicht zu zählen schien, einer halbverrückten Abwesenden –, und den bedingungslosen Eifer eines Liebhabers. Jenes Liebhabers, der er nicht sein durfte, jenes Liebhabers, von dessen erneutem Eindringen in Annas Leben ich ihm diesmal genauestens berichten sollte.
»Das erstemal, als ich dir davon erzählt habe«, fuhr er fort, »habe ich dir absichtlich nicht alles gesagt, doch jetzt muß ich euch verlassen, und du und ich, wir sind so etwas wie Brüder geworden. Wir haben Ku beide geliebt, wir haben sie zusammen beerdigt, und das schafft Bindungen. Du liebst meine Schwester, und ich liebe sie. Ich bitte dich, sie wiederzusehen, nicht um sie zu überwachen, sondern um sie zu beobachten. Nun bist du in der Lage, dir meinen Bericht anzuhören.«

31

Was er mir erzählte, hatte sich vor einem Jahr ereignet, als sie noch im XVII. Arrondissement in einem Einzelhaus wohnten, dessen Erdgeschoß direkt auf den Parc Monceau hinausging.

In seiner Erinnerung sollte Alexandre an die Jahre »in Monceau« immer als an die freiesten und berauschendsten seines Lebens mit seiner Schwester zurückdenken. Als er mir davon erzählte, zog er den Vergleich mit ihrem gegenwärtigen Status in der Wohnung am Square Lamartine, mit den heruntergekommenen Fluren und Wänden, mit der Mutter, die an ein Zimmer gefesselt war, und er stellte diese Veränderung als einen tiefen Fall, einen Abstieg und ein Mißgeschick dar. Und all das wegen dem, was Anna widerfahren war ...

Man besaß einen Schlüssel, der jederzeit den Zugang zum Park ermöglichte, vor allem dann, wenn er nicht öffentlich zugänglich war. Das war köstlich im Frühjahr oder am Sommeranfang, wenn die Tage lang sind und man mit seiner Schwester hingeht, vor oder nach dem Abendessen, um sich im Gras unter den Kastanien zu wälzen; man kann in der herabsinkenden Dämmerung den Duft der Begonien, der Eiben und des Ligusters, der Pflanzen und der Blumen einatmen. In der Luft scheint noch ein Rest Staub zu liegen, den die Kinder, die noch vor einer Stunde Roller gefahren sind oder mit dem Reifen gespielt haben, aufgewirbelt haben; auf den Bänken und den leeren Metallstühlen, auf denen Kindermädchen, Mamas oder Rentner saßen, läßt sich nur noch der Tau nieder, der sich allmählich ausbreitet, und man kann sich, die Beine in der Luft, in diesem Gras wälzen, Possen treiben, Rossini singen oder Baudelaire deklamieren. Und sich schwören, daß nichts das Band zerreißen wird, das einen Bruder von Kind an mit seiner Schwester verbindet.

Sie genossen dieses Privileg genauso gern im Winter. Denn in jenem Jahr war genug Schnee gefallen, so daß der Rasen im Park nur noch eine makellose Abfolge von sanftem, samtweichem Weiß war, und nur ein paar Vögel drückten dieser Fläche ihre Spuren auf, die von nun an allein für die Geschwister geschaffen war, für ihr Herumwälzen und ihre Schneebälle, ihre Umarmungen in der Kälte, ihr Lachen und ihre schrillen Schreie in der dunklen Nacht.

Sie kehrten zurück durch die kleine Privattür, und sie waren durchnäßt und verfroren, Schnee hing in ihren Haaren, Handschuhen und Ohren; sie waren fröhlich und außer Atem und hatten das Gefühl, daß der Park ihnen gehörte, daß sie die einzigen Herren dort wären.

Sie waren frühreif, Komplizen und von sich eingenommen. Anna diktierte aus der Höhe ihrer sechzehn Jahre und ihrer strahlenden Schönheit ihr Gesetz und ihr Verhalten Alexandre, der mit gerade vierzehn Jahren schon seinen ironischen Blick und seine ironische Sprache gegenüber allem und vor allem den Freunden von »Geooorges« übte; der Stiefvater mit den zurückgekämmten Haaren empfing tatsächlich recht häufig einige Männer zu langen nächtlichen Pokerrunden, und die beiden jungen Leute gaben ihnen in ihren geheimen Übereinkünften Noten. Die Noten bezogen sich auf Kleidung und Aussehen, auf das Maß an Vulgarität oder Vornehmheit in der Stimme und den Gesten, auf die vorhandene oder fehlende Zugehörigkeit zu der Welt des »Automobils«, in der »Geooorges« gedieh, als Besitzer mehrerer Werkstätten im östlichen Ring von Paris, den ihre Mutter vor einigen Jahren geheiratet hatte. Es gab da für Anna und für Alexandre etwas, das sie nicht ganz zu beschreiben vermochten und das all diesen Männern gemeinsam schien, die, wie »Geooorges«, »in Automobilen« machten.

»Etwas Fettes und Sattes, aber auch etwas Anrüchiges, weißt du, wie bei kleinen Gaunern, bei etwas undurchsichtigen Leuten. Aufgepaßt, ja! Die Typen sind eher elegant, eher gut angezogen und besitzen eine gewisse Überlegenheit, eine Arroganz, aber im Grunde sind es vulgäre Typen, wenn du verstehst, was ich sagen will.«

Alexandre und Anna behaupteten, unfehlbar diejenigen erkennen zu können, die »in Automobilen machten«, und das an einer einzigen Bewegung, einer Art, die sie an sich hatten, wenn sie saßen, den Handrücken auf die Schenkel zu legen, die Handfläche nach außen gekehrt, mit ihren dicken Wurstfingern, die sie weit abgespreizt hielten, wie um sie gut atmen zu lassen. Oder aber an der Art, sich die Pfeife, die Zigarre oder die Zigarette anzuzünden und sich dabei Zeit zu lassen, als ob diese relativ lächerliche Tätigkeit für diese Männer eine beachtliche Bedeutung hatte, der man genausoviel Ernst und Genauigkeit widmen mußte wie ein Klaviervirtuose dem ersten Takt einer Sonate. Bei diesem Thema waren die Vichnievsky-Kinder unerschöpflich, und wenn sie sich bei »Geooorges« nach dem Beruf des einen oder anderen seiner Gäste erkundigten und wenn dieser bestätigte, daß jener in derselben Branche tätig war wie er selber, waren sie entzückt darüber, begeistert, und sie riefen laut lachend:

»Siehst du! Ich hatte es dir doch gesagt! Was für eine Note wollen wir ihm geben?«

»Zehn von zwanzig Punkten, nicht mehr!«

»Geoorges« ließ sie gewähren. Aus dem wenigen, was man von ihm kannte oder begriffen hatte, mußte man schließen, daß er kein Dummkopf war, daß er die Codeworte seiner Stiefkinder sehr wohl durchschaute. Anna und Alexandre hatten ihn schon immer gerne karikiert; sie mochten ihn nicht, und »Geooorges« revanchierte sich nicht dafür; beide Seiten tolerierten sich; die Kinder wußten ihn und sein Geld zu nutzen, das er mit geschlossenen Augen verteilte. Er hatte geglaubt, ihre Zuneigung gewinnen zu können, indem er ihnen ein unbegrenztes Taschengeld zugestand, doch er hatte sie nur verwöhnt und verdorben. Er fürchtete ihren launenhaften Charakter ein wenig, ihre unruhige Intelligenz, die der ihrer Mutter ähnelte, die bald nach der Heirat begonnen hatte, den Verstand zu verlieren. Sie dagegen fürchteten »Geooorges« körperlich, seine schweren und dicken Hände, seine bedrohliche Fülle, seine laute Stimme. Sie waren sich nicht sicher, ob »Geoorges« ihre Mutter nicht mehrmals geschlagen hatte. Sie weigerten sich, die Art der Beziehungen dieses Paares und den Grund für diese Heirat herauszufinden; sie hatten schon immer das Gewebe ihrer eigenen Welt gesponnen, ihre Zweierzelle erbaut, und lebten autark im Inneren dieses Haushaltes, der keiner war. Seit frühester Jugend regierte bei ihnen die Unordnung, die Verwirrung der Werte und Sinne, sie brillierten, aber ohne Beständigkeit, wurden oft von Schulen verwiesen, sie waren zu reif für ihr Alter und hingen dabei doch den Ritualen und der Unwirklichkeit ihrer Kindheit an, waren gleichzeitig zu erwachsen und trotzdem und für immer schon ohne jede Verantwortlichkeit.

»Geooorges« hatte ein System geschaffen, das sie sehr praktisch fanden: In ihrer Reichweite, auf einem niedrigen Tisch, auf dem Bücher, Alben, Post und Zeitungen lagen, stand im großen Salon der Wohnung im Erdgeschoß eine große Kiste aus hellem Holz, wie eine Zigarrenkiste, aus der man sich einfach nur zu nehmen brauchte. Münzen und

Scheine erschöpften sich darin niemals. Zu einer Zeit, da die meisten Jungen und Mädchen kaum die Farbe des Geldes kannten, berührten Anna und Alexandre es ständig mit den Fingern, lebten »à la russe«, kauften sich Blumen, Zeitschriften und Süßigkeiten, die neuesten Platten und Konzertkarten, erneuerten ihre Garderobe voller Verrücktheit und Sorgfalt. Es schien, daß der Inhalt der Kiste sich vor allem aus den Pokergewinnen von »Georges« zusammensetzte. Deshalb und trotz der Verachtung, die sie den Freunden ihres Stiefvaters entgegenbrachten, trotz der Herablassung ihm und seinem Beruf gegenüber – denn sie hielten sich ja für Fürstenkinder –, trotzdem also interessierten sich Anna und Alexandre für seine Einkünfte und seine Verluste. Tatsächlich ließ sie sogar das Pokerspiel selber, seine Sitten und Gebräuche nicht gleichgültig. Das gedämpfte Licht, die Holzvertäfelung und das dunkelgrüne Tuch, der Rauch über den Köpfen, die Flaschen mit Alkohol auf den Tabletts, die Worte, die mit zunächst angespannter und harter, später dann mit schwerer und benebelter Stimme hervorgestoßen wurden, die Ausdrücke, die Alexandre faszinierten:
»Tempo zu meiner Rechten. Ich passe. Man besäuft sich. Full House mit As König. Karten auf den Tisch.«
Und noch viele andere Ausdrücke, die bei dem Jugendlichen seinen angeborenen Geschmack am Spiel und an der Zurschaustellung, an der Lüge und am Verfälschen verstärkten, seinen Sinn für Bluff und den Instinkt für Bewegung und Wort, die einem das Herz hüpfen lassen, einen am Rande des Risikos, inmitten des Unvorhersehbaren leben lassen. Und da man ja die Eiswürfel in den Eisschrankschalen erneuern, Aschenbecher leeren, Zigarettenstangen aus dem Schrank im Flur holen und andere Aufgaben erfüllen mußte, die gleichzeitig mit dem Hauptgeschehen rund um den Tisch abliefen, in dem Raucherzimmer im Erdgeschoß,

kümmerte sich häufig Alexandre darum, oder Anna half ihm dabei. Die Spieler fanden sie schön und strahlend, sie sagten ihr das auch durchaus, bevor sie zu ernsthaften Dingen, das heißt zu den Karten übergingen. Und auch wenn sie, genauso wie ihr Bruder, gegenüber den Freunden von »Geooorges« ihre überlegene Verachtung einer Heranwachsenden kundtun wollte, so waren doch sowohl Alexandre als auch Anna angezogen von diesen Stunden, die sie ihrem Schlaf stahlen, diesen Augenblicken, in denen sie in eine Welt eindrangen, die den Duft von Unregelmäßigkeiten, von Verbotenem verströmte und die deshalb ihrem innersten Wesen entsprach.

Anna ging in eine Privatschule in der Rue Margueritte. Wenn das Wetter mild war, konnte man nach der Schule vier, fünf Jungen sehen, die auf dem Bürgersteig gegenüber standen und vom nahen Lycée Carnot gekommen waren in der Hoffnung, ein Lächeln von Anna, ein Wort, einen Blick erhaschen zu können oder aber, allerhöchste Belohnung, Annas Zustimmung, sich nach Hause begleiten zu lassen. Doch Anna machte ihren Verehrern wenig Zugeständnisse; die meisten waren achtzehn oder zwanzig Jahre alt und Schüler der Abschluß- und Vorbereitungsklassen auf die Ecole Supérieure. Sie akzeptierte ihre Gesellschaft und ihre Gespräche bei den wöchentlichen Konzerten im Pleyel, Gaveau oder im Palais de Chaillot, doch sie hielt sie auf Distanz. Alexandre holte sie ab; zusammen kehrten sie nach »Monceau« zurück, wo sie eine Mutter ohne Disziplin, ein Stiefvater ohne Autorität, Stunden voller Muße und die Aussicht auf die gelegentliche Beobachtung der Freunde von »Geooorges« während der Pokerpartien erwarteten.

Eines Abends sahen sie einen neuen Spieler, der den anderen Teilnehmern nicht ähnelte. Er war um die vierzig wie die anderen, doch er besaß nicht ihre Vulgarität und auch nicht ihre krasse Redeweise; er stellte keinen jener Makel zur Schau, die die Ironie der beiden jungen Menschen weckte. Trotz eines Stiernackens lag in seiner Haltung mehr Eleganz und mehr Vornehmheit, in seiner Kleidung mehr Klasse und in seinem Gesicht mehr Feinheit. Sein Blick richtete sich in größere Fernen, wenn er sich herabließ, ihn auf sie zu richten, was er nur selten tat. Von allen Männern, die das Haus der Vichnievsky-Louveciennes besuchten, war er der einzige, der sich nicht in endlosen Komplimenten über die Schönheit der jungen Anna verbreitet hatte. Der einzige der Teilnehmer an dem, was man »Geooorges' Party« nannte, der sich nicht beim Schwung ihres Ganges und bei ihrem Lächeln aufgehalten hatte.

Doch er begehrte sie insgeheim, er machte ihr den Hof – und er durfte sie besitzen.

Es begann nach einigen regelmäßigen Besuchen des neuen Spielers; er hieß Gilbert de Resny, und man sagte, er sei Graf. In einer Pause – er hatte seine Karten hingeworfen, eine Runde ausgesetzt und darum gebeten, den Tisch verlassen zu dürfen – ging er auf die Küche zu. Anna und Alexandre waren in ihr Zimmer gegangen. Es war eine Juninacht, es war warm, und das Mädchen, in blauem Seidenmorgenmantel und mit auf die Schulter fallenden Haaren, hatte Lust gehabt, wieder hinunterzugehen, um frisches Wasser in die Karaffe zu füllen, die immer neben ihrem Bett stand. Sie war überrascht, als sie den Mann über das Spülbecken gebeugt vorfand, wie er aus dem Wasserhahn trank. Er richtete sich auf, fuhr sich über die Lippen und sagte völlig unerwartet zu ihr, während er sie mit seinen dunklen, eindringlichen Augen ansah:

»Mademoiselle, schon seit einiger Zeit bereiten Sie mir schlaflose Nächte.«

Schweigend, aber nicht hochmütig richtete sie sich auf. Sie suchte nach einer Erwiderung, fand aber keine. Die Persönlichkeit dieses Mannes durchdrang den Raum. Er sprach intensiv, präzise, seine Stimme klang autoritär und warm.
»Ich bitte Sie«, sagte er, »ich habe nur wenig Zeit. Tun Sie mir den Gefallen und verwechseln Sie mich nicht mit den jungen Männern, die Sie umschwirren. Was ich Ihnen sagen will, wird Sie vielleicht erstaunen, und Sie müssen es auch nicht glauben. Ich wohne in dem Haus fast gegenüber dem Ihren, und durch meine Fenster habe ich Sie eines Tages entdeckt, als Sie im Schnee auf dem Rasen mit Ihrem Bruder spielten. Sie verblüfften mich beide, doch Sie waren so schön, daß ich Sie monatelang belauert und bewundert habe. Ich werde Ihnen nicht erzählen, wieviel Zeit ich aufwenden und welche Listen ich erfinden mußte, um mir den Zugang zu der ›Party‹ Ihres Stiefvaters zu verschaffen, mit dem mich rein gar nichts verbindet. Wir gehören nicht derselben Welt an.«
Anna machte eine Bewegung, als wollte sie protestieren. Sie und Alexandre nahmen »Geooorges« zwar gern als Zielscheibe ihres Spottes, sie hätte es aber nie zugelassen, daß ein Fremder den Mann ihrer Mutter kritisierte. Der Mann reagierte schnell, er ahnte den Gedankengang des Mädchens. Er hob die Hand.
»Es liegt mir fern, ihn zu verachten oder zu verurteilen. Ich will nur, daß Sie verstehen, daß wir nicht derselben Welt angehören und daß mir das Pokerspiel, um die Wahrheit zu sagen, ein Greuel ist. Wenn ich mich in diese ›Party‹ eingeschlichen habe, dann mit einem einzigen Ziel: um mich Ihnen zu nähern.«
Anna: »Warum?«
Der Mann: »Um Sie zu sehen, um mit Ihnen zu sprechen, um den Klang Ihrer Stimme zu hören, um Ihnen zu sagen, daß ich ...«

Sie unterbrach ihn. »Sagen Sie nichts«, befahl sie.
Er faßte ihren Einwurf auf als das, was er war, nämlich als das unfreiwillige Eingeständnis des Interesses, das Anna für die Art seiner Annäherung empfand. Und da er mehr Gerissenheit besaß, als sie jemals entwickeln würde, und da seine Erfahrung als Verführer ihn gelehrt hatte, das, was ein schneller Vorteil zu sein schien, nicht zu hastig und zu weit voranzutreiben, ließ er von seinem dringlichen und ernsten Ton ab, mit dem er den ersten Sieg davongetragen hatte, entspannte sich und lächelte – denn er hatte sie schon ein wenig gezähmt. Er gab sich nun ungezwungener.
»Nehmen wir an, ich habe Ihnen nichts gesagt. Nehmen wir auch an, daß Sie begriffen haben, was ich Ihnen sagen wollte.«
Wieder wußte Anna nicht, was sie antworten sollte. Der Mann ging in Richtung Pokerzimmer davon. Im Vorübergehen streifte er sie, und sie wich zurück, wenn auch nicht schroff. Einen halben Schritt weiter blieb er stehen. Er sah sie unablässig an.
»Mademoiselle«, sagte er, »auch ich habe einen Schlüssel, der mir erlaubt, ganz nach Belieben den Park zu betreten. Ich werde jeden Abend nach Mitternacht dort irgendwo gegenüber von Ihren Fenstern sein. Ich wäre glücklich, wenn Sie zu mir kämen.«
Sie war sprachlos, geschmeichelt, fasziniert, verärgert. Und was sie zweifellos am meisten ärgerte, war die Mühe, die sie hatte, passende Antworten für diesen bestimmenden und einschmeichelnden Mann zu finden. Sie hatte es immer verstanden, als gleichberechtigt in Gesprächen mit den glänzendsten und reifsten Jungen aufzutreten, die sie umwarben, wenn es sich nicht darum handelte, die jüngsten oder naivsten abzukanzeln. Mit diesem Mann hier war alles anders und schwieriger, subtiler. Vor allem gefährlicher. Sie

spürte, daß sie in Gefahr war, da sie unterlegen war, doch sie fand Geschmack daran.
»Was sollten wir tun, wenn ich zu Ihnen käme?« fragte sie und hielt sich dabei für geschickt, während sie doch nur noch ein bißchen mehr in seine Netze geriet.
»Wir würden reden«, antwortete er unbewegt.
»Und worüber?«
»Nun, über alles«, sagte er. »Zum Beispiel über Musik. Ich weiß, daß Sie Musik sehr lieben.«
»Woher wissen Sie das?«
»Stellen Sie sich vor, ich habe Sie auch im Chaillot und im Pleyel gesehen. Sie bleiben nicht unbemerkt. Und Sie sind dort sehr umworben.«
»Ach!« machte sie. »Sie gehen auch dorthin?«
»Musik ist eine meiner Leidenschaften«, antwortete er.
Sie blieb hartnäckig.
»Und worüber würden wir noch reden?«
Er lachte ein kehliges, freundliches und spöttisches Lachen.
»Nun, über alles, habe ich Ihnen doch gesagt, denn ich habe Lust, Sie zu allem zu hören.«
Hätte sie sich gewünscht, daß er seine Werbung verlängerte? Er zog es vor, sie mit einem Schlag zu unterbrechen, indem er knapp sagte:
»Morgen, Mitternacht.«
Sie, kokett und mit falscher Ungezwungenheit:
»Aber ... Und Ihre Pokerpartien?«
Er lächelte langsam und siegessicher.
»Ich werde nicht mehr pokern müssen, denn ich konnte mich Ihnen ja nähern und mit Ihnen sprechen.«
»Wir werden Sie also nicht mehr in diesem Haus sehen?«
»Nein, ich glaube nicht«, erwiderte er. »Das hat nun keinen Sinn mehr.«
Er entfernte sich. Am nächsten Abend, als sie festgestellt

hatte, daß de Resny tatsächlich nicht zu dem üblichen Treffen der Freunde von »Geooorges« gekommen war, und als sie sich vergewissert hatte, daß Alexandre im Zimmer nebenan eingeschlafen war, und als alle Lichter erloschen waren, schob Anna den Vorhang beiseite, um auf der anderen Straßenseite den dunklen, verlassenen Park abzusuchen, der von einer Laterne nur schwach beleuchtet wurde. Fast den ganzen Tag war ihr Plan im Kopf herumgegangen.

Gehe ich hin? Gehe ich nicht hin? Nein, ich gehe nicht hin! Und ich werde mich vergewissern, daß er da ist – aber so, daß er nicht merkt, daß ich mich vergewissert habe!

All dies hatte einen großen Teil ihrer Gedanken, ihrer Tätigkeiten in Anspruch genommen; sie hatte sich dabei überrascht, daß sie mehrmals an ihn dachte, an das Lächeln auf seinen Lippen, an die Kraft seiner Augen, an die Art, wie er den Kopf hielt; sie hatte sich ihren kurzen Wortwechsel immer wieder ins Gedächtnis gerufen, und sie hatte sich dazu gezwungen, nicht zuviel an ihn zu denken; doch trotzdem hatte sie Ungeduld verspürt, als der Tag sich neigte und als sie zu Abend aßen.

Anna schob also den Vorhang beiseite. Die Nacht war dunkler als sonst, und sie brauchte einen Moment, bevor sie die vertrauten Umrisse der großen Bäume erkannte, den Musikpavillon, das von einer hellen Leinwand verhüllte Karussell, die Stühle, die in Abständen verlassen entlang der leeren Alleen standen. Ihre Augen wanderten in dem Teil des Parks umher, den sie so gut kannte, in dem sie so oft mit Alexandre spazierenging, tanzte und lachte, und sie flüsterte:

»Wo ist er? Hat er sich eine Bank ausgesucht? Sitzt er? Steht er hinter einem Gebüsch? Was macht er gerade?«

Doch sie sah niemanden. Da vergaß sie ihre Vorsicht, öffnete das Fenster und beugte sich auf den Balkon hinaus, ihr Körper und ihr Gesicht der grünen Dunkelheit entgegengestreckt. Sie glaubte einen winzigen, rötlich-glühenden Punkt zu entdecken, der in der Nacht atmete; einen kleinen runden und roten Punkt in der schwärzesten Ecke des Parks, wie das angezündete Ende einer Zigarette, an der sein Besitzer zieht, so daß das Rot an Intensität zunimmt und wieder schwächer wird. Sie ahnte mehr, als daß sie sie erkannte, die Umrisse eines Mannes.

Das ist er, sagte sie sich. Er ist also gekommen!

Und sie empfand darüber eine ungeheure Befriedigung, doch auch Angst, denn sie fragte sich:

Was soll ich tun?

Instinktiv beschloß sie, sich vom Balkon zurückzuziehen, doch sie machte es genügend langsam und mit genügend ausladenden Bewegungen ihres Morgenmantels, daß die dunkle Gestalt mit dem roten Punkt auf der anderen Seite des Parks hatte erkennen können, daß das junge Mädchen angebissen hatte. Anna beglückwünschte sich zu der Raffinesse ihrer Taktik, sie war blind für die Strategie des anderen. Und als sie am nächsten Abend um die gleiche Zeit denselben kleinen roten Punkt in der Dunkelheit sah, jedoch – denn der Himmel war weniger undurchdringlich – Gilbert de Resny erkennen konnte – diesmal stand er nicht, sondern saß auf einem Stuhl –, kam sie sich dumm vor: und was nun? Da war dieser Mann dort unten, der ruhig seine Zigarette rauchte, fast unbeweglich, und sie stand auf der Terrasse, gleichzeitig erstaunt, entzückt, daß er beharrlich geblieben war und erneut gekommen war, um auf sie zu warten, aber auch erschreckt von dem Anblick. Sie wagte nicht, zu ihm zu gehen. Wieder zog sie sich zurück.

Am nächsten Abend war er immer noch da, wie ein Jäger, der eine unendliche Geduld besitzt und auf seine Beute lauert. Doch Anna betrachtete das Abenteuer nicht auf so grausame Art. Sie sah in der Beharrlichkeit des Mannes bei diesem Treffen den Beweis, daß er sie liebte: Es lag etwas Verrücktes und zutiefst Romantisches, Romanhaftes in diesem Vorgehen, und sie verliebte sich in die Verrücktheit, auch wenn sie nicht mehr als ein paar Worte mit dem Mann gewechselt hatte. Sie beschloß, ihn zu treffen, den Rasen zu überqueren, um zu dem kleinen roten Punkt in der Nacht zu gehen. Von nun an sagte sie sich immer wieder:

»Er liebt mich ... Er liebt mich ... Ich liebe ... Ich liebe ihn ...«

So hatte sie Alexandre eines Abends vor ihrem Spiegel überrascht – von diesem Augenblick hatte er mir erzählt. Doch er entdeckte nichts weiter, denn Anna wartete, bis ihr Bruder und ihre Mutter eingeschlafen waren, während »Geooorges« und seine Freunde im Erdgeschoß Karten spielten. Sie kam also zu dem Treffpunkt im Park, mitten in einer süßen Juninacht, und der Mann machte dem Mädchen so geschickt, so langsam und so wohlerzogen den Hof, daß sie nach mehreren Begegnungen nachgab, wie er es sich gewünscht hatte. Er berührte sie nicht; er faßte sie nicht an; er behielt sie ständig im Blick, wie ein Meisterschütze das Schwarze seiner Zielscheibe nicht aus den Augen läßt. Er redete, sie hörte zu. Doch sie drückte sich auch gewandt, humorvoll und leidenschaftlich aus, sie glaubte in diesem Mann, der dreißig Jahre älter war als sie, einen Gesprächspartner gefunden zu haben, der ihrer Persönlichkeit ebenbürtig war. Sie war hingerissen von seinen Gedanken und seinem Stil, von seinen verschiedenen kulturellen Neigungen; sie verstanden sich in ihrer gemeinsamen Leidenschaft für symphonische Musik. Eines Abends, als sie nebeneinander in einer der dunkelsten Ecken des Parks flüsterten, sagte er zu ihr:

»Gehen wir zu mir. Ich bin im Moment allein. Wir wollen doch unser Leben nicht in diesem Park verbringen.«

Sie war bereit, stimmte zu, bot sich an. Er wußte sie zu neh-

men, als ob sie sich hingab; ohne sie vor den Kopf zu stoßen; und da es natürlich ihr erster sexueller Akt war, band sich Anna leidenschaftlicher an ihn als Gilbert de Resnys vorherige Eroberungen. Sie gefiel ihm sehr; er zog das Verhältnis mehr in die Länge als normalerweise.
Dann brach er brutal mit ihr, wie Valmont aus den »Gefährlichen Liebschaften«, wie er es verstand. Sie litt darunter, doch ihr Stolz gewann die Oberhand. Verschanzt hinter Schweigen und Lügen, wollte sie leiden, aushalten, allein zurechtkommen, alles verbergen. Die erste Wunde ihres Lebens überwinden.
Ärgerlich war nur, daß sie schwanger war.

32

»Wie hast du das erfahren?«

»Anna hat es mir schließlich gesagt. Sie hat mir alles erzählt, alles, von A bis Z. Sie meinte, daß sie niemand anderen als mich im Leben habe, dem sie so eine schreckliche Nachricht anvertrauen könne. Übrigens hatte sie recht.«

»Aber er?«

»Wer, er?«

Ich hatte mich nicht getraut, »ihr Geliebter« zu sagen. Das Wort entsetzte mich. Alexandres Bericht ließ mich die unendliche Distanz begreifen, die mich von Anna trennte. Ausdrücke aus dem Wortschatz der Liebenden tanzten mit wilder Macht und der ganzen Tragweite ihrer Bedeutung in meinem Kopf herum. Sie hatte einen *Geliebten* gehabt. Sie war eine *Geliebte* gewesen. Man nannte das ein *Verhältnis.* Sie hatten miteinander *geschlafen.* Er hatte sie *entjungfert.* Und schließlich, und das war der Gipfel, der Skandal der Skandale in einer heute prähistorischen Zeit, als die meisten Mädchen als Jungfrauen in die Ehe gingen, als das Wort Verhütung und die Existenz von Verhütungsmitteln in den Bereich der Science-fiction gehörten, schließlich hatte sich Anna, die schöne Anna, meine reine und schöne Liebe, schwängern lassen.

»Nun, siehst du«, antwortete Alexandre, »ich mußte zu ihm gehen, selbst wenn mir das widerstrebte.«

»Warum du?«

»Weil Anna sich weigerte, ihn um irgendeine Hilfe zu bitten, und sich weigerte, ihn wiederzusehen.«

»Und?«

»Nun, er hat zu mir gesagt: ›Wenn Sie Geld wollen, lassen Sie es mich wissen. Geld ist kein Problem.‹ Ich habe ihm gesagt, daß ich ihn wirklich nicht brauchte, um diese Art von elementarer Antwort zu bekommen. Er hat mich rausgeschmissen. Ich habe geglaubt, daß ich es allein schaffen könnte, ich habe mich informiert, doch ich hatte meine Kräfte und Mittel überschätzt. Die Zigarrenkiste meines Stiefvaters war nicht voll genug. Diese Dinge sind teuer, und der Typ mochte zwar weit sein für sein Alter, verstehst du, mein Alter, der Typ mußte doch seinen Stiefvater einweihen.«
Schweigend bewunderte ich meinen Freund. Ich stellte ihn mir vor, mit vierzehn Jahren, wie er an der Tür des Verführers klingelte, um ihn über seine Absichten auszufragen; hatte er versucht, ihn zu ohrfeigen, wie wir es ihn ein Jahr später am Eingang des Lycée mit einem anderen Erwachsenen tun sehen würden, was zu seiner Legende beitragen sollte. Ich hielt ihn für fähig dazu, doch ich sagte mir auch, daß »Breitnacken« nicht der Mann war, der sich von einem frechen Jüngling hätte beeindrucken lassen. Ich stellte mir sodann Alexandre vor, wie er Anna tröstete; wie er noch mehr ihr Komplize wurde als früher; wie er sich – bei welchen Quellen? – informierte, um die Adresse einer »Engelmacherin« oder eines Arztes zu bekommen, der einwilligte, »diese Dinge« zu tun; wie er versuchte, über »Geooorges« genug Geld herbeizuschaffen; wie er endlich gezwungen war, demselben »Geooorges« seine Unfähigkeit einzugestehen, das Problem zu lösen, und wie er seinem Hochmut Zügel anlegte, um die Unterstützung des verachteten Stiefvaters zu erbitten.
»Er hat eigentlich gut reagiert. Aber natürlich hat er, obwohl ich ihn um Verschwiegenheit gebeten hatte, mit meiner Mutter darüber gesprochen. Das hat sie noch ein bißchen verrückter gemacht. Sie machte Anna Szenen, schwankte zwischen Zärtlichkeit und Widerwillen. In Monceau war das

Leben unerträglich geworden, mit der Anwesenheit des anderen Mannes auf der anderen Seite des Parks, mit seiner Frau und seinen Kindern.«

»Er ist verheiratet? Er hat Kinder?«

»Aber ja, was glaubst du denn? Die Frau, die du neulich im Chaillot mit ihm gesehen hast, war seine Frau. Das ist oft so, mein Alter. Das ist eine zum Sterben banale Situation! Gut. Kurz, all das hat geendet, wie es enden mußte. Nach der Reise in die Schweiz sind wir weit weg auf eine Kreuzfahrt gegangen, ich wurde vom Carnot geworfen, zu viel Blödsinn, zu oft gefehlt. Schließlich hat »Geooorges« das Haus verkauft, und wir haben das Viertel gewechselt, und so haben wir uns am Square Lamartine wiedergefunden.«

Ich rekonstruierte den Weg der Familie. Es war weniger einfach für mich herauszubekommen, warum Alexandre trotz seiner Hingabe an Anna, nachdem sie erst einmal alle umgezogen waren, seinen eigenen geheimen Ort, seinen ausschließlichen Bereich schaffen wollte, indem er den »Salon von Madame Ku« erfand. Vielleicht war es eine Möglichkeit für ihn, allein einen Frieden und eine Sicherheit wiederzufinden, die ihrem gemeinsamen Leben ganz besonders gefehlt hatten? Ich war im übrigen tief enttäuscht angesichts der Tatsache, daß Anna ein Jahr später erneut versucht hatte, de Resny wiederzusehen, und daß sie die Chance seiner Anwesenheit im Konzert ergriffen hatte, zu dem ich sie begleitet hatte, um zu versuchen, wieder mit ihm anzubändeln. Ein Teil der Geheimnisse im Verhalten und in der Ausdrucksweise des Mädchens – die Trauer, die Anfälle von Verzweiflung in ihrer Stimme, die Ironie ihres »man liebt mich nicht mehr, man will mich nicht mehr sehen«, das sie mir auf den Stufen im Treppenhaus anvertraut hatte – und, allgemeiner gesprochen, all die kleinen dunklen Stellen machten nun einer klareren Sicht der Landschaft Platz.

Ich verstand besser. Doch dies verringerte in keiner Weise mein Gefühl für Anna, und nachdem ich mir Alexandre vorgestellt und ihn bewundert hatte, wie er die ganze Sache kaltblütig und mutig, getragen von der Liebe zu seiner Schwester, ausgefochten hatte, versuchte ich herauszufinden, wie sie ihrerseits den Zusammenbruch einer schon so zerbrechlichen Welt ertragen hatte. Doch es gelang mir nicht. Wie hätte ich mich auch nur für einen Augenblick an die Stelle von Anna versetzen können?

33

Alexandre hatte die Worte mit unechter Lässigkeit ausgesprochen: »die Reise in die Schweiz«.
Wenn man damals sicher sein wollte, daß alles wirklich gutging und daß das Mädchen oder die schwangere Frau sich nicht unter gefährlichen Bedingungen übel zurichten lassen mußte, die zudem noch geheim und illegal waren, gab es, vorausgesetzt, daß man sowohl über genügend Geld als auch über entsprechende Adressen verfügte und daß man den richtigen Weg einhielt, nur die Lösung der »Reise in die Schweiz«. Anna hatte diese Reise gemacht.
Sie erinnerte sich an das kalte Gesicht des Psychologen bei dem ersten Gespräch, das Vorbedingung für Lausanne war. Man nahm die Dinge in diesem Land nicht auf die leichte Schulter, und man mußte einen vorgeschriebenen Weg befolgen, sich einem Protokoll unterwerfen, schrittweise vorgehen. Sie erinnerte sich an die gestellten Fragen, an die Antworten, die ihre Mutter und ihr Stiefvater gaben, da sie ja minderjährig war, und trotz ihres Wunsches, alleine zu fahren – oder aber von ihrem Bruder begleitet! –, hatte sie ihrer Anwesenheit, ihren Vorsichtsmaßnahmen, ihren Erklärungen und ihrer Ermächtigung, ihren Pässen und ihren Schecks nicht entgehen können. Sie erinnerte sich an jene Stunden wie an eine ständige Bedrückung; der Blick ihrer Mutter lastete auf ihren Schultern; sie hatte sich vorsichtshalber gegen alle möglichen Szenen voller Tränen und Geschrei in Anwesenheit der verschiedenen, in Weiß gekleideten unbekannten Schweizer gewappnet, die sich um sie gekümmert hatten, doch die Mutter hatte Ruhe bewahrt.

Aber Anna hatte hinter sich ihren schweren Atem wahrgenommen, der klang, als ob die Mutter ihre Wut und ihre Scham, ihr Angeprangertsein und ihren Kummer in Zaum halten müßte.
Anna erinnerte sich an die abendliche Rückkehr ins Hotel. Der nächste Termin sollte am nächsten Tag stattfinden und die Aufnahme in die Klinik einen Tag später, wenn die Gutachten erstellt wären. Sie erinnerte sich an das erste Abendessen in dem großen Speisesaal unter den Lüstern des *Palace* am Ufer des Sees. Durch die halbgeöffneten hohen Fenster sah sie die schwache blaue Linie des Sees, die in der Nacht verschwamm. Sie hatte das Schweigen zwischen ihrem Stiefvater, ihrer Mutter und sich selbst nicht ertragen können; ein Schweigen, das nur durch das Geräusch der Gabeln und Messer, durch das winzige Verschieben der Salzstreuer, das Knacken des Stangenbrotes und der Biskuits zwischen den Fingern und das Einschenken von Mineralwasser mit Kohlensäure in die Gläser unterbrochen wurde, begleitet von »danke«, »mehr nicht«, »guten Appetit« und sonst nichts, nur dieses Schweigen und dieses Schlucken, dieses Glucksen, dieses Kauen, dieses Rascheln der Servietten. Es wäre ihr lieber gewesen, wenn »Geooorges« und ihre Mutter ein wenig Small talk getrieben hätten, das heißt, daß sie gesprochen hätten, um nichts zu sagen, über Regen und schönes Wetter, den Komfort der Zimmer, die Qualität des Service, über die Gäste um sie herum. Doch es schien, daß ihre Mutter und ihr Stiefvater beschlossen hatten, so wenig wie möglich zu sagen, ja sogar während der gesamten Reise in die Schweiz zu schweigen. Sie hatte Übelkeit vorgetäuscht und war durch den Saal gegangen und auf die Terrasse getreten; und sie war in den Garten hinausgegangen bis zu dem Ponton, der zum Seeufer führte.
Anna erinnerte sich an einen Schwall von Gerüchen, als ob

der Zustand, in dem sie sich befand, sie für Düfte und Gerüche sensibler als zuvor gemacht hätte. Der Garten des *Palace* wucherte und war übersät mit Rosenstöcken und Klematis. Der Flieder blühte. Es gab außerdem Glyzinien, Iris aus Florenz und einen Jasmin, der auf fast gewalttätige Weise duftete. Doch das Geißblatt war es, dessen Duft sie völlig überwältigt hatte. Anna hatte sich auf die Holzlamellen des Landungssteges gesetzt und lauschte in die Nacht hinein dem Plätschern des Wassers um die Pfähle und Anker der schlafenden Boote, und der Geruch des Geißblattes hatte sie durchdrungen und verfolgt, und sie hatte ihn mit sich getragen. Sie hatte daraus den Duft der ganzen Reise gemacht und hatte in genau diesem Augenblick beschlossen, in dieser ersten Nacht, nur an diesen Geruch zu denken, sich von ihm den ganzen nächsten Tag begleiten zu lassen, bei der Einlieferung in die Klinik, der Betäubung, der Operation, der Postanästhesie, dem Erwachen, der Abreise – alles auf diesen Duft und auf diese Pflanze zurückzuführen, so etwas wie eine Besessenheit und einen Fixpunkt daraus zu machen, um ihre Kraft und ihre Konzentration daran zu binden. Sie hatte sich gesagt, daß, wenn es ihr beim Verlassen der Privatklinik, sodann des *Palace*, dann beim Einsteigen in den Zug Lausanne-Genf-Paris auf der Rückreise gelänge, dieselbe Erinnerung an das Geißblatt zu bewahren, daß sie dann auch ihr Gleichgewicht bewahren würde und damit die Prüfung bestanden hätte. Sie wäre unversehrt.

Alles war in Weiß vor sich gegangen, in Watte, in Äther, in Tüchtigkeit und Kompetenz, in Unpersönlichkeit trotz, so ahnte sie, einer Art von dumpfer Feindseligkeit von seiten der Frauen und Männer, die an der Abtreibung beteiligt gewesen waren.

Doch das hatte sie nicht geschmerzt, und sie hatte nicht »gelitten«, wie man so sagt. Sie war zu jung, um das Auslöschen

einer Hoffnung auf Leben zu bedauern – das Leben eines Wesens, das sie nie gewünscht hatte –, und sie war nicht alt genug, um sich nicht einzureden, daß sie danach nicht anders wäre und daß sich nichts verändert hatte – wenn sich denn so etwas in welchem Alter auch immer in Gleichgültigkeit abspielen kann. So hatte sie dann wild, hartnäckig und monomanisch alle ihre Kräfte auf die Heraufbeschwörung des Geißblattes konzentriert, und sie hatte glauben wollen, daß, wenn sie auch Tränen vergossen hatte, als die fette Schwester sich über sie gebeugt und ihr mit einem starken Walliser Akzent bei ihrem Erwachen gesagt hatte: »Nun, es ist vorbei. Nun sind Sie davon befreit«, daß sie diese Tränen da nur vergossen hatte, weil es ihr zum erstenmal nicht gelang, das Wesen des Duftes zu rekonstruieren. Sie war in Schluchzen ausgebrochen. Sie hatte ihre Mutter neben ihrem Bett sitzen sehen und hatte ihre Tränen nicht zurückhalten können, genausowenig wie diese wenigen Worte:
»Maman! Das Geißblatt! Ich habe das Geißblatt verloren!«
Trotz des unerschütterlichen Glaubens an ihre eigene Charakterstärke hatte sie in diesem Moment befürchtet, einen Teil ihres Verstandes verloren zu haben. Und das war für Anna die Reise in die Schweiz gewesen. Sie hatte das Ende von etwas bedeutet.

34

Der oberste Chef – im Sitz der Zeitung rief man ihn nur bei seinen Initialen P. B. – empfing uns in seinem ovalen, riesigen Büro mit Fensterpfeilern; es war ein Raum mit einer hohen Decke und voll von Mahagoni, Samt, Schweigen und Bedeutsamkeit. Die Fenster gingen auf den blumenbestandenen Rond-Point hinaus; auf die Straße der Briefmarkensammler, die an diesem Tag wenig besucht war; auf die Gärten von Marigny, die durch die kleinen Kinder heiterer wurden; man konnte dahinter die Spitze des Obelisken sehen, der über einem Meer aus Kastanien mit runden, grünen, blühenden Wipfeln schwebte.

»Meine Mitarbeiter sagen mir, daß Sie sich Ihre Aufgabe alle zu Herzen genommen haben. Tatsächlich war Ihre kleine Zeitung nicht schlecht, und ich wollte Sie persönlich dazu beglückwünschen.«

Er hatte eine gepflegte Sprache; er strömte Zwanglosigkeit, Charme und gleichzeitig das Bewußtsein für die Rolle aus, die er in der Stadt und im Land spielte, für das gesammelte Gewicht jedes seiner Leitartikel, unter denen die berühmte Feder und das »F« in Großbuchstaben zu sehen waren; er verströmte Kompetenz und Höflichkeit und darüber eine große Zurückhaltung und jenes Flair der Unzugänglichkeit, das die Erwachsenen seiner Generation gegenüber uns zu einer Zeit hatten, da man uns nicht ernst nahm, da man unsere Existenz erst nach einer Reihe von unabdingbaren Etappen anerkannte – Abitur, Uni, Diplome, Militärdienst, Lehre, lange Jahre in der Anonymität und voller Geduld –, eine Zeit, da die Zeit nicht so schnell verging wie heute.

»Ich bin nicht sicher, ob Sie die Gelegenheit hatten, viel zu lernen, bei diesen wenigen Nummern, die Sie sich in Ihren freien Stunden am Donnerstag ausgedacht haben, aber mir sind hier und da hübsche Wendungen und gut erzählte Anekdoten aufgefallen.«

Die Gruppe der Gymnasiasten und Gymnasiastinnen, die an dem Experiment teilgenommen hatten, stand im Halbkreis dem Chef gegenüber, der auf der anderen Seite des kleinen, feinen Möbelstücks stand und redete, auf dem seine legendären grünen Stifte, Papierbögen, die letzten Ausgaben der Konkurrenzblätter und einige alte, kostbare Objekte lagen. Wir wurden eingerahmt von denen, die uns die Arbeit vorgekaut hatten, Pierre Engiacamp und zwei oder drei andere Journalisten, sowie Walfard, der für diese Fördermaßnahme verantwortlich war. Sie hatten unsere Artikel korrigiert, hatten uns gezeigt, wie man einen »Zwischentitel« macht und was ein »Kasten« ist; sie hatten unsere »Einführungen« neu geschrieben und uns Themen vorgeschlagen. Wir hatten sie auf ihren Wegen in Paris begleitet. An Engiacamps Seite hatte ich einer Sitzung der Nationalversammlung beiwohnen dürfen; der Probe eines Theaterstücks der Compagnie Renaud-Barrault. Einer von uns hatte einen Vormittag an der Börse verbracht. Er war halb taub, aber auch fasziniert und geblendet davon zurückgekommen. Ein sportbegeistertes Mädchen hatte die amtierende Tennismeisterin interviewt vor einem Turnier, das in einem Stadion ohne Schranken und mit rauhen Steinsitzen und mageren Wegen aus wilden Kräutern stattfinden würde, das Roland-Garros hieß.

»Was haben Sie von all dem behalten? Die Zukunft wird es weisen. Werden Sie davon profitieren? Wollen Sie später versuchen, einen Beruf daraus zu machen? Das geht Sie sowie Ihre Lehrer und Eltern an, doch Sie sollen wissen, daß sich viele berufen fühlen, doch nur wenige auserwählt sind. Daß man die Stunden nicht zählen darf. Und daß, wenn man auch schnell sein muß, man nichts dabei gewinnt, sich mit dem ersten Wurf zufriedenzugeben. Klar schreiben! Zu sehen verstehen! Die beste Lektion des Journalismus liegt gänzlich in dem Titel wie im Inhalt eines Werkes von Victor Hugo: *Gesehene Dinge.*«

Er warf einen kurzen, überlegenen Blick in meine Richtung und fügte hinzu:

»Wenn es also stimmt, daß man gelegentlich bemerken konnte, wie sich Vertreter des Volkes in den Bänken der Nationalversammlung in der Nase bohrten, so zweifle ich doch stark daran, daß einer von ihnen sich jemals damit vergnügt hat, Papierkügelchen herzustellen.«

Ich errötete und senkte den Blick. Die zwei Stunden, die ich damit verbracht hatte, eine Routinesitzung in der Nationalversammlung zu verfolgen, waren mir so leer und die Aussicht, meinen Artikel zu schreiben, so armselig vorgekommen, daß ich geglaubt hatte, zu sehen, wie Abgeordnete mit Papierfetzen spielten. Da ich das geglaubt hatte, hatte ich es für pfiffig gehalten, die Wahrheit zu verschönern und zu schminken. Bei der Lektüre in der Familie und unter den Freunden meines Alters hatten das alle witzig gefunden; sogar die Schlagzeile war daraus entstanden: »Papierkügelchen im Palais-Bourbon«. Ich hatte diese kleine Übertreibung schnell vergessen, doch in seiner Abschiedsrede am Rond-Point brachte mich die trockene Bemerkung von P. B. in die Wirklichkeit zurück. Ich hatte geschummelt, und die Profis hatten sich nicht täuschen lassen.

»Nun, das wär's«, schloß er, »kehren Sie in Ihre Schulen zurück, meine Damen und Herren, ich wünsche Ihnen viel Glück für Ihre Zukunft!«

Auf der Schwelle zu dem großen ovalen Zimmer drückten wir uns alle mit mehr oder weniger großem Bedauern die

Hände. Wir tauschten unsere Adressen aus. Dann schlenderte ich davon und ließ dabei meine Kameraden absichtlich über die Marmortreppe vorausgehen. Piere Engiacamp kam nach langen Minuten aus dem Büro seines Chefs heraus. Mit wütendem Blick sah er mich an.
»Deinetwegen habe ich gerade einen ganz schönen Anpfiff bekommen.«
Ich schwieg.
»Schau nicht so dämlich drein«, fuhr er fort, »du weißt genau, wovon ich rede.«
»Die Papierkügelchen«, antwortete ich. »Aber Sie hatten das doch sehr gut gefunden! Sie waren es doch sogar, der mir den Titel vorgeschlagen hat.«
Engiacamp packte mich heftig am Unterarm und zog mich zur Treppe.
»Genau«, sagte er, während er die Treppe hinunterging und mich vor sich her stieß, »genau! Ich war so schwach, das amüsant zu finden, deine Geschichte, obwohl ich ahnte, daß du alles gefälscht hattest.«
»Was?«
»Gefälscht, du weißt doch, was das heißt?«
Er hatte mit einer gewissen Bissigkeit gesprochen, und ich fing an zu befürchten, daß dieser Mann, der mich ermutigt hatte, den ich respektierte und zu dem ich so viel Vertrauen hatte, mich nun verachtete.
»Äh, nein, aber ich habe begriffen, glaube ich«, antwortete ich.
»Nun gut; ja, du hast das fabriziert, was man eine Ente nennt – und ich habe es gespürt, bin aber darüber hinweggegangen, weil ich dich gern mag, und außerdem bot sich eine witzige Schlagzeile, und dann ... Scheiße, wirklich! Eure Zeitung war nicht sehr ernsthaft. Aber P. B. war ganz und gar nicht dieser Meinung.«

»Er hat gebrüllt?«
Pierre Engiacamp brach in Gelächter aus angesichts meiner Verkennung der Person, die für die Geschicke dieser Institution verantwortlich war, zu der zu gehören der Journalist so stolz war.
»Wenn du von P. B. einen Anpfiff bekommst, dann brüllt er nicht, absolut nicht, verstehst du. Er sieht dich kalt an, und mit einer ganz sanften Stimme macht er dich mit drei Sätzen und zwei Adjektiven kaputt. Er hat mir gesagt, daß, wenn ich so nachsichtig oder so nachlässig gewesen bin, bei dir nicht den Wahrheitsgehalt deiner ›gesehenen Dinge‹ zu überprüfen, das für ihn bedeuten könnte, daß ich selber eines Tages dazu fähig wäre, in einem meiner Artikel zu erfinden und zu verfälschen, um den Lesern zu gefallen! Also wirklich, ist dir das klar? Er hat meine Ehrbarkeit in Zweifel gezogen.«
»Und alles wegen mir«, sagte ich.
Wir waren im Außenhof beim Eingangstor neben der großen Tür angekommen, die auf den Rond-Point führte. Pierre Engiacamp wurde milder.
»Aber nein, mein Guter, du bist nicht verantwortlich. Du bist nur ein junger Amateur. Ich hätte korrigieren, dich ausfragen und handeln müssen wie ein richtiger Redakteur. P. B. hatte recht. Er hat mir eine schöne Lektion erteilt. Das Ungefähre, mein Alter, ist eine Todsünde, wenn man von sich behauptet, ein guter Journalist zu sein. War die Versammlung leer? Waren die Bänke verlassen? War die Stimmung mürrisch? War nichts los? Hatten die Abgeordneten wieder die üblichen Mienen eingeschlafener Rindviecher aufgesetzt? War die Luft steril, gafften die Amtsdiener blöd drein? Kamen dir das Rot und das Gold, das Leder und das Holz vor, als seien sie von der gleichen Krankheit befallen, von einer Lähmung geradezu? Wie von einer Epidemie, die symbolisch ist für das tödliche Klima dieser vierten Marionetten-

republik? Nun, mein Alter, du hättest es nur schreiben müssen, du mußtest es nur sagen! Die Leere und die Langeweile hättest du nur wiedergeben müssen, ohne etwas hinzuzufügen, etwas zu beschönigen. Dein Artikel wäre genauso gut gewesen. Sogar besser. Die Wirklichkeit ist in unserem Beruf immer interessanter als ihre Verkleidung.«

Er stieß die Tür auf und zog mich dabei weiter mit sich, entfernte sich von der Zeitung und ging auf den Rond-Point zu. Ich spürte, daß er sich beruhigt hatte. Er war nicht langsamer geworden, doch er hatte meinen Arm losgelassen und die Hände in die Taschen gesteckt.

»Man muß seinem Talent gegenüber immer mißtrauisch sein«, sagte er.

Dann korrigierte er sich:

»Nein, nicht seinem Talent gegenüber. Der Leichtigkeit eines Stils gegenüber. Man darf nicht auf die Sirenen des Leserfangs, des Sensationellen, des Sand-in-die-Augen-Streuens hören. Man muß ehrlich bleiben.«

Er schien mich jetzt vergessen zu haben. Ich ging neben ihm, überquerte am Fußgängerübergang den unteren Teil der Champs-Elysées und kam in die Avenue Montaigne; und ich hatte den Eindruck, daß er nicht mehr mit mir redete. Hatte er gerade laut die jüngste Ermahnung seines Chefs wiederholt? Er machte eine ausladende Bewegung mit dem Arm, als wolle er all das hinter sich lassen. Seine schwarzen Locken fielen ihm in die Stirn, er hatte seine spöttelnde, lebhafte, freie Miene wiedergefunden. Eine Frau in einem geblümten Kleid drehte sich nach ihm um, und er begrüßte sie mit einer Bewegung, die eher einer Pirouette als einer Verbeugung ähnelte. Sie lachte auf und ging weiter. Engiacamp war entzückt davon und entdeckte plötzlich meine Anwesenheit wieder.

»Ah!« rief er aus und wandte sich mir zu. »Weißt du, daß um

diese Jahreszeit, in genau diesem Moment in Paris, wenn die Kastanien in Blüte stehen, wenn es sehr schön ist, alle Frauen schön sind? Schau sie an! Man könnte meinen, sie seien alle aufgewacht und aus der Dunkelheit des Winters herausgetreten. Sie sind nicht mehr unsichtbar.«

Wir waren schnell gegangen und hatten die Place de l'Alma erreicht. Er blieb vor dem *Chez Francis* stehen.

»Ich spendiere dir einen Eiskaffee, bevor ich dich wieder deinen geliebten Studien überlasse«, sagte er zu mir.

Ich betrat zum erstenmal mit ihm das, was man damals den »Grillroom«-Teil des Lokals nannte, bevor man diesen zerstörte. Es war ein halbmondförmiger Saal mit Lederbänken und Nischen, die den Gästen erlaubten, in einer gewissen Intimität zu trinken und zu rauchen. Man sah an den Wänden pastellfarbene Fresken von verschleierten, halbnackten Frauen, die Zierbrunnen und Weintrauben trugen. Ihrem Verhalten und ihrer Lässigkeit nach zu urteilen, schien die Kundschaft aus männlichen und weiblichen Mitgliedern einer Art Club zu bestehen, und die Leute begrüßten sich wie Stammgäste, als ob sie stillschweigend eine Höflichkeitsregel in einer Atmosphäre ohne Zwischenfälle beachteten, die durch die gute Laune und den Eifer der beiden Kellner bereichert wurde, die man bei ihren Vornamen, Miguel und Mario, rief. In der Luft lag jener undefinierbare Charme eines öffentlichen Ortes, der seine Geschichte hatte, seine Rituale und seine Routine, und den nur der regelmäßige und häufige Besuch zu entschlüsseln hilft. Pierre Engiacamp ging im Grillroom mit derselben Natürlichkeit, demselben Lächeln umher, die er zeigte, wenn er den Redaktionssaal durchschritt oder hinunter in die Werkstatt der Lithographen ging, jenen magischen und mythischen »Marmor«, den ich eines Tages mit ihm hatte besuchen dürfen und in dem ich den unwiderstehlichen, unvergeßlichen Geruch der

Druckerschwärze geschnuppert hatte, der sich mit dem Rauch von den Kippen vermischte, die an den Unterlippen der »Faktoren« hingen, die sich über ihre Bleiplatten beugten, die Metallzange zwischen ihren geschwärzten Fingerspitzen, und nach Fehlern suchten.

»Setz dich dorthin«, sagte er zu mir.

Und zu Miguel, der sich schon vor ihm aufgebaut hatte, bevor wir uns auf die Bank gesetzt hatten:

»Für mich das Übliche, Miguel. Und für diesen jungen Mann einen Eiskaffee.«

Er betrachtete den Saal mit seinen nußbraunen Augen, seinen lebhaften und auf die Welt neugierigen Augen, und hob von Zeit zu Zeit die Hand, wenn er einen Gast erkannte. Ich sah ihm schweigend zu und war verwirrt. Woran dachte er? Auf seinem jugendlichen und trotzdem markanten, schon leicht von Falten durchzogenen Gesicht lag ein Ausdruck der Ungeduld, den ich später, wenn ich mehr Erfahrung hätte, mit dem von Rennläufern gleichsetzen würde, die konzentriert auf den Pistolenschuß des Starters warten. Wenn es mir auch im Moment noch unmöglich war, Pierre Engiacamps Seelenzustand zu begreifen, so ahnte ich doch, daß er stumme Zwiesprache mit sich hielt. Ich stand noch unter dem Eindruck meiner Demütigung (ich hatte eine »Ente« fabriziert) und seiner scharfen Worte und wagte es nicht, seine Gedanken zu unterbrechen. Es genügte mir, auf der Bank im *Chez Francis* an der Seite dieses hervorragenden Journalisten zu sitzen und zu sehen, wie sich Miguel mit meinem Eiskaffee und dem üblichen »Drink« von Engiacamp näherte, einem Glas, das von der Kälte leicht beschlagen und gefüllt war mit einer farblosen Flüssigkeit, in der eine Olive schwamm.

»Danke«, sagte er zu Miguel. »Wenn das Telefon klingelt und es für mich ist, holen Sie mich schnell.«

Er betrachtete das Glas und drehte es in der Hand.
»Ich trinke nicht auf dich«, meinte er dann, »weil ich noch nicht weiß, ob ich dir für den Rest meines Lebens böse sein werde.«
»Ich verstehe nicht«, erwiderte ich.
Er lachte.
»Ich warte auf einen Anruf, siehst du – damit ich weiß, ob ich fahre oder nicht. Wenn ich fahre, dann hat P. B. mir verziehen, er hat gesagt ›Schwamm drüber‹. Wenn nicht, heißt das, daß mein Chef noch böse auf mich ist und daß er beschlossen hat, mich für deine Papierkügelchen zu bestrafen.«
»Es tut mir wirklich leid«, sagte ich traurig.
Engiacamp kostete von seinem Martini dry und trank ihn dann in kleinen Schlucken.
»Das ist nicht deine Schuld«, sagte er, »aber ich bin dir trotzdem ein bißchen böse. Denn ich habe selten einen Anruf so ungeduldig erwartet.«
Er warf in regelmäßigen Abständen einen Blick über die zwei Stufen, die den Grillroom vom Rest des Cafés trennten, auf eine Thekenecke, die mit Leder bezogen war und auf der ein weißes Telefon unter einer Lampe mit dunkelrotem Schirm stand.
»Wohin sollten Sie fahren?« fragte ich schüchtern.
»Weit weg«, antwortete er schnell und mit einem Blick, der ins Leere ging. »Weit weg, dorthin, wo die Winde des Krieges anfangen zu sehen.«
Ich war am Boden zerstört.
»Wirklich«, sagte ich, »das ist nicht meine Woche!«
»Ach ja, warum?« fragte der Journalist mit einem Anflug von Gleichgültigkeit.
»Ach, wegen nichts«, antwortete ich.
»Doch, doch, mein Alter, du mußt mir alles sagen. Was ist los? Du mußt deinem Onkel Pedro alles sagen.«

»Nichts«, wiederholte ich, »ich habe eben das Gefühl, daß im Moment bei mir alles schiefgeht.«
Er sah mich mit größerem Interesse an. Er war ein großzügiger Mann, extrovertiert, mit spontanen, warmen Reaktionen. Plötzlich spürte ich, daß er seinen Gram vergaß, mit dem Handrücken das ängstliche Warten auf diesen Anruf wegwischte, der ihn – oder auch nicht – dorthin schicken sollte, »wo die Winde des Krieges wehten«, um mir seine Aufmerksamkeit zu schenken und mich durch die zwingende Kraft seines Lächelns und durch diese Gabe, die er besaß, andere zum Reden zu bringen, mich zu überzeugen, ihm von meinem Unglück zu erzählen. Am selben Morgen hatte ich aus dem Mund meines alten Lehrers Dubarreuilles erfahren, daß er mein Vorrücken in die nächsthöhere Klasse abgelehnt hatte und daß ich gezwungen war, das nächste Schuljahr zu wiederholen. Mein Vater, dem ich die Katastrophe verkündet hatte, hatte zu mir gesagt: »An deiner Stelle würde ich mich schämen.«
Er hatte hinzugefügt:
»Ich muß arbeiten. Wir sprechen heute abend noch mal drüber. So weit haben dich deine Faulheit, deine Nachlässigkeit und der unheilvolle Umgang mit deinem Freund Alexandre gebracht.«
Ich hätte die Vorwürfe für ihn ergänzen können. So weit hatten mich in Wahrheit meine Schlaflosigkeit, meine Besessenheit von Anna, meine Phantasien und meine Träume gebracht, die langsame Zerstörung jeder schulischen Leistung, die endlosen Stunden, die ich gähnend vor Büchern und Heften verbracht hatte, um den Schlaf und die Müdigkeit zu bekämpfen, Stunden, in denen ich abgeschweift war und an das Mädchen gedacht und mir hundertmal die liebenswürdigen Worte vorgesagt hatte, die ich von ihr gehört hatte, in denen ich mir hundertmal ihre Gesten, ihre Andeutung

einer Umarmung, ihren auf mir ruhenden Blick, das Versprechen vor Augen geführt hatte, das ich in ihren dabei doch so belanglosen Sätzen zu erahnen glaubte.

»Und außerdem«, schloß ich meine Bilanz, »außerdem hat mein einziger wahrer Freund Paris verlassen. Er ist zur Kur nach La Bourboule gefahren. Zu allem Überfluß hat mich vorhin Ihr Chef vor allen angeschnauzt. Und außerdem habe ich Sie in Schwierigkeiten gebracht.«

Engiacamp legte mir erst beschützend den Arm um die Schulter, doch dann löste er sich von mir.

»Wenn du so weitermachst, werde *ich* dich anschnauzen. Du wirst es noch schaffen, daß ich es bereue, dir von meiner Szene mit P. B. erzählt zu haben. Hör auf, dir darin zu gefallen. Nichts von alledem ist schlimm.«

Doch er hatte mich nicht getröstet. Durch das summende Stimmengewirr im Raum hörte ich das Telefon klingeln, und ich sah, wie mein Gegenüber sich aufrichtete, als läge er auf der Lauer.

»Du wirst sehen«, sagte er, »es ist für mich. Ich sage dir, es ist für mich. Du wirst sehen. Ich werde fahren. Ich werde wegfahren. Ach, wegfahren!«

Er hatte dieses »wegfahren« mit einer solchen Betonung, einer solchen Hoffnung ausgesprochen, daß man allein in diesem Wort die ganze Bedeutung seines Berufes, seiner Berufung, seine Daseinsberechtigung sah. Dann ging alles sehr schnell. Miguel gab ihm ein Zeichen: Der Anruf war wirklich für ihn. Er stand auf. Er durchquerte den Grillroom mit drei Sprüngen. Ich sah, wie er den weißen Hörer auf der Theke ergriff. Er hatte dem Saal den Rücken zugekehrt, doch ich glaubte eine Art Bewegung seines Körpers zu erahnen, und als er wieder aufgelegt und sich aufgerichtet hatte und sich dann erneut dem Raum und mir zuwandte, lag ein Lächeln auf seinem Gesicht, in dem sich verschiedene Gefühle vermischten: Begeisterung, Befriedigung, das Gefühl des Sieges, Vorfreude auf die Reise und das Abenteuer und vielleicht auch eine große Erleichterung. Er strahlte. Er kam auf die Bank zu, auf der ich wie erstarrt sitzen geblieben war, wenn auch befreit von dem Schuldgefühl, das er in mir geweckt hatte. Er hob mich mit beiden Armen über die Bank hoch, küßte mich mit ansteckendem Schwung auf die Wangen, und ich stimmte in sein Lachen mit ein. Um uns herum hatten die Gäste uns amüsiert beobachtet. Er setzte mich mit der gleichen Leichtigkeit wieder auf der Bank ab, als ob ich gar nichts gewogen hätte, was mich seine körperliche Kraft erkennen ließ. Ich glaubte einen Elf des Pariser Journalismus zu kennen – doch ich entdeckte einen Herkules, einen harten, richtigen Mann. Er holte Luft und sagte ohne diese Fiebrigkeit, doch mit anhaltender Wärme:

»Das Land des Ruhigen Morgens«, sagte er zu mir. »Ein schöner Name, findest du nicht?«

»Ja«, antwortete ich. »Dort gehen Sie hin? Wo liegt das?«

Seine Augen lächelten und schossen kleine Flämmchen, wie ein Buschfeuer, das seinen Ort wechselt, ohne daß man es einkreisen kann.

»Ich werde dir eine ziemlich tolle Geschichte erzählen. Vor zehn Tagen habe ich einen Vorschlag für eine große Reportage über die ›unnützen und unzugänglichen Inseln‹ vorbereitet. Ich wollte, daß der Chef mir eine lange Reise genehmigt mit Stopps an allen möglichen Orten, in Indonesien, Java, Sumatra, im Pazifik, in Neukaledonien, auf den Inseln unter dem Wind usw. Während ich für meine Dokumentation recherchiere, stoße ich auf einen Japaner, der mir so etwas sagt wie: ›Ah ja, Sie werden doch nicht weit entfernt von Korea sein? Es wird bald heiß da unten werden.‹ Ich verstehe nichts von Außenpolitik, aber ich besitze Instinkt, und ich habe Beziehungen. Ich informiere mich, ich frage und

bekomme ein Visum für Südkorea. Inzwischen erfahre ich, daß Nordkorea außerhalb des 38. Breitenkreises Truppen zusammenzieht. Und daß ein heißer Wind dort unten weht. Ich gehe zu P. B. und erkläre ihm: ›Es wird bald losgehen, Sie müssen mich hinschicken, bevor alles in die Luft fliegt.‹ Er hat sich wohl auch erkundigt, verstehst du – unsere Korrespondenten angerufen, in Tokio, ich weiß nicht genau, oder aber das amerikanische Büro. Jedenfalls hat er mir die Reise bewilligt. Ich fahre morgen früh – eine lange Reise über Island, Anchorage usw.«
»War er das am Telefon?«
Engiacamp trank sein Glas aus und stellte es vorsichtig zurück, er achtete darauf, kontrollierte Bewegungen zu machen. Man hätte meinen können, daß er fürchtete, den Fuß des Glases auf dem Tisch zu zerbrechen, so groß war seine Freude.
»Ja, er hat zu mir gesagt: ›Wenn Ihr Instinkt Sie nicht trügt, werden Sie der erste und einzige Sonderkorrespondent vor Ort sein. Sonst können Sie uns immer noch eine große touristische Sache über das Land des Ruhigen Morgens machen. Schließlich geht es nie nur um die Flugtickets. Sie fahren!‹«
Ich seufzte und fragte:
»Und ich habe Ihnen das beinahe verdorben?«
Er legte erneut seinen Arm beschützend um mich.
»Aber nein«, meinte er, »ganz und gar nicht, vergiß es. In Wahrheit hatte ich solchen Bammel, diese Reportage zu verpassen, daß ich alle möglichen Gründe dafür erfunden habe, daß ich sie nicht bekommen würde. Das ist Aberglaube! Weißt du, dieser Beruf wird nur von ungeheuer sensiblen Wesen ausgeübt. Wir sehen aus wie Raufbolde und Zyniker und sind doch nur empfindliche Menschen mit zuviel Phantasie. Du hattest überhaupt keine Schuld an meinen Ängsten. Ich war ungerecht zu dir, entschuldige.«

Ich liebte ihn im stillen. Er war ein junger Mann, doch er war weit entfernt von mir, lebte auf der anderen Seite der Grenze, die ich erst in vielen Jahren würde überschreiten können, die der Welt der Arbeit, der Entscheidungen, der Niederlagen und der Erfolge, der Verantwortung, der Gefahr, des Kampfes, um sich einen Namen und einen Platz in der Ausübung eines komplizierten Berufes zu schaffen, auf den keine Schule vorbereitete. Und ich war ihm dankbar dafür, die Intelligenz und die Offenheit zu besitzen, sich bei einem Jugendlichen zu entschuldigen. Es erschien mir als eine noble, unerwartete Geste, die mir neuen Mut gab. Er stand auf, nachdem er Geld auf dem Tisch zurückgelassen hatte.

»Iß dein Eis auf«, sagte er. »Ich gehe wieder in die Redaktion, um mir einen Spesenvorschuß und die Flugtickets zu holen.«

In seinem schlecht geschnittenen, lässigen Anzug, die Hände auf die Hüften gestützt, die schwarzen Haare wirr in der breiten Stirn, beherrschte er mit seiner großen Gestalt die Gäste im Raum, die zusahen, wie er sich aufmachte, und er sah aus wie ein Held à la Mermoz, à la Saint-Exupéry, einer jener Männer der Flugpost, die uns das französische Kino jener Zeit in Schwarzweiß und in talentlosen Produktionen vorführte, mit Schauspielern, die Jean Chevrier oder Georges Marchal hießen und über die wir gerne lachten, die uns aber trotzdem zum Träumen brachten. Wo lag denn Südkorea? Der 38. Breitengrad? Niemand wußte, daß uns nur wenige Tage vom Überschreiten der Linie durch die kommunistischen Truppen trennten; die Welt sollte nicht mehr lange warten, bis ihr jene exotischen Namen vertraut wären, Träger von Tod und Angst: Pjöngjang, Pusan, Inchan ... und auch Syngman Rhee, MacArthur, Operation Thunderbolt, Kommando Crève-Coeur ...

»Ich glaube, daß wir uns nicht so schnell wiedersehen werden«, sagte Pierre Engiacamp zu mir.
Er beschloß plötzlich, sich wieder hinzusetzen, mir gegenüber, der ich immer noch mit meinem Eiskaffee und meinen Schwächen kämpfte.
»Es ärgert mich, dich in diesem Zustand zu verlassen«, sagte er. »Mach dir keine Sorgen. Ich werde deinen Eltern einen Brief schreiben und ihnen sagen, daß du die Zeit mit uns nicht vergeudet hast. Eine Klasse zu wiederholen, ist nicht schlimm. Im Moment vielleicht schon, aber in zehn Jahren nicht mehr. Sie werden das verstehen. Und du verstehst es auch, oder?«
Zögernd schüttelte ich den Kopf. Er lächelte mit jener Sicherheit, die einen dazu gebracht hätte, ihm auf jede Expedition zu folgen.
»Du wirst es verstehen«, versicherte er mir. »Jetzt gehe ich wirklich. Eines Tages, in zehn Jahren, werde ich dich auf einem Flughafen treffen, und du wirst dich kaum mehr an den Jugendlichen erinnern, der du heute bist. Ich weiß, was dir im Leben passieren wird; du kannst es nicht wissen. Jetzt sag Scheiße.«
»Scheiße«, wiederholte ich.
Er stand wieder auf und ging auf den Ausgang zu, rannte fast und streifte dabei Miguel, der sich umdrehte, bezaubert von seinem energischen Gang wie viele andere Gäste des Grillrooms, er nahm einen Teil dessen mit sich, was mein Ideal werden sollte – und ließ hinter sich einen jungen Mann, der nun weniger unsicher war, sondern angeregt und gepackt von seiner Lust an der Tat.

Eine Kraft war es also, die mich zu Anna trieb. Diese Kraft beruhte nicht nur auf der Kühnheit, die mir Pierre Engiacamp, ohne es zu wissen, eingeflößt hatte, als er mit einem Lächeln auf den Lippen in einen vor dem Ausbruch stehenden Krieg zog. Eine Lust, ein Bedürfnis hatten sich meiner bemächtigt, kaum daß ich nun allein auf der Bank inmitten der Paare saß, die ihre Pariser Musik aus Allegros und Andantes wieder aufgenommen hatten, eine Musik aus Lachen, aus vertrautem Geflüster, in dem Ernsthaftigkeit nahe bei der Unbeständigkeit liegt.

»Heute oder nie«, beschwor ich mich selbst.

Ich betrachtete den Saal mit siegessicherem Blick. Es war bald fünf Uhr. Ich beschloß, Anna von der Schule abzuholen. Draußen spürte man in der Luft jene belebende Unruhe, jenen Duft, ähnlich dem eines Baches, der genau in solchen Frühlingsmomenten den Schritt der Verliebten beschleunigt, den Körper leichter macht, einen dazu bringt, die Stadt und das Leben schön zu finden – der Duft, der den Erfolg verkündet.

35

Vor dem Cours Hattemer warteten einige Jungen, die kaum älter waren als ich, rauchend auf die Mädchen und versuchten, in das Hantieren mit den Zigaretten die Lässigkeit von Erwachsenen zu legen, als ob sie das ihr ganzes Leben gemacht hätten.

»Das sind arme Wesen«, sagte ich wieder leise.

Seit Alexandre die Stadt verlassen hatte, ertappte ich mich dabei, daß ich mich so ausdrückte, als wollte ich mich an den Freund wenden, den ich so sehr vermißte. Ich hatte mich gegen den Zaun eines Gärtchens auf dem Bürgersteig gegenüber gelehnt, an der Ecke der Straßen Longchamp und Faisanderie. Ich legte keinen Wert darauf, mich mit der kleinen Gruppe zu vermischen, die sich um die beiden einzigen Besitzer eines Velosolex scharte, des neuen Transportmittels, dank dem man von nun an die, die Glück hatten, die mobil und flüssig waren, von denen unterscheiden konnte, die es nicht waren.

»Da ist sie«, sagte ich.

Ich sah, wie sich Anna von den anderen Mädchen löste. Sie trug eine blaßgelbe Bluse und einen mauve- und orangefarben geblümten Rock, ein auffallendes Ensemble inmitten der blauen Blazer und weißen Röcke, der Uniform der meisten anderen Mädchen. Sie hielt zwei Jungen von sich fern, die sich auf sie gestürzt hatten, und sie tat es mit einer Geste, die sie erfunden zu haben schien, so natürlich war sie, ohne Aggressivität, eine Art gleichgültiger und fast aristokratischer Höflichkeit, die einsehen ließ, daß es vergeblich, sogar vulgär gewesen wäre, hartnäckig zu bleiben. Sie blieben auch nicht hartnäckig, gaben sich zu meinem großen inneren Jubel geschlagen. Ich empfand eine noch größere Freude, als ich begriff, daß Anna mich erkannt hatte, noch bevor ich mich aufrichtete, um die Straße zu überqueren und auf sie zuzugehen. Lächelnd winkte sie mit dem Arm und kam mir schnell entgegen; sie trat zu mir und küßte mich auf beide Wangen. Sie roch gut nach einer Mischung aus Vanille und Blumen. Mir stockte der Atem.

»Das ist komisch«, meinte sie. »Ich habe gerade eben an Sie gedacht.«

»Und ich«, erwiderte ich, ohne abzuwarten, »ich denke pausenlos an Sie.«

Sie lachte und überging meine Antwort, nahm meinen Arm und zog mich zur Avenue Victor Hugo.

»Ich habe einen Brief von Alexandre bekommen«, sagte sie.

»Ich auch«, meinte ich.

»Ach! Haben Sie ihn dabei? Ja? Dann lesen Sie ihn mir vor!«

»Ja«, antwortete ich, »aber nur, wenn Sie mir Ihren vorlesen.«

»Also gut, einverstanden«, stimmte sie lachend zu, »gehen wir zu mir, dann lesen wir gemeinsam. Aber Sie fangen an.«

Sie ging in ihrem Rhythmus weiter, weder langsam noch schnell, mit jener Harmonie des Körpers, jenem Schwenken der Hüften, das dem Tanz so nahekam und das ihr ihre überlegene Haltung verlieh. Man mußte sich ihrem Takt anpassen, versuchen, sich auf die Höhe dieser Anmut zu erheben, so wie schlechte Walzertänzer, die immer einen halben Schritt hinter ihrer Partnerin zurückliegen und schließlich anfangen werden, zu stolpern und ihren Auftritt auf dem Ball zu verderben.

Sie fragte mich mit erzürnter Neugierde:

»Aber warum in Gottes Namen? Warum drehen Sie sich so oft um?«

»Ich bitte um Verzeihung«, sagte ich, »ich hatte geglaubt, einen Bekannten zu sehen.«
Das war eine Lüge. Ich hatte der Befriedigung nicht widerstehen können, mich umzusehen, um die »armen Wesen« zu verachten, die sprachlos auf dem Bürgersteig zurückgeblieben waren und sich fragten, wer wohl der Kerl wäre, der sich der Gunst der Anna Vichnievsky-Louveciennes erfreuen durfte. Doch in demselben Augenblick, in dem ich mich diesem eitlen Vergnügen hingab, merkte ich auch schon, daß es sinnlos und entwürdigend war. Wichtig war jetzt nicht, die in Staunen zu versetzen, die älter waren als ich, oder auch meine Altersgenossen, sondern vielmehr, mich völlig dem Privileg hinzugeben, das mir Annas Gesellschaft verschaffte, zu spüren, wie ihre langen Finger auf meinem Handgelenk lagen und meine Haut auf der Höhe meiner Jackenärmel berührten, die Heftigkeit des Begehrens zu registrieren, die dieser ständige Kontakt in mir auslöste.
Ich war überrascht. Bis dahin hatte ich nicht eine so starke körperliche Hingezogenheit zu dem jungen Mädchen empfunden. Wir waren uns schon nähergekommen. Ich hatte sie auf den Stufen ihres Treppenhauses in jenem Moment in den Armen gehalten, von dem ich seitdem besessen war, doch das hatte nicht einen derartigen Aufruhr der Sinne verursacht. Ich hatte oft davon geträumt; ich hatte mich verflucht, weil ich die Gelegenheit, die sich mir geboten hatte, nicht ausgenutzt hatte; ich hatte nachts in meinem Bett mit weitgeöffneten Augen diese kurze, doch süße Verschlingung unserer Arme und Oberkörper immer wieder durchlebt; es war keine Verbindung zwischen dieser Erinnerung und den Reaktionen meines Körpers entstanden. Heute veränderte sich das alles plötzlich, und die geringste Bewegung von Annas Fingern auf meinem Handgelenk steigerte ein so aku-

tes Begehren, daß es mein Gehen behinderte. Ich hatte Mühe, mich normal zu bewegen.
»Was haben Sie?« fragte sie mich. »Tut Ihnen etwas weh?«
Es war wie ein Schmerz, wie ein Verlangen, und trotzdem war es aufregend, doch ich wußte nicht, wie ich diesen Zustand akzeptieren sollte, wie ich damit, zumindest bis zum Square Lamartine, leben und gehen sollte. Es war köstlich, aber unerträglich.
»Es ist nichts«, antwortete ich.
»Doch, doch, sagen Sie es mir«, beharrte das junge Mädchen, »wollen Sie, daß wir kurz stehenbleiben? Sie scheinen plötzlich zu hinken.«
»Nein, ich sage es Ihnen doch, es ist nichts«, wiederholte ich. Ich kam mir schamlos und lächerlich vor und fürchtete, daß Anna schließlich begreifen und daß sie über mich lachen würde, mich wegschicken und ein elendes Wesen schimpfen. Deshalb beschloß ich, mich diskret von ihrem Arm loszumachen und nicht mehr neben ihr zu gehen; vielleicht fand ich meine Ruhe wieder, sobald der Kontakt mit ihrer Haut erst einmal verschwunden war. Doch ich mochte mich noch so sehr von ihr entfernen, ich blieb bis zum Square Lamartine in derselben Verfassung bis zur Wohnungstür, bis zu ihrem Zimmer, bis zu dem Sessel, in den zu setzen sie mich bat, damit ich ihr Alexandres Brief vorlesen konnte. Erst da fand ich zu einer relativen Ruhe zurück. Mein Körper entspannte sich endlich. Anna hatte sich in ihrer Lieblingshaltung hingesetzt, auf dem roten Teppich, die Beine unter ihren Rock gezogen. Mein Herz und mein Körper erregten sich weniger heftig, und wenn ich auch immer noch die Macht meines Begehrens spürte, so hatte doch die Pflicht, mit lauter Stimme lesen zu müssen, meine Aufmerksamkeit abgelenkt.
»Los«, forderte sie mich auf, »los. Ich höre Ihnen zu.« Ich

sah in ihren Augen eine Erwartung, einen listigen Schimmer. Machte sie sich über mich lustig? Hatte sie den Grund für meine Verlegenheit begriffen? Sie war deutlich ungeduldig.

»Los! Ich höre Ihnen zu.«

36

Als ich einige Tage vorher Alexandres Brief erhalten hatte, hatte ich oben auf der Seite in Großbuchstaben entdeckt: VERTRAULICH – NICHTS WEITERSAGEN. DIES HIER IST NUR FÜR DEN TYPEN BESTIMMT, DER DIESEN BRIEF NACH DEM LESEN VERNICHTEN WIRD.
Als ich nun diese ersten Zeilen wieder las, fragte ich mich, ob er vorausgesehen hatte, daß Anna den Inhalt seiner Korrespondenz würde erfahren wollen und daß ich der Bitte seiner Schwester so leicht nachgeben würde. Und ob ich nicht schon dabei war, ihn zu verraten. Doch für Anna hätte ich alles getan. Und dann hatte ich um so weniger das Gefühl, Alexandre gegenüber nicht loyal zu sein, als sie sich so ähnlich waren, Vertraute waren; es wäre mir unnormal erschienen, wenn ich ihr nicht den Text ihres Bruders auslieferte.
»Wie geht es Dir? Immer noch auf der Suche nach dem kleinen Ruhm? Oder schon vernichtet von der Aussicht auf Dein schandhaftes Sitzenbleiben? Mach Dir nichts draus, mein Alter. Es gibt nur zwei Arten von Jungen, die eine Klasse wiederholen: unverbesserliche Blödmänner oder Liebhaber auf der Suche nach ihrem Schicksal. Da Du zwangsläufig zur zweiten Kategorie gehörst, laß Dich nicht unterkriegen. Übrigens, wenn ich meine Krankheit überstanden habe, werde ich sicher in der verfluchten Ecke der Wiederholer zu Dir stoßen, die unser legendärer Dubarreuilles eingerichtet hat, und wir werden zusammen auf dieser kleinen Arme-Sünder-Bank, mit dem Rücken zur Tür, gegenüber dem Rest der Klasse, die aus jungen, bartlosen und spöttelnden

Schlaumeiern besteht, ein Jahr der verhüllten Verachtung und der offensichtlichen Zerknirschung verbringen.«
Anna unterbrach mich mit einem entzückten und zärtlichen Lächeln.
»Sania schreibt so gut, finden Sie nicht? Er schreibt nicht wie die anderen jungen Leute seines Alters.«
»Das stimmt«, antwortete ich. »Auf jeden Fall hat er mir nie das Gefühl gegeben, so alt zu sein wie ich.«
»Wie sollte es auch anders sein?« fragte sie. »Er hat schon viel mehr erlebt als Sie, aber sicher ein bißchen weniger als ich ... Es ist warm hier, finden Sie nicht?«
Sie stand auf, ging zum Fenster, das sie öffnete, um ihr Gesicht der Brise darzubieten, die durch die Kastanienbäume, Platanen und Linden des Platzes strich und das Zimmer kühlte. Mit dem Wind schlichen sich alle Düfte des Frühlings um uns herum herein. Anna machte eine Bewegung, die mich versteinerte: Als sie auf den Teppich zurückkehrte, um wieder in ihrer bevorzugten Position Platz zu nehmen, öffnete sie die Knöpfe ihrer Bluse in völlig natürlicher Weise, als ob sie beschlossen hätte, sich auszuziehen, ohne auf meine Anwesenheit zu achten. Ihre Finger hielten beim vierten Knopf inne. Man sah ihre Brust, die beiden Kurven ihrer Brüste quollen aus einem Spitzen-BH, der die gleiche Farbe hatte wie die Bluse, ein zartes Gelb, ein samtiges Gelb, und ich blieb stumm, bewundernd, verzaubert vor ihr. Sie sah mich an, ohne mit der Wimper zu zucken. Ich spürte, wie meine Begierde pochend zurückkehrte.
»Nun, lesen Sie doch weiter«, forderte sie mich auf. »Worauf warten Sie? Nun?«
Hatte sie eine Einladung eindeuten wollen? Oder aber war ich ihr so gleichgültig und vertraut, daß sie dieser intimen Geste keine Bedeutung beimaß, die den hartnäckigen und harten kleinen Schmerz verstärkte und mein Verständnis

des Augenblickes veränderte, den ich gerade erlebte? Sie wiederholte:
»Nun?«
Nur mit Mühe las ich weiter.
»Hier haben die Leute, wie Du Dir vorstellen kannst, nichts Interessantes an sich. Es sind Zirkuszwerge. Sie ähneln dem Namen der Stadt, in der sie sich behandeln lassen: Bour-Boule. Boule. Bourg. Boubou. Bloubloublou! Ohne Witz, es ist wirklich zum Heulen. Aber wenn Du alles wissen willst, ich sehe die Leute nicht. Das ist eine Fähigkeit, die ich fast vervollkommnet habe: zu vermeiden, die Gesichter der anderen zu sehen. Das heißt, daß Du Deine Augen durch die Gesichter hindurchgehen läßt. Tatsächlich ist es, als ob man die Augen geschlossen hätte, nur daß sie offen sind. Das ist ein tolles Gefühl, mein Alter! Man braucht Stunden, um es zu schaffen, ja sogar ganze Tage – das ist das gleiche wie blind sein. Du hast eine Glasscheibe zwischen Dich und die Leute geschoben. Ich bin sehr stolz darauf. Es ist ein irres Phänomen. Es erlaubt mir, nur die zu sehen, die ich wirklich sehen will. Das ist ein enormer Fortschritt beim Umgang mit der Menschheit, glaube mir; Du müßtest es auch mal versuchen. Es erleichtert wirklich das Leben.«
Anna lachte leise und traurig. Sie hatte ihren Blick zu den Bäumen auf dem Platz gewandt, deren hellgrüne Wipfel man durch das geöffnete Fenster sehen konnte.
»Der Arme«, flüsterte sie. »Das ist nicht der Brief eines glücklichen Menschen.«
»Gilt das auch für den Brief, den er Ihnen geschrieben hat?« fragte ich.
»Ja, fast« antwortete ich. »Fahren Sie fort.«
Doch es war mir unmöglich, den folgenden Abschnitt laut vorzulesen. Ich war wütend auf mich, weil ich Alexandres Brief bei mir behalten hatte. Ich hatte ihn zwischen zwei

Schulstunden oder auch während der Stunde noch einmal lesen wollen, versteckt unter dem Lehrbuch, denn da ich ja nun wußte, daß ich zum Wiederholen des Schuljahres verdammt war, gab ich mir nicht mal mehr den Anschein, mich anzustrengen. Mein Geist folgte der Stimme des Lehrers nicht mehr. Ich träumte von Anna, ich bedauerte Alexandres Abwesenheit, und bald würde ich mir die Abenteuer meines Journalistenfreundes Pierre Engiacamp dort unten in Korea vorstellen, wo, wie er gesagt hatte, »die Winde des Krieges« wehten, ein Ausdruck, der mich erregte. Ich war wütend auf mich, weil ich den Brief behalten hatte, denn der Abschnitt, den ich Anna nun zur Kenntnis bringen mußte, lautete folgendermaßen:
»Ich denke plötzlich an unser letztes Gespräch über Anna – und deshalb schreibe ich vor allem diesen Brief. Wenn Du sie wiedersehen mußt, mache *nie* auch nur eine einzige Anspielung auf das, was ich Dir über sie gesagt habe. Ich weiß nicht, warum ich es getan habe. Ich sagte mir, daß Du diese Dinge wissen müßtest, um besser zu verstehen, wer sie ist, was sie durchgemacht hat und wie sie wieder leiden könnte. Und ich war beunruhigt und wollte, daß Du mir über das, was sie tut und macht, berichtest. Doch jetzt, wo ich weit fort bin von ihr und Dir, erkenne ich, daß ich Dir niemals derartige Geheimnisse hätte anvertrauen dürfen. Ich habe einen schrecklichen Irrtum begangen. Mehr noch, einen Fehler. All das ging Dich nichts an. Und dann weiß ich ja auch, daß Anna diesen Mann nicht mehr wiedersehen wird. Das ist vorbei. Sie hat es einmal versucht, und Du warst im Konzert Zeuge, und dann sicher noch einmal kurz danach, aber jetzt ist es vorbei, ich weiß es! Und ich habe unrecht, mir graue Haare wachsen zu lassen. Wenn ich das tue, dann nur, weil ich sie zu sehr liebe. Ich liebe sie nicht wie eine Schwester, das hast Du begriffen, und sie hat mich nicht immer wie einen Bru-

der geliebt. Anna hat so viel Stolz, daß sie sich nie mehr von einem Mann demütigen lassen wird. Du mußt alles vergessen, was ich Dir über sie gesagt habe, und da Du ja noch in sie verliebt bist – bist Du es im übrigen noch? –, nun, mein Alter, ich wünsche Dir viel Geduld und viel Gelassenheit, denn bei ihr wirst Du in dieser Hinsicht nichts erreichen. Wenn ich es recht überlege, wäre es besser, wenn Du sie gar nicht mehr sähest. Schreib mir trotzdem, ob Du es willst. Good-bye, Typ! Doch wenn Du mir nicht schreibst, dann danke dem Himmel dafür, gesund zu sein. Ich kenne nichts Schlimmeres, als einen schwachen Körper zu haben.«

Ich hatte diesen letzten Abschnitt in Alexandres Brief wieder und wieder gelesen, doch seine Warnung hatte mich nicht davon abgehalten, Anna nach der Schule abzuholen. Ja, ich war noch in sie verliebt – mehr denn je, und ich hegte die Illusion, daß die Kraft meiner Liebe es ihr ermöglichen würde, die Prüfungen zu vergessen, die sie erduldet hatte, »den Mann« zu meinen Gunsten auszulöschen! Jetzt aber, da ich mich in dieser delikaten Lage ihr gegenüber fand, fühlte ich mich wie in der Falle. Ich mußte Theater spielen, ich mußte lügen, sie würde mich nicht so leicht entkommen lassen. Ich wußte nicht viel, doch zumindest wußte ich eines – ich wußte, daß sie über taktische Fähigkeiten verfügte, die feiner und zahlreicher waren als meine. Sie beobachtete mein Schweigen, meine Unfähigkeit, den Brief weiter vorzulesen, den ich in meinen Händen hielt.

»Worauf warten Sie?« fragte sie schließlich.

»Äh, auf nichts«, antwortete ich.

»Sie wollen mir nicht weiter vorlesen, stimmt's? Vielleicht kommt etwas, was ich nicht wissen sollte? Ihre lächerlichen Kleine-Jungen-Geheimnisse zweifellos?«

Sie hatte wieder den Ton nachsichtiger Spöttelei angenommen, doch ich spürte, daß sie dahinter ihren Wunsch verbarg, mehr zu wissen. Vor allem konnte ich an ihrem lebhaften Ausdruck ihrer Augen erkennen, daß, je mehr ich mich in Schweigen und Verstellung flüchten würde, desto unnachsichtiger Anna verlangen würde, den ganzen Inhalt des Briefes ihres Bruders zu erfahren.

»Nein«, sagte ich, »es ist nichts. Der Brief endet so.«

Sie spielte die Erstaunte, die falsche Naive.

»Wirklich!« rief sie aus. »Wirklich? Er ist ein bißchen kurz, finden Sie nicht?«

»Ja«, gab ich zu, »vielleicht, aber er hat mir nicht mehr geschrieben.«

Sie fuhr mit ihrer Parodie fort.

»Wirklich? Keine Abschiedsformel? Nichts?«

Sie war aufgestanden, schlug mit den Händen auf ihren geblümten Rock, als wollte sie die Pollen verscheuchen, die unsichtbar durch das offene Fenster geweht waren. Ihre gelbe Bluse, die nun weit offen stand, schwebte im Rhythmus ihrer Bewegungen. Sie lächelte süß. Langsam kam sie auf mich zu.

»Doch, doch, natürlich«, sagte ich hastig. »Das sind ein paar unwichtige Worte, aber wenn Sie alles wissen wollen, werde ich sie Ihnen vorlesen.«

Und ich erfand einen anderen Abgang:

»Genug geplaudert jetzt. Ich muß zu einer weiteren Kuranwendung. Ich verlasse Dich. Good-bye, Typ. Schreibe mir.«

Dann faltete ich den Brief eiligst zusammen und steckte ihn in die Innentasche meiner Jacke. Doch da ich sah, daß Anna mir kein Wort geglaubt hatte, wollte ich den Ton ändern, aus der Sackgasse herauskommen. Ich entfernte mich nun genauso langsam, wie sie sich bewegte, um eine Distanz zwischen uns zu schaffen.

»Waren Sie wieder im Sonntagskonzert?« fragte ich.

Sie lachte kurz auf, und ich erkannte daran, daß sie sicher war, daß ich sie belogen hatte, es war ein erfahrenes Lachen.

»Nein«, antwortete sie, »stellen Sie sich vor, ich war nicht mehr dort.«
»Warum nicht?«
»Ich habe keine Lust mehr. Das ganze Hin und Her in der Pause mit den Jungen und Mädchen im Foyer, das ist ohne Alexandre nicht mehr lustig.«
Sie kam weiter unmerklich auf mich zu, und ich entfernte mich genauso unauffällig von ihr. In dem halbkreisförmigen Zimmer vollführten wir so etwas wie ein verlangsamtes Verfolgungsspiel, denn ich hatte aus Angst, daß sie sich meines Briefes bemächtigen könnte, nicht aufgehört, vor ihr zurückzuweichen. Sie blieb stehen und sah mir genau in die Augen.
»Was haben Sie?« fragte sie mich. »Mache ich Ihnen Angst?«
»Nein«, erwiderte ich.
Doch sie hatte recht. Ich hatte so große Angst bekommen, daß mein Begehren verschwunden war, das beim Anblick ihrer Brüste und ihres pudergelben Büstenhalters zurückgekehrt war.
»Nun, in diesem Fall«, fuhr sie fort, »laufen Sie doch nicht weiter so im Zimmer umher. Man könnte meinen, Sie fliehen vor mir. Bin ich denn so abstoßend?«
Ihre Stimme war erheblich leiser geworden, und ich hörte den Lärm vom Square Lamartine draußen fast genauso deutlich – Kindergeschrei, das Klappern eines Kreisels entlang dem Schutzgitter um den Rasen, das Knirschen des Wasserhahns, aus dem sich die Bewohner des Viertels regelmäßig versorgten –, ich hörte genauso diese unschuldigen, beruhigenden, frühlingshaften Laute wie die leise, beunruhigende, provozierende Stimme Annas.
Die Frage, die sie gerade gestellt hatte, ließ mich wie angewurzelt stehenbleiben. Ich schüttelte den Kopf: Nein, sie war nicht abstoßend, sie war vielmehr verführerisch und un-

durchschaubar. Sie kam auf mich zu, und wir standen uns ganz nah gegenüber, Körper an Körper. Ich spürte, wie mich ihre Brust streifte. Sie nahm meine Hand und legte sie auf ihren Brustansatz. Ihre Lippen näherten sich meinen. Ich sah in ihren Augen kleine, schwärzliche Funken, die aufschienen wie Sternenreflexe in einem dunklen Meer.
»Ich *will* diesen Brief«, sagte sie plötzlich und atmete heftig. Mit einer schnellen Bewegung führte sie ihre freie Hand zu meiner Jackentasche. Ich befreite mich genauso schnell, packte sie am Handgelenk und hinderte sie weiterzugehen. Sie wollte sich losmachen. Ich hielt sie fest. Sie schrie, kämpfte und versuchte wütend, mich gegen die Wand zu schleudern. Wir fielen auf den roten Teppich.

37

Dort auf dem Boden wird sie plötzlich schlaff und weich, entspannt, bietet keinen Widerstand mehr, gibt sich hin, als ob Zeit und Raum zwischen uns verschmölzen. Wärme durchläuft sie. Ihre ganze Wut ist verpufft. Sie bläst ihren Atem in meinen Nacken, küßt mich, und ich erwidere ihren Kuß, werde kühner, ich berühre ihren Mund, und unsere Lippen verschmelzen. Ungläubig entdecke ich den Geschmack ihrer Zunge.

Sie schlingt ihre Beine um meine. Ihr schwerer, weiter, geblümter Rock bildet ein Hindernis, eine Hürde. Manchmal verraten ihre Bewegungen noch die Heftigkeit, mit der sie mich vor einem Augenblick angegriffen hat, aber ich entdecke nicht mehr diese Wut, ich empfange nur noch die Wellen ihrer Sinnlichkeit. Ich bin davon überwältigt. Ich habe keine Zeit, daran zu denken, daß ich noch vor einigen Monaten mich auf einem anderen Teppich befand und dort mit ihrem Bruder kämpfte. Ich streichle Annas Haut durch die Bluse hindurch, die sie ein wenig geöffnet hat, und ich werden nicht müde, unter der gelben Seide die Rundung ihrer Brust zu berühren. Ich zögere jedoch, weiterzugehen; ich taste und stammle; ich bin gleichzeitig unwissend und ausgehungert, wiederhole mich, weil ich mir meiner selbst kaum sicher bin, zerrissen zwischen dem langsamen Fortschreiten meiner Begierde und dem Schrecken vor dem, was ich tun will, was ich tun muß, was ich tun kann, was ich nicht zu tun wage. Ich ertappe mich dabei, daß ich flüstere: »Darf ich? Darf ich?«

Sie antwortet: »Nein, du darfst nicht, weil ich nicht will.

Aber ich darf. Laß mich dir in deiner Ungeschicktheit helfen!«
Sie hebt den Oberkörper. Geschickt zieht sie mir die Jacke aus, öffnet den Gürtel meiner Hose, die sie mir sodann bis auf die Schenkel herunterzerrt. Dann legt sie ihre Bluse ganz ab und zieht mit fester Hand mein Gesicht zu ihren Brüsten herab. Ganz nah bei ihr, atme ich den Duft ihrer Haut ein. Sie befiehlt mir, meine Lippen auf ihrer Brust zu lassen, die ich durch den Stoff hindurch küsse, während sie geschickt alles entfernt, was ihre Hand von meiner Lust trennt. Sie bemächtigt sich meines Geschlechts, umfaßt es und beherrscht es, läßt es in einer wilden, erfahrenen, unaufhaltsamen Bewegung auflodern. Sehr schnell lerne ich eine volle Lust kennen, einen Genuß, daß ich schreien könnte, unvergleichlich mit allem, was ich in meinen schlaflosen Jünglingsnächten einsam habe entdecken können. Denn sie hat es mit mir gemacht, nicht ich. Und nichts ist mehr, wie es war. Ich habe die Augen geschlossen. Ich will sie noch nicht wieder öffnen. Ich weiß nicht, ob ich glücklich oder verzweifelt bin. Ich möchte die unmittelbare Erinnerung an das zurückbehalten, mit dem mich Anna gerade bekannt gemacht hat. Doch schon durchzuckt mich eine ängstliche Enttäuschung. Es war zu gut. Es war zu kurz. Sie hat sich von mir gelöst. Sie ist aufgestanden. Ich höre sie auf und ab gehen, eine Tür öffnen, zurückkommen. Sie kniet sich neben mich und reicht mir ein Tuch, dann zeigt sie mir mit unendlicher Höflichkeit in der Stimme, wo sich die Toilette befindet.
»Gehen Sie«, sagt sie zu mir und zerstört damit das »Du«.
»Richten Sie sich wieder her, Sie sind nicht gerade sehr präsentabel.«

Als ich wieder ins Zimmer zurückkam, stand Anna auf dem Balkon, auf der anderen Seite des offenen Fensterflügels; ihr schönes Profil zeichnete sich in den sinkenden Strahlen der Sonne ab.

Die Brise von den Bäumen des Platzes her war stärker geworden und hob die schwarzen Haare, die auf ihre Schultern fielen. Auch sie hatte sich »wieder hergerichtet«. Die gelbe Seidenbluse steckte wieder in dem geblümten Rock, die Knöpfe waren bis zum Kragen geschlossen. Sie betrachtete nicht das friedliche Schauspiel unten, beugte sich nicht vor, sondern richtete ihren Blick über die Dächer der Avenue Victor Hugo.

Ich hatte Lust, mich ihr zu nähern, sie an mich zu drücken, doch ich spürte, daß ich mir dieses Recht nicht erworben hatte. Alles in ihrer distanzierten Haltung, die wie abwesend wirkte, ließ mich vielmehr begreifen, daß das junge Mädchen meinen eventuellen Herzensergüssen den Rükken zukehren wollte, und ich wußte nicht, wie ich das sagen sollte, was man in so einer Situation sagt und was ich nicht kannte. Ich verstand noch nicht, warum sie so plötzlich vom Charme zur Heftigkeit und dann zum Verlassen übergegangen war und warum sie so meine Hand genommen, meine Begierde so befriedigt hatte.

»Ich glaube«, sagte sie und drehte sich zu mir um, entfernte sich von dem Balkon, um einen Schritt ins Zimmer zu machen, »ich glaube, es wäre besser, wenn Sie jetzt nach Hause gingen.«

Sie hatte das in einem ruhigen und neutralen Ton gesagt, begleitet von einem leisen Lächeln, das ich als Höflichkeit hätte auslegen können, wenn ich mir die Zeit genommen hätte, ihre Stimme und ihr Gesicht zu studieren. Doch überwältigt von einer Welle der Demütigung und der Verlegenheit, gab ich mich vor Anna geschlagen und flüsterte nur:

»Das denke ich auch.«

Ich wandte ihr den Rücken zu.

»Vergessen Sie Ihre Jacke nicht«, sagte sie zu mir, jedes einzelne Wort dabei betonend.
Auf der Armlehne eines Eisbär-Sessels, dessen Stoff das gleiche Rot aufwies wie der Teppich, auf dem sich meine ach so flüchtige Erschütterung ereignet hatte, lag zusammengefaltet meine Jacke. Alexandres Brief, genauso sorgfältig gefaltet, steckte nicht mehr in der Innentasche des Futters, wo ich ihn zuvor hingesteckt hatte, sondern schaute, fast etwas zu auffällig, aus der Außentasche heraus. Das war zweifellos die wirksamste und stillste Weise, mir zu sagen:
»Ich habe ihn gelesen. Ich weiß, was Sie von mir wissen. Ich weiß, daß Alexandre mich verraten hat. Gehen Sie.«
Doch Anna sagte nichts und folgte ruhig meinen eiligen Bewegungen. Sobald ich meine Jacke angezogen hatte, wollte ich einen Schritt auf sie zu andeuten, ihr vielleicht die Hand reichen, doch ich schaffte es nicht; es gelang mir nicht, das Verhalten zu finden, das angemessen war; ich fühlte mich noch linkischer als sonst, denn auf mir lastete jetzt der ganze Druck, das Gewicht dessen, was von nun an zwischen uns lag.
So konnte ich nur sagen:
»Auf Wiedersehen.«
Worauf sie genauso neutral, doch ohne eine Sekunde gewartet zu haben, antwortete:
»Nein, das glaube ich nicht, nicht auf Wiedersehen, nein.«
Dann hatte ich den Eindruck, daß ich sofort aus ihrem Gesichtskreis verschwand. Genauso wie ihr Bruder war sie »blind« für mich geworden; eine dicke Scheibe war heruntergelassen worden, wie ein Vorhang, der nun zwischen uns beiden hing. Während ich leise hinter mir die Tür zu dem roten Zimmer schloß, wußte ich, daß ich die Tür zu dem zumachte, was ich für meine erste Liebesgeschichte gehalten hatte.

38

Wenn ich junge Leute treffe, kann ich mich nie vollends von der Erinnerung an den lösen, der ich in ihrem Alter war. Ich frage mich nicht:
Sind sie unglücklich? Sind sie glücklich?
Sondern ich frage mich viel häufiger:
Sind sie unglücklicher als ich? Sind sie glücklicher, als ich es gewesen bin?
Ich weiß wohl, daß sich alles verändert hat seit der Zeit, in der ich diese Ereignisse, dieses Glück und diese Qualen erlebte. Man hat ihnen Zugang zu allen möglichen Kenntnissen gegeben, die uns verweigert wurden; die Technologie, der Fortschritt haben ihre Auffassung vom Leben und von der Welt genauso umgestürzt wie die Bilder und das Geld. Sie haben wahrscheinlich schon alles vom Liebesakt gesehen; sie wissen mehr darüber; vielleicht wissen sie gar alles? Die Gewalt und die Schnelligkeit, Zwillingsschwestern der Vulgarität und der Uniformierung, haben diese Zerstörung der Unschuld mit begleitet. Mit fünfzehn Jahren sind sie nicht – sind sie nicht mehr – fünfzehn.
Das weiß ich; doch was ich sehe, straft das, was ich weiß, Lügen.
Ich sehe auf ihren Gesichtern und in ihren Augen, ich sehe in ihren Gesten und höre in ihren Worten dieselbe Schwierigkeit, das Flüchtige zu verstehen; dieselbe Einsamkeit trotz des Gruppenphänomens, das sie vereint. Dieselbe Angst angesichts derselben Nacht; denselben ohnmächtigen und dumpfen Zorn vor derselben bornierten, egoistischen Gleichgültigkeit der Erwachsenen; dasselbe Bedürfnis zu lie-

ben; dieselbe Notwendigkeit, geliebt zu werden. Dieselben Illusionen, die zerbrechen, bis zur Verzweiflung über dieselben Wirklichkeiten. Dieselben Blitzschläge der Liebe, Marotten, Begeisterungen, Blindheit. Nein, sie sind weder glücklicher noch unglücklicher, als wir es waren. Und vielleicht hatten wir mehr Glück, da wir auch mehr Unschuld besaßen. Aber vielleicht auch bleiben sie genauso unschuldig wie wir.

Zwischen heute und gestern – zwischen dem Moment, als ich das Haus von Alexandre und Anna verlasse und auf mein Zuhause zustolpere, überzeugt, daß mein Leben ins Wanken gekommen ist, mein Kopf voll von Annas Bild, von ihrer entblößten Brust, wie sie sich über mich beugt, der Erinnerung an ihre schnelle und geschickte Hand auf meinem Geschlecht, dem Gefühl des gelben pudrigen Stoffes über ihrer Brust; dem gleichzeitig scharfen und süßen Geruch dessen, was sie aus meinem Körper hervorsprudeln ließ; der langsamen Bewußtwerdung dessen, daß sie, als sie mich so an sich preßte und mich kommen ließ, mich von sich entfernte, danach in aller Ruhe den Brief ihres Bruders lesen konnte. Alexandre ist von nun an von mir verraten und vor ihr demaskiert, und er wird es mir nie verzeihen, und ich werde es nicht mehr wagen, ihm unter die Augen zu treten, um zu versuchen, eine Erklärung oder eine Entschuldigung zu finden; und mir wird bewußt, daß ich, um zu versuchen, eine unmögliche Liebe zu gewinnen, auf Abwege geraten bin und dabei eine Freundschaft verloren habe; zwischen dem Beginn dessen, was ich für eine Katastrophe halte, und dem hartnäckigen Fortdauern des unerhörten Geruchs und Geschmacks dieser fleischlichen Lust zu allem Überfluß – Träumer, der ich bin! – noch die letzte Illusion, daß dies alles nicht nur stattgefunden hat, weil Anna mit mir spielte, um an den Brief zu gelangen, sondern weil sie im Grunde vielleicht das, was sie mit mir gemacht hat, aufrichtig und gern gemacht hat, und daß mir dies eine letzte Chance ließe; dann jedoch sofort ein wenig Realismus nach dieser falschen Hoffnung: Nein, es ist vorbei, alles ist verdorben, alles ist dahin – zwischen diesem Augenblick, gestern, zwischen dem, der ich damals war, ein junger Mann, bestürmt von vielen sich widerstreitenden Gefühlen, im Kampf mit der Unordnung und der Zerbrechlichkeit, nackt, wehrlos – zwischen diesem Augenblick und heute und dem Anblick jenes Unbekannten oder jener Unbekannten, die ich die Straße überqueren sehe, die rührenden und verwundbaren Umrisse eines Heranwachsenden, von dem ich glaube, daß der Gang und das Gesicht genauso viel Unzufriedenheit und Qualen verraten – gibt es da einen Unterschied? Wir haben alle dasselbe fünfzehnte Lebensjahr erlebt.

Epilog

Die Sommerferien verliefen problemlos, monoton, anekdotisch. Ich hatte das Gefühl, doppelten Liebeskummer zu erleben. Denn ich hatte beide geliebt. Verlorene Liebe zu meinem Freund Alexandre. Zerstörte Liebe zu und durch Anna. Ich dachte an beide, vor allem an sie, ohne Hoffnung, und versuchte, meine erste Herzenswunde heilen zu lassen.

Ich erhielt keine Nachricht von Alexandre, was mich kaum überraschte, und ich hatte nicht den Mut, mich bei ihm zu melden. Von Anna dagegen hatte ich am Tag vor meiner Abreise in das Haus meiner Familie in den Landes ein kurzes, nicht unterschriebenes Briefchen bekommen: »Versuchen Sie nicht, uns wiederzusehen.« Der Brief war in der Post in der Rue de la Pompe aufgegeben worden, die dem Square Lamartine am nächsten lag. An der Feinheit der Schrift, an der dunkelvioletten Färbung der Tinte und an dem schwachen Duft, den das graue Papier verströmte, konnte ich die Spur des jungen russischen Mädchens erkennen.

Ich las zehn-, zwanzigmal diesen einzigen Satz. Vor allem das Pronomen blieb mir im Gedächtnis: »uns«. Versuchen Sie nicht, uns wiederzusehen. Aus der Analyse dieses »Uns« schloß ich schließlich, daß Anna ihren Frieden mit ihrem Bruder gemacht hatte. War er nach Paris zurückgekehrt? Oder hatte sie ihn in La Bourboule besucht? Ich stellte mir vor, daß sie eine offene Aussprache gehabt hatten, daß sie ihm seine Indiskretion verziehen hatte und daß dies alles auf meinem Rücken ausgetragen worden war – und ich empfand darüber eine Art Erleichterung. Ich zog es vor, sie beide glücklich zu wissen, selbst wenn das bedeutete, daß ich von nun an keine Chance mehr hatte, das wiederzufinden, was einerseits unsere Vertrautheit, andererseits meine Liebe gewesen war.

Ich konnte jedoch nach Schuljahrsbeginn nicht anders, als mich am Square Lamartine herumzutreiben. Alexandre war in der Schule nicht aufgetaucht, und ich war allein in der »ehrlosen Bank« der Sitzenbleiber, hörte der Stimme Dubarreuilles' zu, dessen letztes Jahr dies war und der mich mit der ganzen Mißbilligung des müden alten Kämpfers in den Augen betrachtete. Ich stöberte in den Archiven herum, die in der Pförtnerloge des unerschütterlichen Captain Hook aufbewahrt wurden, und konnte so herausfinden, daß der Name Vichnievsky-Louveciennes nicht mehr unter den Besuchern des Lycées auftauchte. Darauf faßte ich mir ein Herz und ging so weit, an die Tür des Concierge in dem Haus von Alexandre zu klopfen. Ich erfuhr, daß die Vichnievsky-Louveciennes umgezogen waren. Sie hatten keine Adresse hinterlassen. Vielleicht waren sie »ins Ausland gegangen«. Ich bekam keine weiteren Auskünfte, doch allmählich lösten sich im Viertel und in der Gegend um das Lycée herum die Zungen. Man erzählte sich, daß es einen Skandal und eine Schlägerei bei einer Pokerpartie gegeben habe; daß »Geooorges« alle seine Werkstätten verkauft habe; daß die Mutter einen Selbstmordversuch gemacht habe; daß das Mädchen zu Cousins in England geflüchtet sei; daß der junge Mann nach Rom gefahren sei, wo er als Assistent für einen italienischen Filmregisseur arbeitete, einen Aristokraten mit zweifelhaftem Lebenswandel. Die Vichnievsky-Louveciennes boten Stoff für viel Klatsch zwischen der Rue de Longchamp, dem Trocadéro und der Rue de la Pompe, doch ich versuchte nicht, mehr herauszubekommen.

Eines Tages lehnte ich mich, ohne es zu wollen, gegen die Säule, an die sich Alexandre der Extravagante ein Jahr zuvor gelehnt hatte, einem Kreis fassungsloser Kinder gegenüber. Sie ist meine Ecke, mein Beobachtungsort geworden – und keiner hat ihn mir streitig gemacht.

Schritt für Schritt habe ich mir neue Freunde geschaffen. Sie besaßen weder die Anmut noch die Überlegenheit von Alexandre, doch ich begnügte mich mit dem, was ich fand. Mit der Gabe des Fabulierens, die jenem Alter eigen ist, die mir jedoch zweifellos besonders beschieden war, begann ich durchblicken zu lassen, daß ich bereits »die große Liebe« kennengelernt hatte. Eine heftige, kurze und alles verschlingende Leidenschaft hatte mich an eine ausländische Frau gebunden, eine russische Schönheit mit schwarzen Haaren, die den Körper einer Göttin und ein feuriges Temperament besaß. Es war schlecht ausgegangen.

Um meine Geschichte zu erzählen, wählte ich eine fatalistische Haltung und einen romantischen Ton. Man hörte mir interessiert und ein wenig neidisch zu. Ich war ein junger Mann, der gelitten hatte, und ich wußte mehr als die anderen über die Angelegenheiten des Geschlechts und des Herzens. Ich tat mich darin hervor, Einzelheiten nur dosiert herauszurücken, große Schatten über das zu legen, was diese glühende, schreckliche Beziehung gewesen war, die mich bereits mit sechzehn Jahren erfahren mit Frauen, erfahren mit vielen Dingen werden ließ. Bald jedoch schämte ich mich dieser Lügen. Ich spürte das Lächerliche in meiner Angeberei und beschloß zu schweigen, was mir neue Einsamkeit einbrachte.

In diesem grauen Hof und dieser engen Welt sah ich nichts mehr wie früher, und die Farben des Universums erschienen mir weniger düster.

Ein Jahr zuvor hatte ich mir in derselben Umgebung gewünscht, daß mir etwas Außergewöhnliches zustieße, das mein Leben grundlegend verändern sollte. Nun ja, dieses Etwas hatte sich ereignet! Und selbst wenn meine Phantastereien mich dazu getrieben hatten, die Geschichte zu schönen, so stimmte es doch, daß ich geliebt hatte! Ich war nicht mehr derselbe, und der langsame Veränderungsprozeß, der meine Erinnerung an Anna mit einbezog, trieb mich zu anderen Träumen, anderen »Schimären und Hoffnungen« – wie Rimbaud geschrieben hatte. Ich sagte mir, daß eines Tages eine andere Frau aufs neue die Langeweile meines Lebens Lügen strafen würde.
Ich sagte mir sodann, daß sich dies weit weg – anderswo ereignen würde. Ich war mir dessen jetzt sicher: Wenn es einmal geschehen war – und selbst wenn es schmerzhaft geendet hatte –, würde es wieder geschehen, und es würde sich weit, sehr weit weg von hier ereignen. Ich bereitete mich auf andere Unvorhersehbarkeiten vor.
Mehr und mehr dachte ich an das Leben, das Pierre Engiacamp führte. Ich verfolgte beharrlich seine Kriegsberichte, hatte mir angewöhnt, die Tageszeitung zu kaufen, für die er dank seiner genialen Nase nach dort unten, nach Korea, gegangen war, wo er seine Haut riskierte und das große Abenteuer kennenlernte.
So wurde das Wort »lieben«, das meinen Geist so sehr gefangengehalten hatte, ganz langsam und unmerklich von einem anderen Wort ersetzt – und wie der Pfiff eines Zuges, der Sirene eines Schiffes, wie ein Donnergrollen drängte sich mir jenes Verb auf die Lippen, das der Journalist einst mit so viel Glut ausgesprochen hatte und das mein Leitmotiv, meine Obsession werden würde, der Grund für mich, trotz all der bedeutungslosen Tage weiterzuleben: wegfahren. Ah! Wegfahren ... Ah! Amerika ...